NECROPOLIS
LIVRO III

O Reino dos Pesadelos

AVEC EDITORA

Douglas MCT

Copyright © Douglas MCT.
Todos os direitos desta edição reservados à AVEC Editora. Nenhuma parte desta publicação poderá ser reproduzida, seja por meios mecânicos, eletrônicos ou em cópia reprográfica, sem autorização prévia da editora.

Edição	*Artur Vecchi*
Revisão	*Camila Villalba*
Mapa	*Douglas MCT*
Ilustração da capa	*Ed Anderson*
Diagramação	*Luciana Minuzzi*

M 478

MCT, Douglas

Necrópolis : v. 3: o reino dos pesadelos / Douglas MCT. – Porto Alegre : Avec, 2024.

ISBN 978-85-5447-187-3

1. Ficção brasileira   I. Título

CDD 869.93

Índice para catálogo sistemático:
1.Ficção : Literatura brasileira   869.93

Ficha catalográfica elaborada por
Ana Lucia Merege CRB-7 4667

3ª edição, 2024– AVEC Editora
2ª edição, 2012 – editora Gutenberg
1ª edição, 2010– editora Draco
Impresso no Brasil / Printed in Brazil

Caixa postal 6325
CEP 90035 - 970
Porto Alegre - RS
www.aveceditora.com.br
contato@aveceditora.com.br
instagram.com/aveceditora

*Dedicado ao meu pai, Ronaldo,
que partiu no mesmo dia
que comecei esta história.*

*Em memória dos meus tios Lucinéia e Adilson,
que partiram com dois dias de diferença,
em novembro de 2023.*

SUMÁRIO

PRIMEIRA PARTE
AZUL

- 28 O QUARTO GELADO
- 33 CHÁ FRANCÊS
- 45 A VINGANÇA DO CAOLHO, A TRAVESSIA DO PORTEIRO E AS TRÊS IGUARIAS
- 56 O VIAJANTE DAS SOMBRAS
- 63 ASCENÇÃO E QUEDA
- 72 OS PECADORES DO NORTE
- 77 A ORIGEM DO SANGUE DE ORC DAS MONTANHAS
- 85 OS CORAÇÕES INSÓLITOS
- 91 PEÇONHA
- 95 CENTO E VINTE MILHAS PARA O INFERNO
- 105 JANELA VERMELHA
- 109 OS SUSPEITOS
- 113 OS MONGES QUE NÃO AMAVAM AS MULHERES
- 118 MOVEDIÇO

SEGUNDA PARTE
PÚRPURA

TERCEIRA PARTE
VERMELHO

- 126 PRECISAMOS FALAR SOBRE A CERES
- 129 O CONSELHEIRO BÁRBARO
- 134 FERRO E ÁLCOOL
- 139 REGNON RAVITA
- 145 OS TRÊS MARTELOS
- 152 MENSAGENS
- 156 AMANTES ETERNOS
- 161 CARCOMA
- 167 O MENINO QUE QUERIA SER DEUS
- 174 SEGREDOS NAS SOMBRAS
- 179 A MANSÃO MORTUÁRIA
- 185 A COROA DE GALHOS E ESPINHOS
- 191 RINHA
- 194 O JANTAR
- 199 BIBLIO RESPONDE
- 202 AQUI NOS SEPARAMOS

- 208 A FOGUEIRA DAS VERDADES
- 212 TURVAMENTO
- 217 ENTRE A LUZ E A ESPADA
- 224 O REINO DOS PESADELOS
- 239 A VIÚVA BRANCA
- 245 ADONAI
- 251 LÁ E DE VOLTA OUTRA VEZ

PREFÁCIO

Há cerca de cinco anos, embarquei na minha primeira visita à Necrópolis, uma ocasião curiosamente coincidente com o início da minha jornada como escritor. Isso aconteceu quando peguei emprestado um livro de um antigo colega de faculdade que me recomendou apaixonadamente a obra, prevendo que eu me encantaria por aquele universo fantástico. Ele estava mais certo do que imaginava.

Uma das razões pelas quais o gênero fantástico sempre teve um lugar especial no meu coração é a minha paixão por explorar novos mundos e descobrir diferentes mitologias. Devorei o livro de tal forma que desenvolvi um profundo carinho não apenas pelo mundo dos mortos, mas também pelo jovem Verne Vipero, com quem me identificava profundamente. Naquela época, eu também me sentia como um jovem adulto que ainda não havia amadurecido completamente, vendo fantasmas e conversando com amigos imaginários (ou, no meu caso, transformando-os com o tempo em personagens de minhas histórias).

O amor por essa história me motivou a incluí-la em um vídeo sobre livros de fantasia no meu canal no YouTube, quando comecei a minha jornada com ele. Foi assim que Douglas acabou me encontrando. Quase três anos após aquele vídeo, receber o convite para escrever o prefácio do terceiro livro foi uma honra inigualável. Em meio aos tempos tumultuados que vivemos, a frase "Muita coisa aconteceu nos últimos anos" parece ser um ponto em comum para todos nós. Douglas descreve os obstáculos que enfrentou ao lançar *O Reino dos Pesadelos* como uma "tormenta", uma palavra que parece ressoar com todos nós em relação aos eventos de nossas próprias jornadas pessoais e coletivas até 2022.

Sinto que vivi inúmeras vidas desde aquele vídeo sobre Necrópolis. Sai de uma cidade do interior de Minas Gerais para a agitação de São Paulo, buscando fazer carreira com livros e internet, enfrentando mudanças de carreira, estudos, um casamento e muitas perdas pessoais. Saber que estava retornando a Necrópolis, sentindo-me quase como um bardo ao ser convidado, foi como ter a oportunidade de revisitar um lugar querido que a vida adulta havia me impedido de voltar. Até aquele momento, eu não havia lido o segundo volume da saga, então corri para recuperar o tempo perdido. Reli o primeiro livro para refrescar a memória e devorei o segundo antes de iniciar a leitura deste terceiro, que agora repousa em suas mãos. Só agora percebo o quanto precisava dessa experiência fantástica e revitalizante.

Antes de compartilhar as muitas exclamações que proferi ao xingar Douglas durante as reviravoltas deste *O Reino dos Pesadelos*, devo admitir que levei um susto quando relembrei que, no início da história, Verne tinha apenas vinte anos! Muito jovem, eu sei. Minha memória falsa o retratava como tendo quinze, no máximo. Talvez porque, na época em que li a história, eu me sentia tão ingênuo quanto ele, como a própria Lúcia ao abrir o guarda-roupa para Nárnia. No entanto, é comum que os protagonistas, no início de suas jornadas, pareçam mais jovens e inexperientes do que realmente são. Dito isso, é surreal perceber como Verne enfrentou "tormentas" e obstáculos ao longo dos anos, assim como todos nós. Ele não apenas cresceu, mas também amadureceu.

Embora o livro anterior ainda tenha despertado desejos imaturos em mim, como adotar um vulpo de estimação e desenvolver uma crush literária por uma garota lycantropo (sim, Douglas, assim como Eric Novello fez seu pedido no último prefácio, aproveito meu direito como autor deste para pedir o retorno de Lupita!), devo dizer que o terceiro livro foi como um soco no estômago. Não um soco inicial como o que Verne recebe do mercenário nos primeiros capítulos, mas sim o tipo de impacto necessário que os livros de fantasia nos proporcionam para lembrar que a ficção é uma alegoria de nossa própria Necrópolis real.

Verne amadureceu, assim como todos os outros personagens que conhecemos desde "A Fronteira das Almas". Este livro inteiro é sobre isso. Mesmo em apenas dois anos de história, Verne se transformou profundamente, não apenas em aparência, embora seu olho único tenha uma aura mais ousada. Já vimos Verne correndo contra o tempo para salvar a vida do irmão, dos amigos e de seres em quem ele confiava. Agora, ele está correndo pela própria vida, descobrindo que os terríveis pesadelos que o assombram são mais do que meros sonhos ruins. O que impulsiona Verne a reunir seus companheiros e buscar os ingredientes necessários para impedir sua morte vai além do instinto de sobrevivência. É a compreensão de que ele desempenha um papel crucial naquele mundo, não apenas por destino ou profecia, como os virleonos gostam de mencionar, mas por escolha. Verne optou por estar lá por aquelas pessoas, assim como escolheu fazer justiça àqueles que perdeu, ou ainda pode perder.

A ameaça que foi anunciada desde o primeiro livro, personificada pelo Príncipe-Serpente, está mais próxima do que nunca, e as escolhas que nossos heróis são forçados a fazer exigem mais deles. Simas, Karolina, Ícaro e Elói... todos eles enfrentam batalhas pessoais que ganham destaque em capítulos específicos. Assim como o autor exige o amadurecimento de Verne, os outros personagens também precisam confrontar os fantasmas de seu passado, alguns de forma mais literal do que outros.

Para os exploradores de Necrópolis de longa data, é gratificante finalmente receber algumas revelações e continuidades que ansiamos há muito tempo. Algumas são mencionadas de forma sutil, como o passado da vidente Carmecita, enquanto outras têm destaque, como os segredos de Mr. Neagu, a relação entre a feiticeira Ceres e o Conde Vampiro, e outras que, por motivos óbvios, não posso mencionar aqui.

Em alguns momentos da história, você pode sentir vontade de empurrar Douglas para o Abismo, assim como eu. No entanto, lembre-se de que ainda precisamos dele para concluir a saga. E, convenhamos, esse é o trabalho de um escritor: fazer com que o leitor se importe com seus personagens e sofra com eles durante as turbulências.

O Reino dos Pesadelos mantém todos os elementos fantásticos dos livros anteriores, incorporando à mitologia de Necrópolis seres como uma górgona, um necromante, a própria Baba Yaga e uma referência perfeita ao famoso "VOCÊ NÃO VAI PASSAR!" de Gandalf, inserida no momento certo.

A jornada ao mundo dos mortos continua deslumbrante. No entanto, é correto afirmar que este terceiro volume concentra-se mais nos personagens do que em Necrópolis. Ao virar a última página, a sensação é de que estamos mais próximos de cada um deles.

O Verne que encerra este livro é ainda melhor do que o Verne do início. Mal posso esperar para acompanhar mais histórias desse querido herói.

Felippe Barbosa
Youtuber do canal @FelippeBarbosa
e autor de *Os Quase Completos*

O Reino dos Pesadelos é o terceiro volume de uma série de quatro livros intitulada Necrópolis — que eu bem sei, em um passado não tão distante assim, afirmei que seria composta por seis publicações, mas isso, ao longo do percurso, se consolidou em quatro mesmo. Acredite, a história ganhou com essa decisão e você, leitor, terá o próximo e último volume em mãos muito antes do que imagina. Pelo menos, muito mais cedo do que este terceiro livro levou para chegar. Nove anos, hein? Me desculpe, mas esse atraso se justifica em uma tormenta envolvendo perdas pessoais, financeiras, psicológicas e, principalmente, técnicas — primeiro com um computador fritado por um raio ainda em 2013 (o ano que era para ter saído esse livro) e, segundamente, com um arquivo do manuscrito desaparecendo da nuvem (acredito que por erro meu, mas vai saber). Chega de desculpas, vamos ao que interessa?

O primeiro volume desta série, A Fronteira das Almas, conta como Verne Vipero, um cara comum da Terra, morador de Paradizo, na Itália (quando eu criei esta história em 2003, quis homenagear meu bisavô, que veio lá da sola da bota, mas considere nosso protagonista como uma figura universal, que você pode encontrar em qualquer lugar), perdeu o irmão mais novo de maneira muito trágica e descobriu, através de um homem misterioso chamado Elói Munyr, que existia a possibilidade de resgatar a alma do garoto, ou niyan, do Mundo dos Mortos, também chamado de Necrópolis. Depois de algumas situações que foram o suficiente para convencê-lo dessa fantasia absurda, o rapaz chegou até esse local, onde contou com a inusitada ajuda de três figuras improváveis: um ladrão velocista (sim, com supervelocidade), uma mercenária deslumbrante (existe uma razão para tal) e um homem-pássaro acusado de um crime que ele não diz não ter cometido (será?). Nessa jornada sombria e fantástica, Verne ainda descobriu o segredo d'Os Cinco ladrões; conseguiu um passe para Elói, o monge renegado, retornar para aquele mundo; e enfrentou harpias e um minotauro no Labirinto de Espinhos, até se deparar com o vampiro Conde Dantalion, que lhe entregou o athame e revelou algumas das intenções de Astaroth, o Príncipe-Serpente, responsável por muitas das mazelas de Necrópolis e que também acometeram o próprio Verne. No final, o rapaz reencontrou a alma do irmão no Niyanvoyo e a enviou para algum lugar desconhecido após a batalha contra o Guardião do Abismo. Ele, então, retornou para a Terra, onde reassumiu a rotina ao lado do amigo imaginário Chax, do melhor amigo Ivan Perucci, da tutora Sophie Lacet e do amor de sua vida, Arabella Orr, sem saber que seu ectoplasma vermelho, manifestado algumas vezes ao longo da história, preocupava Elói.

Já no segundo volume, A Batalha das Feras, a retomada de Verne em Paradizo logo foi atormentada pela chegada de Rufus Sanchez IV, um lycantropo que o levou, com ajuda de piratas, de volta até Necrópolis. Por incrível que pareça, o Mundo dos Mortos era o lugar mais seguro onde podia estar, uma vez que o rapaz vinha sendo caçado por asseclas de Astaroth, os reptilianos, por bárbaros e por escorpiontes de Érebus, o reino do sul controlado pelo Príncipe-Serpente. Depois de "morrer" e "voltar à vida" por um engano da Sombra da Morte, Verne Vipero residiu um tempo no amistoso Arvoredo Lycan, onde se envolveu romanticamente com Lupita Lopez e adotou um vulpo, uma besta-fera filhote, a quem deu o nome de Magma. Ao mesmo tempo, uma trégua dos povos tribais veio abaixo e os gnolls realizaram uma investida contra seus antigos inimigos, os lycantropos. Às vésperas de uma guerra iminente, Verne, sempre protegido pelo seu guardião Rufus (a pedido de Elói), reencontrou Simas, Karolina e Ícaro, enquanto Elói e Martius investigavam as relações dos ectoplasmas e os Oito Círculos do Universo. Depois de um intensivo treinamento com seu agora mestre Elói, Verne voltou mais preparado para a floresta, onde acabou participando inevitavelmente d'A Batalha das Feras, onde os lycantropos seguiam em desvantagem... Até o instante em que um lycan renegado retornou, com ajuda de Isis, e virou o jogo contra os gnolls. Não sem perdas, é claro, já que Verne, guardando a Sombra da Morte em sua própria sombra, a usou e assassinou, sem saber, o irmão de seu protetor, Raul Sanchez. Desolado, o rapaz terminou com Lupita e retornou à Terra com seu vulpo, decidido a manter Arabella longe, não retomando seu antigo romance para mantê-la em segurança. Nesse período, ele começou a ter pesadelos terríveis, que vão culminar neste livro que tem em mãos... O Reino dos Pesadelos. Prepare seu coração e busque não me odiar ao final da leitura, combinado? Então vamos lá.

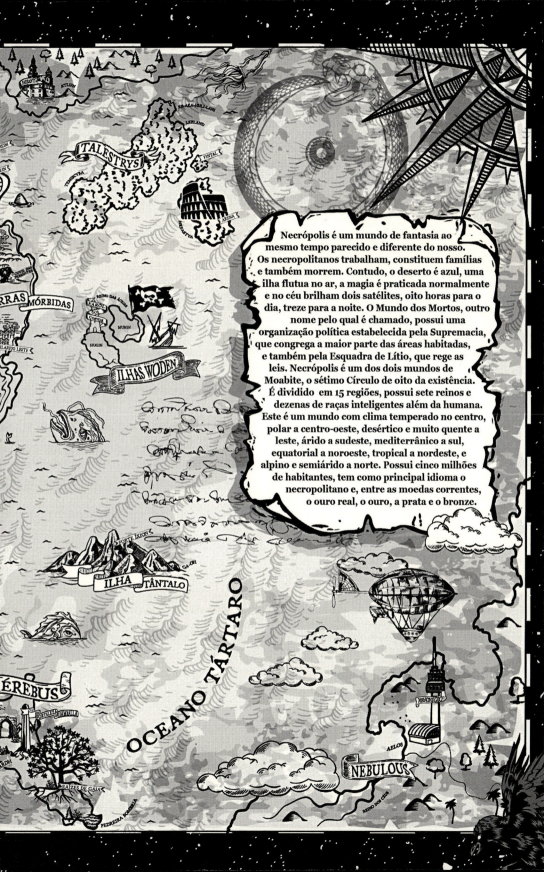

PRÓLOGO

Era Real, Necrópolis, anos atrás

O príncipe teve medo.

E transformava seu medo em ira. Sua ira em arma. Não brincava nas horas vagas: treinava a cada viragem. E a cada viragem ficava mais forte. Aprendeu a abandonar seus sentimentos pelo caminho. O medo foi o último deles.

Aos pés da colossal árvore-mãe, nascida no terreno condenado do sul, o rapazinho cortava bonecos de madeira chumaçados de carne e pendurados em choupos-musgos com sua espada longa. Eram ataques cirúrgicos, elegantes e violentos, como aprendeu em treinamento.

O mestre-espadachim era um ex-mercenário feito escravo no passado pelos reptilianos. Ele ganhou a liberdade havia uma década para treinar o filho do rei na arte da esgrima. Considerado o melhor entre os melhores, esse humano no meio de bestas repassou todas as suas técnicas até que seu pupilo o superasse. Algo impensável por muitos, mas que se mostrou real. O garoto, agora um rapaz, aprendeu rapidamente.

Sua primeira vítima foi uma ninfa perdida no mundo. Um ato de misericórdia, dissera na ocasião.

Todos os dias e todas as noites, durante dez anos, o príncipe recebeu treinamento árduo de um perito em alguma técnica. "O construto que atingiu a perfeição para a destruição", murmuravam alguns escamosos entre si sobre o prodígio.

Quando o velho volumoso chegou ao final daquela tarde invernal, dispensou o espadachim com um aceno. Com uma reverência ao mais antigo dos mestres, o ex-mercenário se retirou andando de costas, bradando mesuras no necropolitano dos homens. Foi somente quando finalmente ficaram a sós que o mago ancião sussurrou:

— Pensei que fosse encontrá-lo no templo, menino.

— Este reino é o meu templo — sibilou o príncipe, ainda cortando o que restava dos bonecos. — Hoje estou aos pés da árvore-mãe, a reverenciando. Em breve, estarei acima dela, com sua copa como meu capacho. Logo, Necrópolis também.

— Suas pretensões me são sempre curiosas. — O velho se sentou de pernas cruzadas, dobrando os joelhos para fora, em posição de lótus.

Serenamente, deixou que a energia púrpura fluísse pelo corpo, dominando toda aquela área.

O rapazinho sentiu o familiar formigamento pela tez e, num piscar de olhos, não estava mais sob as raízes da árvore-mãe. Encontrava-se diante do pequeno templo improvisado, uma concha de gesso sem pintura nem adornos que deveriam prestar respeito a quem ali instruía. O mago ancião estava em seu interior, sentado na mesma posição. Seu pupilo entrou, resmungando:

— Odeio quando você faz isso.

— E o que você não odeia, menino?

— Odeio o calor de Solux, filé de kokkido e teletransporte. Não odeio nada mais.

— Odeia alguém?

— Não odeio o senhor, nem meu pai, nem os demais mestres. Sou indiferente aos nossos servos.

— Fico feliz em saber. Tem um coração bom. Ainda dá para salvá-lo antes da corrupção.

— De novo essa conversa? — O príncipe sentou-se diante do mestre, também em posição de lótus. — Ficar falando faz parte da aula de hoje, suponho.

— A palavra é a magia mais poderosa, menino. — Ele cerrou os olhos, em seu típico estado solene. — Mas não faz parte do treinamento. Mostre-me o que aprendeu na última semana.

O rapaz não hesitou. Ansiava havia dias por aquilo. Concentrou-se, deixando a energia correr pelo corpo magro e esguio de músculos ganhando forma. Primeiro, o ectoplasma se manifestou na cor da magia, em púrpura, depois tomou uma tonalidade escura, sombria. O templo estremeceu, porém não a ponto de ameaçar sua estrutura. Os fluídos energéticos tornaram-se finos tentáculos e saíram rastejando em busca de algo. O velho volumoso notou quando seu pupilo respirou profundamente. Havia terminado. Aguardaram.

Não demorou para que um boneco de madeira adentrasse o local, caminhando como um pequeno homem. A energia púrpura vazava de suas órbitas talhadas em círculos precisos. Ele parou ao lado de seu controlador como se fosse um fiel escudeiro. O ectoplasma cessou e o príncipe deixou escapar aquele sorriso de orgulho.

— Gostou?

— O suficiente. — Ele abriu os olhos e voltou a fechá-los. — Belo golem, menino.

— Desde a última aula, passei os dias treinando com os outros bonecos, mas este ficou perfeito. Anda e se move corretamente, e até mesmo sabe quem é seu verdadeiro mestre. Eu lhe dei sobrevida, lhe dei uma alma. Ele agora é uma criatura como nós. Vou chamá-lo de Legno. — O rapaz era todo alegria.

— Legno *sangra*.

— Como?

— Seu boneco agora tem uma sobrevida, não? Pois bem. Ele agora também sangra.

O príncipe parecia desapontado quando viu os pedaços de carne transbordando de um corte na lateral da madeira que formava seu tronco. Aquilo fedia.

— De todos os bonecos, creio que este tenha sido o menos atingido por você durante seu treinamento com o mestre-espadachim, estou certo?

— Sim. Poupei este para que pudesse animá-lo no treinamento de hoje — respondeu enquanto devolvia com aflição a carne para dentro do cilindro de madeira.

— A hemorragia de Legno o levará à morte inevitável. Deixe-o morrer.

O boneco perdia o equilíbrio sobre as pernas de pau. Desvanecia aos poucos nos braços de seu criador. A carne escapava do tronco incessantemente e a luz púrpura se apagava das órbitas. O mestre percebeu as lágrimas contidas nos olhos do pupilo.

— Lamento, menino.

A tristeza no rosto do rapazinho deu lugar à ira, seguida de uma frieza súbita. Abandonando Legno no solo, ele se levantou, respirando e inspirando, respirando e inspirando, com os olhos fechados, deixando seu âmago ser lavado até atingir a calmaria necessária.

— Tudo que vive um dia morre — disse o mestre.

— Não deveria ser assim — respondeu com um ar sombrio. Voltou a se sentar.

Um pepito entrou voando templo adentro pipilando alegrias. Pousou sobre o ombro do recém-enlutado como se este fosse um galho seguro. Não era.

— Não fique assim — continuou, condolente, o velho volumoso. — O que é, na verdade nunca foi. Legno não tinha sobrevida, nunca teve. O que você lhe deu foi uma oportunidade dentro do impossível. Golens, por sua natureza, são seres inanimados que conseguem se mover através de magia. Apenas isso.

— A madeira vem da árvore. A carne vem do animal. Ambos, seres antes vivos — disse rispidamente entredentes, sem encarar o mestre. Seus olhos estavam apertados e vazios.

— Sim. Mas que serviram de matéria-prima para esta magia. Não foi vida ou sobrevida de verdade. Você animou um boneco, mas um erro na feitura dele o levou à morte. Ou melhor, à sua inanição. Nada demais.

— É verdade, o senhor tem razão. — O príncipe parecia mais calmo, mas algo nele incomodava o mestre. — O que é a vida senão uma antecipação da morte, não é? — Ele capturou o pepito em seu ombro com a mão esquerda e o esmagou. O último pio saiu sufocado, e algumas plumas caíram antes do pássaro atingir o solo.

— Por quê, menino? — perguntou o mago ancião, sem abrir os olhos. Estava desapontado e, acima de tudo, preocupado, mas não o demonstraria.

— Porque a vida não significa *nada*. Ela é tão frágil e inútil quanto qualquer criatura viva. Um pepito a mais, um pepito a menos, que diferença faz? A vida não nos cabe.

— Contudo, você se serve dela. Quinze anos de existência, não?

— Eu nasci... — O rapazinho dizia aquela palavra com dor sempre. — ...para dar fim a *isso*. Você sabe! Por essa razão me treina há uma década.

— Esta discussão me é inédita. Interessante. Mas, devido à última aula, inevitável. Então, você nasceu para dar fim à vida?

— À vida, à sobrevida, ou seja lá que outro nome deem para isso. Meu destino é a imortalidade. Minha e de todos.

— Você precisa decidir que tipo de homem será quando crescer. Qualquer que seja sua escolha, vai mudar o mundo.

— Não tenho escolhas. É o meu destino.

— O destino não existe, já lhe ensinei sobre isso. O que existe é a escolha. Justamente por ser difícil de se fazer, é que muitos preferem entregá-la a uma divindade oculta dita superior. Terceirizar decisões é mais fácil e menos doloroso. Mas até mesmo escolher entre crer na escolha ou no destino é uma escolha. — O velho volumoso pigarreou, imóvel em sua posição, então retomou a fala, que agora saía rouca: — E você terá de fazê-la, mais cedo ou mais tarde.

— Você não está aqui para me dar conselhos! — O príncipe se levantou de súbito. Sua energia escura se manifestou com agressividade. O templo começou a ruir aos poucos. — O senhor foi contratado para me ensinar magia sombria. E hoje, como verá, eu o superei!

— Me superou? — Ele riu daquilo, sem conseguir se conter. — Mostre-me.

Seu pupilo levou os braços para os lados, abrindo e fechando os punhos, deixando a energia subir do corpo até o teto, causando pequenos tremores no local. O ectoplasma escuro cresceu, empurrando com força as paredes. O templo pulsava de dentro para fora, até explodir em pedaços grandes de gesso por todos os lados. A rajada subiu serpenteante, alcançando os céus, muito acima das nuvens e para lá da copa da árvore-mãe. Depois, enfim cessou. O rapaz, exausto, caiu de joelhos. Suando e ofegando, seu olhar perdera-se no vazio. Cruzando o horizonte a metros dali, o mago ancião se aproximava novamente, com os braços para trás, caminhando com calma.

— Interessante — disse sem rir. — Agora você até sabe destruir templos. Que belo avanço.

— Seu teletransporte o salvou, senhor. — O príncipe se colocou em pé sem demora enquanto enxugava a testa com a costa da mão.

— Você teria me salvado se eu não tivesse escapado?

— Claro. O tenho por um avô, sabe disso.

— Seu avô deve ter sido de uma fealdade inimaginável. — Ele retomou sua posição de lótus, desta vez sobre os destroços. — Mas como poderia ter me salvado se você estava usando sua energia para destruir?

— Eu conseguiria fazer ambos ao mesmo tempo. Sou capaz. — O pupilo hesitou por um instante e continuou: — Sou capaz disso e muito mais. O senhor não viu nem metade de minhas novas habilidades.

— Ainda não chegou o dia de sua prova para mago. Engula sua ansiedade até lá. — Ele cerrou os olhos e ficou em silêncio por longos minutos. Quando os abriu, o outro ainda estava ali, o encarando com a curiosidade e a intensidade típica dos jovens. — Por mais benévolas que fossem suas intenções para comigo, não teria conseguido me salvar. Ou você destrói ou você constrói. Ou você mata ou revive. Ou você salva ou não salva.

— Eu conseguiria. Não duvide. — O rapazinho esticou o braço para frente e abriu o punho. O ectoplasma surgiu e correu fino sobre sua pele. Não demorou para que uma admirável e lendária espada viesse em seu chamado, rodopiando no ar até sua mão. — Minha extensão. Ela me completa, me torna mais do que sou.

— Só você mesmo pode se tornar mais do que é. Não uma mera espada, nem a mais poderosa das lâminas.

— O mestre-espadachim e meu pai discordariam do senhor.

— O mestre-espadachim é um idiota e Sua Majestade tem preocupações maiores na divisa norte neste momento.

— Eu deveria estar ao lado dele protegendo os portões negros.

— Sua Majestade discordaria de você, menino. Ele o quer treinando para poder superá-lo.

— Engolirei minha ansiedade, então. — O rapazinho sorriu com sarcasmo enquanto apoiava a espada sobre os ombros de maneira despojada.

O mago ancião acenou para que seu pupilo se sentasse. Analisou-o serenamente, roçando os dedos no queixo redondo, e então concluiu:

— Algo o perturba.

— É a guerra, senhor.

— Você não se importa com ela. Nunca se importou. Contudo, hoje destruiu Legno sem querer, explodiu nosso templo de maneira descontrolada e parece inquieto na ânsia de querer me contar alguma coisa. Mas, como deve ser algo de muito malgrado, está hesitante.

— Agora lê mentes, querido Al?

A voz fina ressoou distante, vinda da ala leste do reino, mas chegou como um sussurro aos ouvidos do mestre. O homem caminhou como uma doninha até os dois. Tinha a pele empoada de alguma substância rósea e perfumada. O fino sorriso que deslizava o lábio para um lado era característico dele.

— Não autorizei sua entrada, necromante — bufou o velho volumoso em desagrado, sem olhar para o lado. — Espere o fim desta aula para iniciar a sua.

— Desculpem-me. Trago notícias para Vossa Alteza Real.

— Diga, Lorde Fúnebre — sibilou o rapaz com acidez. Ele sabia que o necromante odiava usar títulos como aquele, mas jamais demonstraria.

— Pois bem. Nossa aula de hoje foi adiada porque Sua Majestade necessita de meu auxílio no campo de batalha. Precisarei ressuscitar alguns guardas e coisas do tipo, sabe?

— Sem problemas, faça bom proveito e bem feito.

— Minha gratidão, Vossa Alteza. Então, com vossa licença. — O necromante anuiu e recebeu autorização para se retirar. Caminhando de volta para a ala leste a passos curtos, ele de repente girou o corpo magro e esguio, levantando o dedo magro como varinha: — Perdão, havia me esquecido. A besta escapou, mas não creio que sobreviverá por muito tempo naquelas condições, mesmo usando os atalhos.

— Envie arqueiros e dê fim a isso — o rapazinho ordenou, com o semblante carregado de culpa.

— Como ordena, Vossa Alteza. — Seu sorriso de canto continuou com ele até sumir de vista.

O mago ancião esperou até que a presença do necromante desaparecesse por completo para perguntar o que não gostaria:

— Por que aquele ardiloso homem entregaria suas intenções senão para me revelar o que você não quer, menino?

— Ele é uma víbora mesmo, fez de propósito. — Mas o príncipe parecia não se preocupar. Sorria com certa satisfação. — Nada escapa do senhor.

— Eu tenho mais tempo vivido neste mundo do que você e sou dotado de um cadinho de esperteza das eras passadas. Creio que isso colabore para que eu compreenda sinais.

Mestre e pupilo riram alto. Mas não eram risadas espontâneas, elas vinham carregadas de nervosismo e cinismo. Como se fosse a última vez que rissem juntos.

— Foi necessário, senhor. — Ele fincou sua espada na grama.

— O que foi que você fez?

— Os boatos se mostram reais quando ditos por todos. E eles chegaram até mim. — O príncipe se levantou e andou para um lado, depois o outro, dando voltas no próprio eixo. — Os virleonos eram os únicos que detinham o conhecimento que eu precisava. Levei longos meses, mas agora possuo todas as informações para começar a agir.

— Pobre Razgraad — lamentou após um longo suspiro.

— Minha primeira grande conquista veio arduamente após muito sangue e suor. O senhor deveria se orgulhar de mim!

— Você torturou aquele velho virleono para que ele pincelasse uma profecia de maneira antecipada e forçada. Isso é cruel até mesmo para um assassino.

— Como sabia que era Razgraad? — Ele estava inquieto, ia para frente, voltava-se para trás, levantava a voz e movia-se em pura tensão. — Ah, isso não importa agora! Ouvimos dizer que o outro velho, Gonderfullz, assumiu como ancião da raça. Os virleonos nem darão falta.

— Essas criaturas profetizam naturalmente quando tocados pelas mensagens superiores. Não podem ser forçadas a isso. Mesmo que sobreviva à sua crueldade, Razgraad já estará condenado. Um profeta que não respeita as leis divinas recebe punição pior do que a morte.

Aquilo pareceu mexer com seu pupilo por um instante. O príncipe empalideceu ainda mais e seus olhos arregalados revelaram o misto de confusão, fúria e ambição. Era uma situação preocupante.

— Eu o teria libertado antes se ele tivesse profetizado da primeira vez. — Ele tocou o punho da espada, agitado. — O que importa agora é que eu poderei realizar minhas tarefas quando essa guerra chegar ao fim.

— Se os portões negros não caírem e a Sua Majestade vencer a batalha, será você quem governará a ala norte do reino. É para isso que foi treinado, menino.

— Não. — Ele retirou a lâmina da grama e a empunhou com firmeza e altivez. — Fui treinado em todas as técnicas e magias para ascender ao *Protógono*. E ascenderei. Aquele antigo e esquecido título fez com que o coração do mago ancião congelasse enquanto o outro prosseguia. — Mas antes tenho rituais a fazer. A começar por eliminar uma ligação de sangue.

— O menino profere muitas besteiras. — O mestre encarou seu pupilo com preocupação. — Que os deuses nos protejam.

— Quando eu terminar, não haverá mais deuses. No fundo, o senhor sabe que é verdade.

— Sua Majestade não permitirá.

— É para este fim que ele me concebeu. — O príncipe lhe deu as costas e caminhou devagar para fora daquela área. — Mas creio que meu pai não terá poder de querer ou não querer algo. Sinto, temeroso, que ele não sobreviverá até o nascer da próxima Nyx.

— Você não parece temeroso quanto a isso.

— Não com o meu destino. Mas lamento por meu pai. Nyx sempre me reconfortou. Mesmo agora, olhando triste lá do céu. É como se ela já estivesse enlutada pelo rei.

— Por quê? — O mago ancião se colocou em pé tão rapidamente quanto um garoto poderia fazer. — Por quê, menino?

— O senhor tinha razão — Ainda não se encaravam, mas o pupilo sentia o peso do olhar do mestre sobre seus ombros. — Eu precisava decidir que tipo de homem eu seria e que minhas escolhas mudariam o mundo. Sendo destino ou escolha, eu mudarei este mundo.

— Seu pai lutou tanto para conquistar Necrópolis e agora você pretende destruí-lo?

— Não. Eu pretendo ir a um nível *além*.

— Você é jovem demais e ainda não compreende as próprias palavras. — A magia púrpura o rodeou em volume e precisão surpreendente. — Precisarei impedi-lo de fazer alguma besteira e de se ferir. Será para o seu próprio bem.

— O senhor me disse que só eu mesmo posso me tornar mais do que sou. Agora compreendo suas palavras, mestre. Mas não me impedirá. — Ele também permitiu que sua energia escura emanasse.

Os ectoplasmas colidiram, deixando faíscas escaparem para os lados.

O velho volumoso não precisou se movimentar para fazer com que os destroços do templo levitassem pela sua magia e se jogassem contra o corpo do rapazinho, que saltou e fatiou cada pedaço de gesso como se fosse uma folha, em movimentos precisos e rápidos. Aquilo, porém, era só uma distração. Um levante de bonecos de madeira, rastejando suas tripas de carne animal, picotados, desmembrados ou pela metade, marcharam na direção dele.

— Pensei que somente o necromante soubesse truques sombrios!

— Não me orgulho do uso da necromancia, mas preciso pará-lo, menino.

Um movimento com os olhos e o mago ancião ordenou que todo um exército de golens decrépitos atacasse. Seu pupilo já havia os destruído antes e repetiu a cena como se fosse um treinamento. Em poucos minutos todos jaziam reduzidos a farpas sob seus pés. Então, foi a vez de um terceiro recurso mágico: a esfera de energia. O mestre a criou com rapidez e destreza, toda púrpura e grande como a cabeça de um troll, e a disparou. A primeira rajada explodiu metade da ala leste e a segunda evaporou um campo inteiro de choupos-musgos. O rapaz desviava com habilidade, sem demonstrar sinais de cansaço. Ele surpreendeu o mago ancião quando cortou a terceira esfera ao meio apenas com o uso adequado da espada e o ectoplasma sombrio.

Nenhum guarda ou outro mestre tinha autorização para pisar naquele terreno sem as ordens do próprio mestre em aula, e o mago sabia que todos pensariam que estavam em treinamento e não interfeririam. E não foram interrompidos.

Finalmente o príncipe investiu. Primeiro estocou com a lâmina sobre o rosto redondo do outro; ela entrou e saiu pela testa, mas era só uma miragem. O verdadeiro velho volumoso estava atrás dele preparando uma nova magia. O rapazinho teve de ser rápido, girando corpo e espada num semicírculo de baixo para cima que cortou o vento, mas não ultrapassou o escudo púrpura. A esfera voou em sua direção e ele usou de magia escura para explodi-la diante do próprio rosto, sem se preocupar. Viu o olhar surpreso do mestre e foi tomado pelo orgulho juvenil lhe subindo pelo âmago. Abaixou, saltou de surpresa, caiu e rolou até o outro lado, sempre escapando das rajadas. Alcançou a esquerda desprotegida do mestre e lhe abriu um corte significativo no tornozelo. O mago gemeu, mas logo se teletransportou para longe, para uma área segura.

— Eu venci — Sorriu o jovem, suado de ira e tensão.

— Não hoje, menino — respondeu o ancião, sem ao menos ofegar.

O rapazinho correu veloz e sem hesitar deu um golpe de misericórdia. A lâmina foi amparada pelas mãos espalmados do velho volumoso e retirada de seus dedos.

— Guardarei seu brinquedo até aprender a usá-lo com prudência.

— Devolva-me! — bravejou o príncipe.

Os movimentos do mago ancião foram ágeis. Um portal púrpura abriu-se acima deles e sugou a espada para dentro, depois se fechou. Seu pupilo surtou e a energia dele se abriu em dezenas de tentáculos escuros e perigosos. Hábil, o mestre preparou outro portal a tempo.

— Não me obrigue a isso, menino. O amo como a um filho.

— Desgraçado!

Mas o seu menino não o ouvia mais como antes. Tornara-se um destinado às trevas, desvirtuado do caminho pela ambição de ser algo além da compreensão. Então, em prantos, o mestre teve de proferir:

EXIREADMUNDUMARGENTUM!

O príncipe teve medo pela última vez.

Enquanto o rapazinho era tragado para um portal desolado, de silêncio e abandono, o velho ainda conseguiu ouvir suas últimas palavras sussurrarem: "Você deveria ter me destruído. Eu voltarei para ascender e então o matarei.".

Aquela tinha sido a última aula do príncipe de Érebus. Depois dessa fatídica noite, o mago nunca mais foi visto naquele reino.

Era uma vez Astaroth.

Primeira Parte
AZUL

*A morte não é nada para nós,
pois, quando existimos, não existe a morte
e, quando existe a morte, não existimos mais.*
Epicuro

01
O QUARTO GELADO

Paradizo, Itália, junho de 2013

A morte sorriu para mim e lhe faltava um dente. Disse Mr. Neagu para si mesmo no corredor escuro enquanto encarava o ceifador de manto negro com os olhos vermelhos como rubis. Estava frio e o ar saía pálido de sua boca. Não havia portas ao redor. *Estou sem saída, não tenho escolha a não ser morrer.*

Escolheu despertar e estava outra vez em seu quarto, iluminado foscamente pelo abajur de bronze herdado do avô. Ele nunca dormia no escuro total. Piscou com dificuldade até se acostumar com a meia-luz; seus olhos lacrimejavam. Apoiado sobre os braços retesados contra o colchão, inclinou-se para frente e iniciou uma sequência de bocejos que depois lhe doeriam a mandíbula. Deixou o lençol cair ao chão sem nem perceber e caminhou nu até a janela triangular de madeira lustrosa. O vento daquela madrugada morna em Paradizo devorava a cortina de cetim brilhosa e dourada para fora, forçando as pregas no varão como se pedisse por liberdade. As nuvens da escuridão que tomavam os céus da cidade naquele instante enviaram dedos gelados contra a pele do rapaz, que permaneceu apoiado sobre a janela, bebendo da brisa enquanto se extasiava. *Vai chover.*

Aquele pesadelo tinha se repetido pela sétima vez. Neagu era cético e desinteressado pelo cotidiano. Ele não buscava significados ou simbolismos em sonhos. Eram apenas devaneios. Havia muito além para explorar, ele gostava de se lembrar. Muito além deste mundo e de outros, de cenários secretos e do ocultismo, um novo espaço para se desbravar.

Déjà-vu. Novamente o cão preto em seu jardim. O animal o encarava com olhos escarlates, mas vazios. Não rosnava nem abanava o rabo. Estava metros abaixo e não era possível que lhe fizesse mal. Neagu, como o "mister" que gostava de se intitular devido à posição elevada de sua tradicional família romena, se encontrava no terceiro andar da mais alta, magnífica e rica mansão de Paradizo. Mesmo solitário, não temia o desconhecido; cães, menos ainda. *Cachorro preto é sinal de morte.* Quem morreria naquela noite?, se perguntou. Gostava de velórios. Levaria flores e condolências com o maior prazer no dia seguinte. Seu tio Costel lhe dissera uma vez, nas tardes frias da Romênia, que ele era uma pessoa mórbida. Isso o marcou, fosse ou não, e passou a acreditar que de fato era. Suspirou por um longo tempo pela lembrança, depois deixou escapar mais um bocejo e então se pôs para fora de seu dormitório.

A mansão herdada do velho Valeriu Grigore era toda ouro e prata, numa imensidão antiga e clássica, carmim e alaranjada nas paredes e tetos, devorados pela escuridão naquele instante, sempre cheirando a charuto — o negócio da família. O terceiro andar era o maior e mais solitário da casa, com o seu quarto isolado dos outros e se abrindo para uma colmeia de janelas envidraçadas que observava toda a cidade. No centro, uma grande mesa oval de pedra polida reluzia o luar que sumia gradualmente com o avanço das nuvens. Ali, Mr. Neagu tateou as centenas de papéis de pesquisas e anotações e livros sobre criptozoologia que estavam jogados uns sobre os outros e desceu a longa escadaria em espiral até o andar seguinte, que encontrava um comprido e estreito corredor cheio de olhos. Seus pais, tios, primos, avós e ancestrais distantes o observavam no breu com morbidez; alguns até estavam fotografados ou pintados com charutos entre os dedos. Seu avô Valeriu era o que possuía a mais rígida expressão, sempre severo e bravo, sempre desconfiado do todo ao redor. O rapaz lembrou-se do velório vazio dele, ao qual fora quando criança. O velho tinha sido assassinado por um ex-funcionário da fábrica de charutos enquanto dormia.

Neagu encontrou um roupão azul jogado sobre a amurada do segundo andar, que dava vista profunda para o primeiro, e o vestiu, se dirigindo até o fim do corredor, onde o ar esfriava mais do que no inverno. Ele jamais se permitiria desrespeitar o irmão visitando-o nu. Destrancou os dois enormes cadeados acima da maçaneta, depois, abaixo dela, puxou um pino com corrente de um orifício na madeira, procurou no molho a chave para girar na fechadura e então virou no disco ao centro uma vez para 07, outra para 06, 07 novamente, 08 e 00 no segredo do dispositivo como se fosse um cofre. A porta se abriu para o quarto gelado. O rapaz respirou fundo, inspirou, deixou-se banhar pelo frio intenso ao entrar no cômodo e fechou a passagem atrás de si para manter o clima estabilizado.

O cenário daquele dormitório se diferenciava de todos os outros. As paredes eram amarelas e pálidas, o piso tinha um tom leitoso, e a luz era branca e fosca, um lugar com cheiro de morte. Ao centro, a cama de lençóis limpos havia uma década ficava sob o corpo de um menino com não mais do que treze anos. Caucasiano como Neagu, mas com uma tonalidade quase verde e estranha, inumana. Sobre ele, criaturas espinhosas de duas cabeças semelhantes a sanguessugas faziam seu trabalho incessantemente, assim como finos e longos canudos ligados a suas veias, despejando sempre um líquido amarelado e espesso para dentro, extraído de enormes tambores metálicos que geravam um som voraz em seu núcleo oculto — mas ele só poderia ouvi-lo caso aproximasse as orelhas. Por toda a pele do menino, crostas de gelo, algumas mais finas pelo queixo, lábio e dedos, outras grossas sobre as sobrancelhas, peito e joelho. Ele parecia não respirar, mas algo em seu semblante não indicava morte.

A Morte é somente um senhor vestido de preto que me encara com olhos vermelhos.

Qualquer outra pessoa teria congelado naquele quarto caso não entrasse protegida por grossas camadas de lã, luvas e toucas. Mr. Neagu sobrevivia ali sem adoecer nem tremer, mantendo havia uma década a rotina diária de visitar o irmão em coma — ou morto, nem ele mais sabia. Stelian Grigore tinha sido diagnosticado com câncer terminal no pâncreas em 2003. Mesmo com toda a fortuna, com os melhores médicos e clínicas à disposição, a família Grigore não conseguiu salvá-lo da fatalidade. Naquele mesmo ano, ele fora dado como morto e os tios, por quem fora criado, e outros parentes próximos se viram em ruínas, desaparecendo no tempo. Neagu, o que sobrevivera, ainda se lembrava do fatídico dia em que o renomado dr. Razvan Viorel havia dado a triste notícia, depois de mais de um mês com escassas esperanças. Era outubro e o inverno alcançava com ferocidade os altos dos Cárpatos, cobrindo de branco os montes Ciucas dos Grigore. *Ele não vive, mas também não morre. As baixas temperaturas o mantêm eterno.* Havia uma década que Stelian tinha trezes anos e ninguém, além de seu irmão, sabia dessa monstruosidade. "Você é o rei dos mórbidos", teria lhe dito seu tio Costel.

Certa vez, uns dois anos antes, uma garota com quem manteve uma rápida relação percebeu algo de estranho vindo deste quarto quando vinha do outro lado do corredor. Somando isso à sua frieza como pessoa, Neagu a deixou. Ou assim acreditava. Ele sempre fora abandonado. Até se considerava minimamente belo, com seus cabelos caindo compridos como uma sombra sobre a face, com o nariz curvo, os olhos pequenos surgindo curiosos através dos fios escuros e o rosto reto e alongado como um homem-feito, ainda que não o fosse completamente.

Todas as noites, bem ou mal dormidas, o rapaz visitava o irmão e desabava a chorar sobre o corpo dele. Stelian jazia eterno como uma gárgula — imortal, mas incapaz de se mover em vida. Não era mais esperança ou desespero, apenas obsessão. Ele era obcecado por tudo, por tudo que seu dinheiro pudesse comprar ou sua curiosidade suprir. Sua situação não era tão diferente de outro mórbido por quem não tinha simpatia: Verne Vipero. Aquele bibliotecário também havia perdido o irmão, mas, diferente do vendedor de charutos, não tinha recursos nem inteligência para pelo menos manter o corpo do menino a salvo. Ou teria? Dinheiro bem sabia que não, mas e a inteligência ou os recursos?

Havia mais de um ano que Neagu percebera a estranha movimentação do outro. Meses longe de Paradizo, idas e vindas da Catedral, visitas à cartomante, o cachorro vermelho que não se parecia com um; e certa vez até tinha conversado com o conselheiro dos ciganos, tão suspeito quanto. Seria verdade do Velho Saja que a igreja abandonada da cidade abrigava um portal para outro mundo? *Para Necrópolis, talvez?*, Mr. Neagu se perguntava todas as noites, bem ou mal dormidas. A insônia lhe abandonou no quarto gelado.

A Morte lhe encarava novamente.

A voz era familiar, o lugar era desconhecido. Sombras penetravam em sua carne como pontas de lança, furando, rasgando, o possuindo. Sentiu o inverno dentro de si. Não como a temperatura do quarto-túmulo, mas um gelo mórbido. Algo que não era dele, que não pertencia a si, agora estava nele. Foi tomado por uma tristeza súbita e inédita, não pelo irmão ou por sua solidão, mas pela condição a que estava se submetendo. Para chegar aonde estava chegando, ele tinha uma escolha. Decidiu por aceitar, aproveitar uma oportunidade de vislumbrar o desconhecido e assim alcançar algum lugar aonde jamais suas pesquisas e livros o levariam. Percebeu-se sufocando na escuridão em algum momento, então abriu os olhos e o odor da relva úmida lhe encheu as narinas. Respirou com dificuldade, com uma mão em volta do pescoço, a outra tateando a grama sobre a qual estava deitado. Sonambulismo? Provavelmente. Olhou ao redor e as luzes dos poucos postes revelaram que ele estava no jardim diante da Catedral. Levantou-se, o roupão lhe pesando como se fosse uma armadura, e caminhou para mais próximo da velha igreja.

Encarou-a com indiferença no olhar, mas com forte curiosidade. Achou ter visto uma sombra dançando pela fresta abaixo da grande porta dupla e depois voltou a dormir.

Em seus sonhos, soube que aquele pesadelo não teria mais volta.

02
CHÁ FRANCÊS

A primeira luz pálida do dia lhe tocava a nuca com dedos longos e dourados quando ele chegou ao Orfanato Chantal.

O Caolho estava amuado, de olhos baços, com o amigo imaginário de um lado e o vulpo doutro. O pequeno e escuro diabrete imaginário balançava a ponta do rabo em forma de lança e saltitava entre os ombros, bradando palavras de coragem:

— Giovanna. Linda Giovanna! Invista, amo. Invista!

Verne Vipero o afastou com uma leve pancada com as costas da mão. Seu AI não desistiu. Escalou suas costas, alcançou o ombro esquerdo e segurou-se em seus cabelos, agora encurtados após a passagem por um barbeiro, mas ainda revoltos e negros.

— Giovanna dos olhos perolados! Seu novo amor!

O animal aproximou o focinho de sua perna, ganindo e esfregando a cabeça contra a calça dele, num claro sinal de que gostaria de entrar logo para poder descansar.

— Giooovaaannaaa! — continuou o diabrete, tentando emular um cantor de ópera com sua voz estridente e irritante. — Giooovaaan...

— Para, Chax! — ordenou o rapaz, sem forças nem para se aborrecer.

Verne demorou para encontrar a chave certa para abrir a porta de entrada; o álcool o afetava mesmo horas depois do consumo, ainda que ele não tivesse usufruído tanto assim do vinho dos Perucci. Nos últimos quatro meses, desde o seu retorno de Necrópolis, mesmo depois de um rápido tratamento no olho cegado — o direito, antes azul e vivaz —, ele ainda tinha dores ali, naquele buraco em seu rosto. Mesmo depois do frio, mesmo depois dos retornos ao oftalmologista. O álcool amenizava suas dores, lhe fazia bem. Verne, contudo, sempre fora cuidadoso para não se tornar uma versão de Simas Tales. Nunca gostou tanto assim de bebidas alcóolicas e procurava manter o bom senso nas dosagens. Dois copos e estava tonto.

Magma entrou primeiro. Disparou correndo pela sala do orfanato, regougando alto, como se para acordar todos os órfãos. Algumas freiras que ajudavam sua tutora a cuidar do local, acordadas havia muito, vieram afagar o animal, que meses antes já atingira o tamanho de um labrador. Ele abanava suas três longas caudas, ali amarradas para formarem uma e, para seu dono, quase lembrava um cão mesmo. Uma irmã trouxe uma tigela de frango frito da noite anterior para o vulpo, que saltou sobre a velha antes dela conseguir colocar sua comida no chão. Magma correu escada acima com a tigela presa entredentes, feliz e barulhento, desaparecendo logo em seguida. A canseira de Verne o deixava anestesiado e isso inibia também as ações de seu AI. Chax finalmente se calou, mas continuava a soltar risinhos: não conseguia conter-se. O amo o ignorou, já que não podia detê-lo. O rapaz se largou sobre um dos sofás cinzentos e antigos da sala, deitando a cabeça para trás, esperando o sono chegar, sem coragem de subir até o quarto. O sono não veio, mas as lembranças daquela madrugada ressoaram em sua mente.

"Uma prima da Emma veio passar as férias com ela", havia lhe dito Ivo Perucci. "Se chama Giovanna Crivellaro, tem a nossa idade. Ela é muito linda, cara!". Verne respondera que não se interessava, mas seu melhor amigo insistira. "A Gi é de Nápoles. Você sabe, já ouviu falar que todas as mulheres de Nápoles são maravilhosas! Não custa tentar, vá conhecê-la numa boa, como quem não quer nada...". Não atrás de não, o rapaz teimava. Ele ainda não tinha superado a separação com Arabella Orr — que, sabia, era o amor de sua vida. E Lupita Lopez, uma paixão efêmera de outro mundo, o que ela lhe representava? A lycan havia se entregado totalmente para o Caolho, no suor e no sangue, fosse na cama, fosse na guerra. *Tudo dura tão pouco*, suspirou num murmúrio, e estava de volta ao sofá. A sós naquela sala e o sono não o tinha tocado com a força necessária.

A madrugada na casa da família Perucci fora ótima, mesmo com a insistência de Ivo naquele assunto. Os pais dele haviam servido costeletas de porco com molho branco e batatas assadas salpicadas de couve triturada, vinho tinto e depois um bolo branco de nozes com recheio de chocolate amargo, com Pavarotti ressoando alto do outro cômodo. Era aniversário da namorada de seu amigo, Emma Pomo, e mesmo depois do casal ter comemorado uma festa com a família dela, eles agora comemoravam com a dele.

Como gostam de festas, deuses, resmungou o rapaz.

— Como, senhor? — perguntou o garoto de olhos enormes e curiosos.

Verne voltou a si, piscando, bocejando, retesando os braços para o alto, atordoado de sono, mas sem conseguir dormir de fato.

— Depois que a Emma ouviu a conversa, começou a me encher... — disse o rapaz, continuando o raciocínio de suas memórias sem se preocupar em parecer coerente a quem o ouvia. — O casalzinho se uniu para tentar me convencer a conhecer a prima dela... a Gani... a Giocond...

— Giovanna — lembrou-lhe Chax, empoleirado em seu ombro, sorrindo.

— Giovanna. A Giovanna Crivellaro, prima de olhos perolados que veio de Nápoles. — Desta vez ele soltou um longo e sonoro bocejo, que lhe pareceu durar quase um minuto. —Sabia que as mulheres de Nápoles são maravilhosas, Gufo? — Ele chamava o garoto por este apelido, coruja em seu italiano, mas Gufo tinha um nome: Luigi Salvatore, a mais velha das crianças do orfanato, quase com treze anos. Antes, tinha sido Victor. A lembrança (que na verdade nunca se foi, já que ele jamais se esquecera do irmão morto) fez com que Verne tivesse um estalo súbito, o deixando sóbrio gradualmente. — Desculpe, Gufo. Você não deve ter entendido nada, né? Eu estou com muito sono, isso me deixa assim...

— Tudo bem.

Luigi Salvatore era a pessoa mais curiosa que Verne havia conhecido — depois dele próprio. E tinha também o desagradável Mr. Neagu, ele se lembrou em seguida. *Seriam os extremos curiosos todos chatos?*, refletiu. O garoto passou a ajudá-lo a organizar e a limpar a biblioteca do orfanato desde o começo do ano e vinha demonstrando uma incrível boa vontade nos afazeres e uma paixão que o rapaz também só comparava a si mesmo. Gufo tinha assumido a função de ajudante sem pedir nada em troca, mas o Caolho sabia o real motivo: o garoto tinha herdado o quarto que fora de Victor. Era como uma compensação, ele gostava de acreditar. Mas o pequeno Salvatore era um bom menino, educado e sempre prestativo, sem nunca lhe dar motivos para reclamar. Era muito curioso, de fato, mas nada mais além disso.

Gufo limpava as migalhas do pijama sobre a saliência que brotava de sua barriga estufada enquanto terminava seu pão integral com requeijão light. Braços e pernas também eram roliços como pequenas toras e ele já era muito peludo para a idade. Pelos escuros que cresciam da nuca para as costas e outros tantos que brotavam ao longo de seus antebraços e panturrilhas. No início, Verne o apelidara de Menino Urso, mas o pobre começou a virar motivo de chacota dos outros e sua tutora o alertou da maldade, por isso mudou para Gufo, ou Menino Coruja. Também pudera, seus olhos saltados tinham íris enormes e cinzentas, com as pupilas sempre dilatadas. O garoto quase nunca piscava e mantinha a vista sempre atenta e curiosa.

— Por que está acordado a essa hora? — perguntou Verne, com seu único olho verde entreaberto.

— Já são sete da manhã, senhor. — O rapaz não gostava de ser chamado de "senhor", pois lhe dava a falsa sensação de ser um patrão e o fazia se lembrar de Rufus Sanchez, o novo líder do Arvoredo Lycan, que o serviu fielmente por mais de um ano, no ano anterior. O Caolho matou o irmão de seu antigo guarda-costas e ainda tinha pesadelos com aquilo. Aliás, nos últimos meses vinha tendo pesadelos com todo o tipo de fantasia que sua mente pudesse criar. — Fiz meu desjejum e agora estou indo para biblioteca. — Gufo quase falava empolado como ele naquela idade, o que lhe causava tamanho assombro.

O pescoço de Luigi foi envolvido por dois braços magros e longos, com a pele embaciada retesada sobre os ossos visíveis. Sophie Lacet deu um beijo na testa do menino e o dispensou para que ele pudesse ir amar os livros.

— Bom dia, querido — ela disse com sua voz calma e fina, transbordando tranquilidade naquelas suas expressões ternas, de olhos semicerrados e sorriso sutil.

— Bom dia. — Ele anuiu, cambaleando de sono. Percebeu Chax subindo em sua cabeça e puxando seus cabelos, como que para não deixar seu queixo bater no peito e no pingente de sangue ali pendurado quando sua cabeça caísse. — Vocês acordam muito cedo nesse orfanato...

— E você dorme muito tarde.

— Eu mal tenho dormido nos últimos meses, Sophie. — Bocejou. O AI o imitou.

— O alertei que esse ferimento no olho poderia lhe dar dores nas primeiras noites. Mas ainda?

— Não tenho mais dores. — Sem perceber, deu por si roçando o indicador sobre a atadura onde antes teve um elogiado olho azul. — Bem, até tenho quando esfria, mas nada que me tire o sono.

— Então, querido?

Essa conversa se repetia toda semana, mas nunca seguia para o mesmo rumo.

— Pesadelos. Muitos pesadelos. Eu não sei se temo tê-los, por isso não durmo, ou se é a insônia que os causa quando consigo apagar por alguns minutos. — Verne cogitou que ter passado por uma sangrenta guerra de lycans e gnolls, e ainda ter sujado as mãos de sangue inimigo num passado recente bem que poderia ter motivado esses problemas. Será?

— Muitos filmes, games, aqueles quadrinhos do Hellboy... Já pensou que eles podem ser os causadores disso tudo? — Sua tutora tentou. — E café. Você toma muito café, querido.

— E a senhora, muito chá. — Ele lhe mostrou a língua em troça, e ela riu.

— Falando em chá, venha.

Sophie Lacet não esperou por uma resposta; virou-se e caminhou até a cozinha, do outro lado do corredor que a ligava à grande sala, enquanto apalpava o coque negro que encimava a cabeça. O Caolho a seguiu, tropeçando nos próprios pés, com Chax lhe beliscando as orelhas e gritando o nome de Giovanna Crivellaro. Não que a mulher pudesse ouvir seu AI, mas, como se pudesse, ela o indagou:

— Quem é Giovanna? Ouvi você comentando com o Luigi. — Sua tutora encheu d'água uma chaleira de alumínio e a colocou sobre o fogo do fogão elétrico. Na mesa redonda estavam dispostas duas xícaras deitadas com a boca para baixo sobre os pires e neles estavam desenhadas ondas azuis nos entornos.

— Prima da namorada do Ivo. A senhora ouviu — ele respondeu de má vontade.

— Sim. Não é isso. Quero saber o que há entre vocês. — O sorriso sutil e de canto espreitava sua boca fina.

— *Sorrisos políticos* — Verne bufou com preguiça, bocejou, depois empurrou Chax para longe do seu ombro. O AI não parava de cantarolar o nome e as vantagens da moça. — Fui simpático como sempre. Ela é bonita como toda garota de Nápoles deve ser, né? Mas não me interessei. Muito sono, poucas noites dormidas, me falta um olho e tenho dores de cabeça.

— E 22 anos, querido. — Sophie ficou séria por um instante, depois voltou a sorrir timidamente. Ela desligou o fogão e despejou a água quente da chaleira num bule preto de porcelana, ornamentado em dourado com um ideograma qualquer. — Mas você reclama muitas vezes como um velho. Dispensa garotas bonitas e interessantes que até podem se interessar por você, e tudo isso porque não consegue esquecer a menina Orr. — Ele corou. De um prato sobre a pia a mulher retirou folhas jovens amarelo-pálidas e também as levou para dentro do bule e o tampou. O rapaz sabia que aquele tipo de erva lhe daria gases depois. — Por que faz isso com você mesmo?

— Eu... — Verne hesitou. A palavra lhe era difícil de dizer, mas ele era maduro o suficiente para expô-la e, de qualquer maneira, sua tutora já sabia. — Eu amo a Arabella, Sophie. Amo. — Como esperado, Chax interrompeu a canção sobre Giovanna para começar outra sobre Arabella.

Trinta segundos haviam se passado, então Sophie Lacet despejou o chá branco sobre as chávenas, agora viradas para cima. O vapor subiu profuso sobre o rosto do rapaz, embaçando sua visão já turva pelo forte sono. Ela sentou-se, cruzou as pernas como sempre fazia e bebericou o chá com elegância, segurando a alça com o polegar, o dedo médio e o anelar, deixando o indicador guardado para dentro e o mindinho saltado para fora como um pequeno graveto. O longo vestido azul-lilás com riscas brancas na vertical que ela trajava só denotava ainda mais seu bom gosto costumeiro.

Verne demorou um pouco mais, assoprando o líquido para não queimar a boca. Bebericou um bocado. O chá branco desceu intrepidamente e fluído garganta abaixo, como se lavasse sua alma. Esquentou-o por dentro e isso pareceu lhe confortar por algum tempo. Suspirou, com a cabeça jogada para trás da cadeira, o olho fechado encarando o teto sem vê-lo.

— Está bom? — A mulher parecia apreciá-lo. O tom de sua voz era sublime.

— Sim, como sempre. — Ele conseguiu ignorar Chax por alguns minutos, até que "...amada, amada Arabella, a mulher da minha vida, quero-a tanto, tanto..." ressurgiu em seus ouvidos, atormentando-o mais uma vez.

— Às vezes ela vem aqui, mas você não a atende.

— Ando muito ocupado na biblioteca. E ela não tem mais livros para nos devolver. — O rapaz arriscou outro beberico. Este queimou seu lábio superior, e ele rogou uma minúscula praga. Seu AI achou que se dirigia a ele e interrompeu a canção, assustado.

— Anda nada. — Ela foi direta como uma flecha. — E agora há Luigi o auxiliando. O que você tem são desculpas. Todas elas esfarrapadas. — Sua tutora bebeu, os lábios finos ainda intactos daquela quentura toda.

Sophie Lacet tinha razão, Verne sabia. Mas o que ela não sabia — e que ele não poderia revelar a ninguém em Paradizo — era de seu envolvimento em Necrópolis, dos lugares que visitou, das aventuras que viveu, dos amigos que fez e inimigos também. Principalmente eles, os inimigos. Astaroth, mesmo sem face definida, às vezes surgia em seus constantes pesadelos. Sempre disposto a matá-lo, mas não sem antes ter deixado um rastro de sangue de todos que amava ou que lhe eram próximos: Karolina decapitada, Sophie destripada, Simas em vários pedaços, Ivo com o pescoço aberto, Ícaro com vários rombos pelo peito, Arabella lívida sob escombros. Em outras vezes, Victor também surgia, chorando e implorando, mas Verne nunca se lembrava pelo quê. Só de recordar cada fragmento desses tormentos em sonhos, o péssimo gosto da bílis lhe tomava a boca. Sorveu mais chá a fim de espantar aquela amargura.

— Você não entende, Sophie.

— Não mesmo, querido. Já é hora de você ser homem. — Aquilo o pegou de surpresa. — De amadurecer, agir como um Vipero. Deixe de meninices. Assuma seus compromissos. Ela o ama, você a ama. Fiquem juntos de uma vez! — Deu um longo beberico.

— Eu gostaria. Mas é complicado.

Uma sombra caiu de súbito sobre a face da mulher.

— O que você vai fazer quando eu me for? Quem vai tomar conta de você? — perguntou Sophie enquanto deitava o bule para a xícara. O fino líquido acobreado e delgado desceu acompanhado duma cascata vaporosa.

O rapaz não entendeu e tampouco seu sono ajudava. A mudança de assunto também tinha sido repentina. Era como se a conversa anterior tivesse servido de desculpa para introduzir esta. Ou elas estariam relacionadas?

— Qual o problema, Sophie? Você está doente, é isso?

A tutora sorriu aquele seu sorriso sábio e tranquilo.

— Eu já estou velha, não vou viver para sempre. Quem fará este chá delicioso que eu aprendi com minhas tias na França? As irmãs daqui mal sabem cozinhar um ovo.

— Eu posso aprender, você me passa a receita, sei lá. Não sou tão idiota assim. — Verne contraiu o lábio inferior ao tomar o chá. Mas ela não soube se sua careta era pela quentura ou pelo andamento da conversa.

— Não, você não é. Você é um milagre, Verne. Somos todos milagres, sabe por quê? Porque, como humanos, todos os dias fazemos nossas obrigações. E o tempo todo sabemos que as pessoas que amamos a qualquer hora podem ser levadas embora. Vivemos sabendo disso e... e continuamos em frente. Você não pode mudar o passado, mas o futuro pode ser uma história diferente. E ela tem que começar em algum momento. — A chávena na mão da mulher tinha menos vapor agora.

— Eu... — O Caolho hesitou mais uma vez, mas havia compreendido aonde ela queria chegar. Ou ao menos acreditava que sim. — Obrigado, Sophie. — Ele tamborilou a xícara contra o pires, um fino líquido oscilou lá de dentro; se levantou, apoiando uma mão no encosto da cadeira, meio zonzo por horas desperto. — Foi uma boa conversa, mais tarde a continuamos. Seu chá surtiu efeito, o sono veio, vou dormir. Tentar dormir.

— É deselegante partir sem terminar o chá.

Verne queria lhe dizer o quão grato estava e sempre foi por ela lhe dar aqueles conselhos, fossem amorosos sobre Arabella, fossem lutuosos e de superação sobre Victor. Ele queria lhe dizer que sempre a considerou como uma segunda mãe, após a sua, Bibiana, ter partido ao parir o irmão. Ele queria lhe agradecer pelo emprego na biblioteca do Orfanato Chantal e pelo grande quarto que havia lhe dado no passado, onde passou noites assombradas por fantasmas, outras lendo um bom livro, namorando seu amor, brincando com o caçula, ou treinando com o athame. Na voragem do seu âmago, refletiu e viu que tudo aquilo já havia sido dito, não com palavras, mas com gestos. O rapaz sempre demonstrou gratidão e adorava conversar com sua tutora. Mas havia coisas que ela não sabia e nem podia saber — ela não compreenderia. Ele queria ter lhe dito essas coisas também e tudo o mais. No entanto, disse apenas:

— Não é deselegante deixar seu chá esfriar antes de partir?

Com os olhos marejados e firmes, Sophie nada disse. Levou a chávena segurada pelas duas mãos até os lábios e findou o chá branco com rispidez.

— Durma bem — a mulher murmurou amargamente.

Verne Vipero se virou, atravessou o corredor e, quando estava no terceiro degrau rumo aos dormitórios, ouviu a campainha. Magma desceu a escada, barulhento e empolgado como sempre fazia quando alguém estava à porta, abanando as caudas amarradas, ganindo alto. O rapaz lhe ordenou silêncio e o vulpo parou de imediato, sentando sobre os quartos traseiros. *Ele pelo menos é obediente,* pensou, comparando-o a Chax, que havia sumido no trajeto da cozinha até a sala. E Magma realmente se parecia com um cachorro.

A irmã que terminava uma oração sobre um genuflexório ao lado da porta se encarregou de abri-la. O sol matutino riscou a sala até tocar os sofás e a TV; o dia começava morno e apático, como eram as manhãs primaveris de Paradizo. A silhueta tomou a forma de Mr. Neagu, para o desagrado de Verne. O homem vestia um roupão azul e, pelos contornos sob o pano, poderia estar nu.

— O que você quer? — perguntou o Caolho num mau humor repentino.

— Preciso... — Seus olhos estavam enevoados, o queixo pendia para baixo com a boca por babar. — ...falar com você. P-posso?

— Entre, por favor — proferiu alto sua tutora da cozinha, hirta. — Venha terminar um chá comigo, Mr. Neagu. — O tom de sua voz voltava ao terno. O homem caminhou trôpego pelo corredor e Verne o alcançou por trás, acompanhado de Magma, que regougava em desagrado. Sophie pediu que ele se sentasse, mas Neagu negou, recostando-se sobre o armário branco onde guardavam talheres, copos e pratos. Ele apoiou os braços para trás sobre o móvel e ali ficou, com o olhar perdido, não vendo nada em específico.

— Esse aí está mais bêbado do que o Ivo na noite passada! — rosnou Verne.

— Deixe-o, querido — disse a mulher docemente para o rapaz e se aproximou do outro com uma chávena exalando vapor. — Este chá lhe fará bem.

Mr. Neagu capturou a gentileza com grosseria e engoliu o chá duma vez, deixando escapar pelo queixo o que não cabia em sua boca. Seu peito pálido foi lavado de chá branco e escorreu por baixo do roupão até seus tornozelos. *O que dirá Sophie sobre modos agora?,* proferiu Verne para si com certa perversidade. Depois, estranhou. Lembrou-se da cortesia da qual seu desafeto sempre fora provido. *Provavelmente está bêbado mesmo.* Magma rosnava para o visitante, os pelos hirsutos, como uma chama que se acendia. O Caolho tentava controlar seu animal postando a mão sobre a cabeça. Mr. Neagu escorregou do armário até o chão, deixando a xícara vazia rodopiar pelo piso. Ele levou uma mão até o rosto e parecia chorar. Balbuciava qualquer coisa de uma maneira quase inaudível. Foi só quando a mulher seguiu até a dispensa que ele começou a falar:

— Me desculpe! Eu sou *amaldiçoado*. — Suas mãos tremiam em frente a face lavada de lágrimas. — Amaldiçoado!

— Fique calmo, daqui a pouco você melhora. Esse chá surte efeito — disse Verne, sem prestar muita atenção no surto.

— Não estou bêbado, droga! — Esmurrou o chão. O vulpo deu um pequeno avanço como que para mordê-lo, mas seu dono o impediu com uma ordem. — É uma herança do mal! Eu esperava que você, justo *você*, pudesse me compreender!

— Do que você está falando, cara...?

Uma mão gelada apertou o coração de Verne. Era um medo conhecido, que se unia ao receio e ao sufoco. Mr. Neagu sempre desconfiou de suas viagens e ações, e também de seus novos amigos, um monge e um lycan, mas quem sabia? Será que Neagu descobriu? Teria o vendedor de charutos descoberto sobre a Catedral que levava a Necrópolis? Não era possível. Mas, se fosse, por que Verne haveria de temer?

— Você conhece meu passado, não conhece? — perguntou o homem, sua voz agora esganiçada.

— Você é romeno, de uma família nobre da Romênia, vende charutos, é milionário e...

— *NÃO!* — vociferou. Magma fechou os dentes no ar, mas o rapaz conseguiu segurá-lo pelo rabo a tempo. — Você conhece a história do menino exorcizado e da família arruinada. Os Raugust. Eu sei que você conhece!

Como ele poderia saber? Mas agora era tarde demais, pensou Verne, tentando manter a calma. Mr. Neagu provavelmente sabia muito mais do que conseguia dizer, sobre ele e seu envolvimento com Necrópolis. O medo lhe subiu frio pela garganta, mas o rapaz o engoliu de volta e defrontou seu desafeto:

— Você é herdeiro dos Raugust? — Faria todo o sentido se fosse, refletiu ele mais um tanto. Afinal, Raugust e Grigore eram romenos, poderiam facilmente ser da mesma linhagem. A família arruinada vinha do condado de Braşov, o rapaz se lembrava. O Conde Dantalion havia lhe contado a história do espírito demoníaco do Sheol que havia sido libertado do corpo do possuído e ido integrar a alma de Astaroth.

— *NÃO!* Sou herdeiro de Dimitri Adamov!

Demorou um pouco para Verne se lembrar do nome. Vasculhou suas memórias afetadas pelo forte sono e não encontrou nada.

— O exorcista — revelou Neagu, enfim. — O exorcista amaldiçoado que arruinou minha família! — Ele puxava os próprios cabelos, alguns tufos já haviam saído entre os dedos. Parecia enlouquecido. — Dimitri errou naquele exorcismo. Ele *LIBERTOU* um demônio! Ele foi amaldiçoado por isso e sua maldição foi uma herança para todos nós, Adamovs, Viorels e Grigores! Todos! *TODOS!*

O vulpo latiu e foi impelido novamente. Rosnou, encarando o visitante.

— O que este homem está falando, meu Deus? — murmurou uma espantada Sophie, que retornava à cozinha com um grande e intacto queijo Gouda sobre um prato, e uma faca. Colocou-os sobre a mesa. — Sirva-se, sr. Neagu. Corte e coma à vontade, quantos pedaços quiser. E vai melhorar depois disso, tenho certeza.

Mr. Neagu segurou com as mãos o encosto da cadeira onde antes sentara Verne e projetou sua cabeça por detrás do móvel, saindo pouco a pouco do chão de volta para cima. Seu rosto agora era fantasmagórico. Os olhos sumiam numa névoa branca e vazia.

— Vocês precisam saber. Eu guardo meu irmão de treze anos em coma num quarto gelado pela tecnologia avançada dentro da minha mansão. Está tudo lá, os equipamentos, os remédios e as sanguessugas de outro mundo que lhe sorvem a doença, o sangue ruim e amaldiçoado!

O rapaz percebeu que Sophie encarava tudo aquilo com espanto, provavelmente não pelo que era revelado, mas pela maneira como acontecia. Verne notou sua preocupação maternal de ver um outro rapaz, não muito mais velho do que ele, naquele estado deplorável. A mulher se afligia, buscava confortá-lo, mas não sabia bem como fazer. Neagu não era Verne. Contudo, naquele instante, o Caolho se viu mais em comum com seu desafeto do que jamais imaginou. Irmão em coma? Com treze anos? Era impressionante demais até mesmo para alguém que tinha viajado para Necrópolis mais de uma vez.

— Você precisa de ajuda... — começou a tutora. Neagu não a ouviu.

— PRECISO que vocês protejam meu irmão! Por favor... — Chorava. — Por favor! Ele *precisa* sobreviver! Vasculhem minha casa, levem médicos para lá. Eu... eu não posso mais... não posso mais cuidar dele.

— Por quê? — o rapaz arriscou perguntar.

— Porque eu preciso matar *você*, Verne.

O punho gelado se fechou novamente em seu coração. Outros dedos frios o sufocaram na garganta. O medo o tomou. Por susto ou sono, Verne cambaleou para trás. Percebeu a visão turva, levou a mão à cintura e não encontrou o athame ali. *Está em meu quarto, droga!* Não teve tempo de hesitar. Mr. Neagu levantou-se bruscamente, os olhos pretos por completo. O homem capturou a faca de queijo sobre a mesa e avançou.

Magma se antecipou, retardando-o com uma profunda mordida no tornozelo. Sangue escorreu da perna do vendedor de charutos, mas não pareceu perceber. Um chute, mais forte do que um humano seria capaz, empurrou o vulpo para o corredor. "Caim." O animal arfou, mas logo se recuperou e retomou a investida, porém ele ainda estava longe demais. Mr. Neagu estocou a faca contra o abdômen de Verne, mas encontrou o de Sophie no caminho. Depois que a carne foi penetrada até onde uma mão assassina poderia afundar, o homem tropeçou para trás, trombando contra o armário de copos e talheres.

Os olhos giravam, voltando ao normal, e ele ofegava. Magma interrompeu a corrida no corredor, ganindo triste para o corpo no chão. Verne desferiu um soco contra Neagu e este caiu para trás além do armário, varrendo taças, bules, garfos e o que estivesse por cima. Levantou-se pouco tempo depois, esfregando uma mão no rosto, agora uma ruína em roxo, com um rápido inchaço crescendo na bochecha esquerda e o queixo gotejando o sangue que saía da boca. Ele encontrou Verne embalando Sophie entre os braços, chorando e gritando de raiva.

As freiras corriam para todos os lados. Algumas continham as crianças que queriam assistir à cena, enquanto outras berravam de medo ou susto. Uma das irmãs ligava para a polícia de seu celular, e uma segunda chamava pela emergência. Não demorou muito para que algumas sirenes pudessem ser ouvidas distantes. O vulpo lambia o rosto da mulher conforme ela respirava com sofrimento, ainda sorrindo aquele seu sorriso terno e esperto.

— Aguenta, Sophie! — choramingou o rapaz. — A ajuda já está chegando.

Mr. Neagu passou por eles, encarando a cena com um horror inédito. Ele balbuciou, balbuciou mais um pouco, então se fez ouvir:

— Me perdoe... Eu deveria ter matado você, não ela. — Esfregou uma lágrima com a costa da mão e limpou o sangue da boca no trajeto. — Ela... entrou na frente. Eu não deveria. — Uma sirene mais próxima o deixou sobressaltado. — Eu, amaldiçoado, fui forçado a isso! Preciso que entenda... não fui eu. Foi...

— *SAIA!* — vociferou Verne, sem conseguir encarar seu desafeto. Ele passeava com mãos delicadas sobre a face de Sophie. — Fuja, antes que a polícia o alcance. — O rapaz não estava sendo misericordioso; a polícia alcançaria Neagu, isso era certo. Numa cidade pequena e portuária como Paradizo, não havia muitas saídas fáceis para uma fuga rápida. — Fuja, fuja da lei, fuja de mim. Porque, quando eu o encontrar, Neagu, eu que o matarei. *MATAREI!*

Mr. Neagu correu até a porta da sala e a atravessou. Nenhuma irmã fez menção de impedi-lo, nem conseguiria. Logo Gufo se juntou a Verne e Magma sobre o tapete vermelho que tinha se tornado o piso da cozinha, ajudando com guardanapos e mãos a estancar o sangue que saía profuso da barriga de sua tutora. Chax permanecia em silêncio pelo choque.

O Orfanato Chantal tinha se tornado um pandemônio.

03
A VINGANÇA DO CAOLHO, A TRAVESSIA DO PORTEIRO E AS TRÊS IGUARIAS

A sombra lhe estendeu uma mão, que Verne aceitou de bom grado. Levantou-se com cuidado, ainda zonzo, e então sentou-se sobre o banco da praça da matriz, diante da nova igreja, que havia substituído a Catedral anos atrás. Aquele era seu refúgio de sempre, das boas memórias. Sobre o colo, sua caixa de lembranças. Hesitou antes de tocar a tampa.

— A escolha é sua — disse o outro.

O rapaz o encarou; havia se esquecido dele um segundo depois de sua ajuda. Era um reflexo de si, rosto, cabelo, corpo. Mas era escuro como a noite, os olhos vazios. Dos próprios pés, Verne viu duas longas lanças negras se projetarem até o outro, que formava a sombra, que formava ele.

— Orcus?

— A escolha é sua. — Sorriu e aproximou-se. — Vai abri-la?

— Aqui só tem minhas memórias tristes.

— E as boas?

— Morreram com Victor. Se foram com Arabella. Agora me deixaram, como Sophie.

— Seria sua caixa de lembranças? Ou uma caixa de surpresas? — O rapaz não entendeu a troça, nem mesmo se era uma.

A caixa era de madeira nova e clara, não maior do que vinte centímetros de largura, e parecia não pesar muito sobre suas coxas. Abriu-a. Dentro, todo um mundo. Viu aquele continente sinuoso com peças verdes dispostas sobre as regiões: Ermo, Regnon Ravita, Terras Mórbidas, Érebus, Balor, Campos de Soísile — estas, quadriculadas em claro-escuro num mosaico simétrico. Entre as peças, havia Simas como Peão, Ícaro como Bispo, Elói como Torre, Karolina como Cavalo e ele como Rei. Não muito distante dali, duas peças púrpura chamaram sua atenção. O Rei adversário os encarava. A rainha estava do outro lado, flanqueando-os. Ambos tinham asas de morcego e longos cabelos até a cintura. O rapaz lembrou-se de tê-los visto num pesadelo passado.

— Me permite? — indagou a sombra e ele permitiu.

O outro moveu o Rei até o Rei-Verne. "Xeque." Verne Vipero olhou ao redor: estava encurralado. Como não notara antes? Tentou qualquer ação, mas recordou-se de que não sabia jogar xadrez tão bem assim. A sombra moveu a rainha inimiga. "Mate."

Ele suava a ponto de empapar a camiseta, segurando um copo d'água que Gufo havia lhe trazido. Seus olhos indicavam um cenário mais táctil, real. Tinha tido mais um daqueles sonhos. Percebeu-se febril. Talvez fosse o calor do momento com sua tutora. Estava sentado na sarjeta diante do orfanato. Um sem-fim de luzes vermelhas tremeluziam, como que para despertá-lo. Bebeu da água num único gole, se deixou babar, levantou-se, caminhando até uma das viaturas.

— Sophie! Cadê? — perguntou desesperado para um guarda militar que anotava o depoimento de uma freira; lembrou-se de já ter testemunhado, mas teria sido antes ou depois de sonhar? Os pesadelos constantes vinham lhe atrapalhando não só o sono como também a memória nos últimos meses.

O homem apontou bruscamente para o outro lado. Verne correu até a ambulância. Chax surgiu em seu ombro, pedindo para se acalmar. O

AI sabia como seu amo ficava em situações como aquela. Recordava-se do dia da morte de Victor Vipero.

Sophie Lacet estava posta imóvel sobre uma maca, carregada para dentro do veículo por dois moços não muito mais velhos do que ele. O médico que acompanhava o procedimento interveio.

— Agora não — disse o homem de óculos embaçado e rosto quadrado.

— Me deixa passar!

— Calma. Você poderá visitá-la amanhã. Agora, precisamos levá-la com urgência. Ela precisará passar por uma delicada cirurgia.

O rapaz capturou o doutor pelo colarinho branco.

— Ela vai sobreviver? Me diga! Vai? — Chax tentava acalmá-lo, mas era inútil.

Um outro guarda fez menção de interceptá-lo, mas o médico o dispensou. Colocou as mãos sobre as de Verne com tranquilidade e as retirou de seu jaleco.

— Não sabemos ainda. A faca a atingiu profundamente e perfurou alguns órgãos. Faremos o possível para salvá-la, isso eu lhe garanto.

Ele escorregou até os pés do doutor, em prantos, agora segurando os tornozelos do homem. Tremia por inteiro. Soluçava vez ou outra. Chax acalentava-o:

— O médico está sendo sincero com você porque sabe que você é forte, amo. Ele já viu seu estado anos atrás, quando você lidou com a morte de Victor. Terá de lidar com esta situação agora. Terá de ser forte.

Sem pensar, Verne concordou. Pela primeira vez, de imediato, sabia que seu AI falava uma verdade e precisava segui-la, porque assim ele era. Pôs-se de pé, desculpou-se com o médico e deu uma olhada final em Sophie. Engoliu em seco, limpou a última lágrima com a costa da mão e seguiu até o policial que terminava de interrogar Gufo. O menino estava com Magma. Aqueles seus olhos saltados estavam em choque. Irmãs ao redor conduziam as crianças para dentro de um ônibus que a prefeitura disponibilizara para levá-las para uma unidade provisória enquanto a perícia cumpria seu serviço no Orfanato Chantal durante um ou dois dias. O rapaz abraçou o órfão como se fosse seu irmão. Foi um abraço demorado. Magma gania como se chorasse.

— Vá com elas, Gufo.

— Você precisa de mim aqui. Os livros. Você. Não posso abandoná-los... — o menino dizia assustado, gaguejando, tentando segurar o choro. Era um mini-Verne, de fato, ele concluiu.

— Você é a criança mais velha. As outras precisam de você. Proteja-as. As irmãs o ajudarão.

— Mas... m-mas...

— *Peter Pan* é seu livro predileto, pelo que eu me lembro, não?

— S-sim. — Luigi Salvatore usou a gola do pijama para limpar o que lhe escorria do nariz.

— Deleve era seu garoto perdido predileto, certo?

— Sim. — O menino parecia ir ganhando coragem a cada pergunta. Seus olhos revelavam isso.

— Aja como Deleve, então. Gufo, o novo garoto perdido, órfão como Deleve e tão corajoso quanto ele! Projeta os outros garotos perdidos. — Verne sacudiu o garoto com as mãos. Ao encorajá-lo, também se encorajava. Era um processo mútuo.

— Sim! — bradou Gufo, cerrando os punhos e fazendo uma careta que deveria dizer que era corajoso. Correu até o ônibus dos órfãos antes que partissem. Então, partiram.

— Você deveria ir com eles, Verne — disse o policial Anatole. O rapaz lembrava-se dele, era um militar que costumava frequentar a mesma padaria. Paradizo era uma cidade pequena, muitos se conheciam ali. Verne é que não tinha lá memória para tanto.

— Depois. — Afagou a cabeça do seu vulpo, amuado. O policial Anatole era alto como Rufus, gordo como Simas e tinha olhos paternais. Dentre os militares presentes, este era o que lhe transmitia mais confiança. — Neagu. — O nome lhe saía cortado de raiva entredentes. — Já o encontraram?

— Seu cachorro aí o mordeu. Vai ser fácil. Ele deixou rastros de sangue por todo o caminho. Já temos dois oficiais em seu encalço, ele não vai longe.

— Para que direção ele foi?

O policial Anatole não respondeu de imediato. Apontou para leste, onde o sol nascia achacado.

— Veja você mesmo.

Ele olhou com atenção, e Chax repetiu seus movimentos. O rastro de sangue que se iniciava na cozinha arrastava-se para fora da porta do orfanato para a calçada, atravessava a estreita rua em frente e seguia reto até uma ruela do lado esquerdo, então subia para o lado. Verne viu ali uma oportunidade. Lembrou-se de outro conto de fadas, das migalhas de pão de João e Maria, agradeceu ao militar e saiu correndo. Magma o seguiu.

— Ei, espere! — gritou o policial Anatole. — Você não pode fazer nada agora!

Mas ele fingiu não o ouvir e seguiu correndo ladeira acima. Sabia que, coxo pela ferida que o vulpo lhe dera, Mr. Neagu não teria velocidade. Seu pingente de sangue, a ligação que mantinha viva com Victor, balançava pelo pescoço; o guardou por baixo da camiseta cinza. Usava também uma camisa vermelha xadrez por cima e uma calça jeans nova com tênis pretos — o seu vestuário da noite do passeio anterior. Ele tinha fôlego para correr: passara quase dois anos treinando diariamente o exercício.

Dez minutos depois, na metade do caminho, estacou. Lembrou-se do athame. Estava em seu quarto, nos andares superiores do Orfanato Chantal, dentro da caixa de chumbo abaixo da cama. Voltar agora seria perder Neagu para sempre. Verne procurou um lugar discreto sob a sombra dum toldo de mercearia fechada para se encostar e concentrar-se. Uma fina película vermelha evaporava para fora de seus poros com sutileza. Apertou os olhos e vasculhou a memória exata das medidas de seu quarto — sabia que era possível, então fez. Suava, deixava caretas desmancharem sua face, contorcia-se nas paredes castanhas, fazendo o chamado, sentindo o metal de sua lâmina ser tocado por sua energia, forçando a caixa de chumbo a se abrir. Athame e ectoplasma eram um só. Vermelhos. *Vernes.* Não demorou para que ele soltasse o ar e caísse sentado de canseira súbita. Magma veio em seu auxílio, o lambendo o rosto. Chax saltitava seus ombros, tentando despertá-lo. Logo ele se recobrou e estendeu uma mão para o céu, ainda coruscante. Do alto daquele firmamento azul-maçado, um pequeno ponto prateado girava no ar, brilhando em vermelho, vindo até ele. O punho do athame parou com exatidão sobre a palma de seu usuário e o ectoplasma finalmente pode se esvair. Verne suspirou, satisfeito pela ação. Ali, tinha dado um grande passo na evolução do seu poder, pensava.

O vulpo bramiu e ele relembrou suas motivações. Mesmo com a trilha de sangue, o rapaz tinha Magma para farejar Mr. Neagu. O animal farejou e eles correram e correram e correram. Até chegar à Catedral. As migalhas escarlates deixadas pelo vendedor de charutos terminavam ali. *Tão óbvio,* murmurou Verne enquanto escancarava com furor a grande porta de madeira velha da igreja abandonada. Mulheres e crianças e mendigos e pessoas alcoolizadas sobressaltaram-se com sua presença e logo um homem carcomido e manco se dirigiu até ele, o encarando com irritação, passou adiante e foi fechar novamente a porta lá atrás. Então, sentou-se aos pés dela, cruzando pernas e braços na frente do corpo fétido e malvestido. Fez uma carranca para Verne.

— O Porteiro dos Mundos.

— Você não... nos... deixa em paz... — Sua voz era fraca, antiga e cheia de pequenos arrotos entre as vogais. — Nunca! Sempre!

— Perdão. — Ele fez uma reverência ao homem como se o outro fosse um lorde. — Foi necessário. Não farei mal a ninguém. O senhor já me conhece.

— Vá! — grunhiu, bravo.

— Antes... Ah, o senhor viu algum outro moço, usava roupão azul e a perna sangrava. Um pouco mais alto do que eu, cabelos longos e negros...?

— Sim. — O Porteiro dos Mundos o encarava como se ele fosse o assassino ali. — Passou por... aqui... tem uns dez... quinze minutos. Passou!

— Obrigado! Obrigado! — Verne correu até o altar da velha igreja e procurou o alçapão que dava para o túnel da travessia para o Mundo dos Mortos.

Algumas crianças pequenas começaram a chorar, talvez pelo susto que ele havia dado em todos, enquanto dois homens alcoolizados começavam a entoar desastrosamente uma canção cristã: "Pai Cristo, ó Senhor, dai-nos..."

Antes que pudesse ser envolvido pelo som, o rapaz afundou pelo buraco e fechou a portinhola acima da cabeça.

— Odeio este lugar! — resmungou Chax.

— Se Neagu estiver por aqui, vou capturá-lo e levá-lo arrastado até a delegacia! — cuspiu Verne, sem se importar se sem-teto ou centauros ouviam-no. — Então, não precisarei ir para Necrópolis e você não sumirá, Chax.

— Aham. Eu sei onde isso vai dar. — O pequeno diabrete cruzou seus bracinhos na frente do tronco e balançou o rabo para os lados para demonstrar sua chateação.

Verne Vipero avançava pelo túnel naquele meio-breu, com o athame reluzindo um sutil vermelho e lhe servindo como lanterna. Magma seguia na frente, farejando a terra batida enquanto abanava o rabo de ansiedade. Poucos quilômetros depois e estavam num ambiente mais claro; as tochas dispostas nas paredes de pedra revelavam melhor o cenário. O rapaz olhou por sobre o ombro e Chax não estava mais ali; o chamou, ele não veio. Percebeu que aquela parte do túnel já era território necropolitano. Isso ficou ainda mais bem esclarecido quando não notou mais mendigos e homens alcoolizados terrestres, mas avistou centauros que serviam aos militares da Esquadra de Lítio fazendo rondas, alguns duendes correndo para se esconderem nas sombras, o fantasma de uma bela mulher atravessando seres e paredes como se fossem nada, e alguns idosos malcheirosos sentados sobre a terra e cobertos por mantos escuros murmurando frases que ele não conseguia compreender. Um destes, em especial, lhe chamou a atenção pois o fitava com interesse por baixo do capuz que cobria sua cabeça. Os olhos cinzentos e embaciados estavam atentos sob um sombreamento do rosto redondo, de bochechas inflamadas e flácidas caídas abaixo do queixo, onde despontava uma barbicha branca triangular.

— Ei, você — sussurrou o desconhecido em tom roufenho. Balançava a mão fofa de dedos roliços. — Venha cá. Venha.

Sem compreender e sem paciência, Verne abaixou-se até sua presença de imediato.

— Pois não, senhor? — Próximo ao rosto, ele viu um velho com um bigode farto, que formava um arco de tufos brancos cobrindo a boca por completo.

— Albericus Eliphas Gaosche.

— Senhor?

— "Senhor", não. Albericus Eliphas Gaosche.

— O que quer? — perguntou com a paciência esvaindo-se.

— Hum... — Tocou a face do rapaz com os dedões enrugados e o analisou calmamente, puxando e repuxando a pele de seu rosto para cima e para baixo. Ele resmungava pelas caretas involuntárias que o estranho lhe fazia ter. — Nada, não. Pode ir. Obrigado.

— O que diabos foi isso?

— Você lembrou-me *dele*. Mas, vendo agora, não são tão parecidos.

— Ele quem?

— O menino. Menino como você. Mas foi o outro menino.

— Maluco — Verne bufou, levantando-se. Viu Magma sentado sobre os quartos traseiros, olhando com interesse para o velho encapuzado. O vulpo costumava reagir mal a estranhos ou a ameaças. Através de seu animal, ele sabia que o homem não lhe apresentava riscos. — Ei, senh... Albericus. Viu algum outro menino passando por aqui? Perna machucada, cabelos longos...

— Vi. Ele foi por ali — respondeu, apontando para o fim do túnel, não muito distante de onde estavam. Acima, frestas do dia de Solux que transpassavam a madeira surrada indicavam a localização do alçapão que subia até a Catedral de Necrópolis.

— Obrigado! — Verne tomou passos largos, Magma levantou-se cansado e o seguiu.

— Não vai alcançá-lo, menino. Faz tempo que o outro passou por aqui.

— Ele não irá longe — disse rispidamente.

— Isso você não sabe. — O velho sorriu e sempre que fazia isso fechava as pálpebras. Era como se suas gordas bochechas apertassem as bolsas abaixo dos olhos, forçando-os a cerrar. O homem se pôs de pé. Era redondo como quatro barris juntos lado a lado e uma cabeça menor que Verne. — Agora, saia de cima do meu octaedro, por favor.

O rapaz expressou indignação, depois levantou os pés, até encontrar um dado de marfim de oito faces enterrado na terra abaixo da sua perna esquerda. Pegou-o e o jogou de volta ao seu dono.

— Nossa — exclamou Albericus, capturando sua peça com destreza no ar. — Faz tanto tempo que o perdi. Uma semana. Talvez três?

— O que fazia com o dado?

— Octaedro. — Sorriu. Mordiscou a ponta entre os números 1, 2, 5 e 6 e emitiu outro som estranho. — Uma ferramenta apenas. Para medição.

Verne olhou ao redor; ninguém prestava atenção aos dois e naquela conversa esquisita. Ele, por conceito, sempre se atraíra a diálogos do gênero. Deu andamento ao papo:

— O que você mede com isso?

— "Isso", não. Octaedro, menino. — Roçou a peça na capa escura como que para limpá-la. — As Linhas de Ley.

— Já ouvi falar. Ocultismo. Nunca me aprofundei.

— Interessante. Isso é raro, creio. — Sorriu. — Meu mestre Pitágoras já ditava ensinamentos sobre isso há eras. É complexo, mas nem tanto assim. E ele nem foi o primeiro.

Verne engasgou-se nas palavras, não conseguiu dizê-las. Por fim, cuspiu:

— Pitágoras?

— Sim. Pitágoras de Samos, conhecido apenas por ser um grande matemático e filósofo terrestre. Um grande homem, um grande mago. — Albericus se aproximou, o olhando com atenção, como se vasculhasse sua alma. — Acupuntura, conhece?

— Conheço.

— As linhas energéticas marcam os pontos principais no corpo humano com a acupuntura, certo? — Não esperou que o outro respondesse. — Imagine que as Linhas de Ley façam o mesmo com a Terra. Este e outros mundos. Elas demarcam pontos energéticos de maior intensidade na superfície de um planeta. — Levantou a pequena peça na frente do rosto, mirando-a com fascínio. — O octaedro é o representante do elemento ar, apenas um instrumento. Mas isso eu já lhe disse.

— Interessante. Uma hora dessas eu preciso parar para ler mais sobre as Linhas de Ley e ocultismos a fim. Devo ter dezenas de livros a respeito lá na biblioteca... — Verne percebeu de repente o forte sono voltando e lhe pesando nos ombros. — Mas isso não vai me ajudar a encontrar Mr. Neagu agora.

— Energia Telúrica, círculos de pedra, Feng Shui, computadores celestiais... De fato. Conhecimentos demais, interesses de menos. Esta nova era não se atém ao que importa, ao que levará todos a ascender. Evoluir. — Magma se aproximou do velho e lambeu seus gordos dedos como se tivessem sabor de pássaro; recebeu em troca carícias sobre as orelhas pontudas e vermelhas como o fogo. — E você tem razão, menino, não tem como este diálogo levá-lo até o outro. Eu já disse. Ele está longe.

— Certo. Obrigado. Venha, Magma! — O rapaz bateu a mão contra a perna, chamando seu animal. O vulpo não fez menção de sair do lugar.

— Preciso procurar o assassino da minha tutora.

— *MAS* — Albericus enfatizou alto —, este diálogo talvez possa auxiliá-lo com o morbo-tantibus. — Verne explicitou sua incompreensão, então o velho precisou ser mais claro: — A doença do sonho que o aflige há muito.

— Eu ando com insônia, só isso.

— Não. Morbo-tantibus. — Albericus retirou a capa escura e a deixou cair sobre a terra batida, revelando seu corpo rotundo coberto por um robe branco e limpo, de calças também brancas. Os pés descalços. Encimado na cabeça calva tinha um minúsculo chapéu cônico de palha preta, com uma falsa trança negra despontada para trás indo até o meio de suas costas, findando num pequeno tufo. O pescoço, se existisse, estava enterrado em grossas camadas de gordura, e a junção de seu queixo com o corpo eram três dobras uma sobre a outra. — Infelizmente, ocorrências recentes fizeram com que seu cordão de prata fosse afetado. Mas isso tem cura, relaxe.

— Como sabe tudo isso?

— Albericus Eliphas Gaosche. Chame-me pelo nome ou então crie algum apelido. Não sou um qualquer para você não me intitular durante um diálogo. Eu sou um mago de Necrópolis. — Verne Vipero não esperava por essa. Desculpou-se e deixou que o velho continuasse. Magma parecia mais interessado em suas carícias do que em seus conselhos. — Essa doença é grave e pode até matá-lo. Não pode ter se originado de outro lugar que não de Kosmaro. Ou o Reino dos Pesadelos, como a língua-nova gosta de chamar.

O sono não dormido e a energia gasta com seu ectoplasma fizeram com que o rapaz descansasse sobre o solo, bocejando e ofegando ao mesmo tempo. Não tinha muito mais o que fazer por agora, a não ser ouvir e aprender.

— Subplano de Necrópolis, suponho.

— Sim e não. Kosmaro é o reino dos íncubos e súcubos. Mestres dos pesadelos. Kosmaro é o subplano que liga um Círculo ao outro. No caso, que liga o Sonhar com Moabite, como uma espécie de ponte, sabe? — Albericus cofiou sua barbicha pontuda. — Os oneiros controlam os sonhos, enquanto os íncubos e as súcubos, os pesadelos. O segundo Círculo é tão complexo quanto qualquer outro, menino. Não pense você que não.

— Não duvido... *Albie* — disse corajosamente. Não sabia o quanto de ousadia poderia usar diante de um mago.

— Albie? — O velho guardou o octaedro num bolso do robe e depois deu tapinhas sobre, para averiguar se ele continuava seguro ali. — Gostei. Bom que se decidiu, menino. — Sorriu.

— E como faço para curar esse morbo-tantibus, Albie?

— A doença vai lhe consumir, lhe dará febre, interferirá em algumas de suas ações. Será uma grande complicação em sua vida, isso posso lhe assegurar. Pode até mesmo matá-lo. Mas isso eu já lhe disse. Porém, há cura. Sanitatum-somnium, a cura do sonho.

— Como a consigo? — Agora ele estava preocupado. Seus dedos arranhavam a calça sobre a coxa em aflição, medo e ansiedade.

— Para preparar o sanitatum-somnium você precisará de três iguarias só encontradas em Necrópolis. Mas não tão difíceis assim. Um ovo de cocatriz, um cacho de uvas-liláses e uma semente-do-céu.

— Um ovo de cocatriz, um cacho de uvas-liláses e uma semente-do-céu — o rapaz repetiu para si. E de novo. Mais uma vez. Não poderia se esquecer delas.

— Você deve levar os ingredientes para aquele que sabe como preparar o antídoto. Depois, deverá ingeri-lo. Então, você sucumbirá ao sono e vai adormecer quase em estado de transe. — Albericus levantou o indicador roliço. — Mas lembre-se: antes de beber e dormir, esteja entre as árvores gêmeas. Só assim o processo estará completo.

— Um ovo de cocatriz, um cacho de uvas-liláses e uma semente-do-céu — ele repetia, atento aos novos detalhes. — Levar os ingredientes. Bebê-lo sob as árvores gêmeas. Reino dos Pesadelos.

— O "porém" vem pelo detalhe dessas iguarias serem únicas entre as suas categorias comuns.

— Então eu não posso pegar qualquer uva-lilás ou qualquer semente-do-céu? — A pergunta fora retórica, e ele já não gostava dela nem da vindoura resposta.

— Pois é, *não*. Você terá de encontrá-las com especificidade. Há uma lenda que diz que os três filhos do segundo Círculo foram aprisionados, ou feitos reféns, durante a eterna guerra dos sonhos contra os pesadelos, dos quais íncubos e súcubos saíram vitoriosos.

— Os oneiros estão presos, você diz, Albie?

— Sim, estão. Fântaso foi trancafiado em uma semente-do-céu. Ícelo reside aprisionado como cria dentro de um ovo de cocatriz. Morfeu vive angustiado dentro de uma uva-lilás, para sua desonra, pobre. — Ajustou o chapéu de palha sobre a cabeça, mas nada mudou. — Veja só, a ironia da existência. Cada oneiro preso à sua refeição predileta. A gula como punição.

— E... por que não foram libertados antes? Outros devem ter tomado da cura do sonho...

— O morbo-tantibus é uma doença antiga, tanto quanto esses Círculos. Assim, o sanitatum-somnium é uma cura antiga também. Não duvide disso. Contudo, a última vez que soube de alguém com tal doença foi há três eras. E isso é mais do que a idade do seu deus-homem. Até então, os três oneiros não haviam sido presos pela guerra. Agora, estão. Se você quer curar-se, tem de libertá-los. Você os salva, eles o salvam. É a troca equivalente. Mas sei que vocês, terrestres, têm outro nome para isso...

— Uma mão lava a outra.

— "Tudo o que está em cima é igual ao que está em baixo", bradava o arquimago Hermes Trimegistro. Bons tempos aqueles. Ah, o saudosismo. — O velho sentou-se e recostou-se na parede de pedras, cobrindo-se com a capa escura como se fosse um cobertor. Magma retornou para o seu dono, procurando colocar a cabeça em seu colo.

— Albie... Por quê? — Verne bocejava longamente, os olhos semicerrados pediam por um repouso imediato. — Por que me ajudou de maneira... tão gratuita?

— Oras, menino. Não foi gratuito. Isso é tão óbvio. — Também bocejou. Mas antes sorriu. — Pela dívida. Você encontrou meu octaedro perdido há muito. Sou grato por isso e paguei com uma informação importante, que apenas me custou algumas salivas.

Verne achou a resposta satisfatória e então se deixou tombar no chão de terra. Com seu sono pesado, aquilo para ele era tão confortável quanto sua cama e seu travesseiro. O vulpo já dormia meio sobre o dono; o velho mago do outro lado roncava. O rapaz finalmente adormeceu, quase uma recompensa depois de noites de insônia. Antes, porém, ele ouviu Albericus ronronar sem perceber palavras em um sonambulismo de mago:

— Eu o ajudei porque vocês são parecidos. *Parecidos*. Não iguais. Você é promissor, ele já foi um dia. *Não é mais*. As mesmas feições de fúria e determinação. *Obsessão acima de todas as outras*. Você *é* como meu menino *foi*. — Ele chorava enquanto sonhava.

04
O VIAJANTE DAS SOMBRAS

Elói Munyr lembrava-se de estar na seção sete, entre livros e pergaminhos empoeirados e agáricos nas estantes apertadas, com uma lupa e uma vela sobre a mesa, pesquisando cinco obras que estudavam os prismas dos Círculos, em um estudo anterior ao do mago Arcoballenus, mas que o complementava. Um pesado tomo intitulado *Guia de Caça de Corno Ambárico,* de capa preta cartonada com letras grafadas em vermelho-vernizado, estava aberto ao lado. Nele, informações com argumentos diferentes para um mesmo tema: animais raros ou extintos, entre eles unicórnios, kroboros, vulpos, entre outros, e como lidar com eles, modos de domesticá-los, alimentá-los, domá-los e, principalmente, caçá-los. Além de sua relação com ectoplasmas. Ao final de mil e trezentas páginas e dois dias de leituras, o monge concluíra que o tomo era apenas um velho livro para caçadores. Nada que entregasse o conhecimento que buscava.

Contudo, um pergaminho de folha-maldita, escrito a óleo-viscoso pelos druidas de Fintal, trazia boas surpresas: revelava as evoluções de um vulpo, os níveis que ele poderia atingir e o que essa raça simbolizava entre os nortenhos. Também ensinava uma poção com o uso de chifre de unicórnio e plumas das asas de pégaso, e como cruzar as duas raças para formar o lendário unipégaso. Elói lembrava-se de ter em seu manto as obras que lhe eram convenientes quando partiu da Biblioteca da Coroa, na Capital de Néde. Mas isso foi antes.

Depois, estava diante de uma caveira sentada na escuridão, cada osso no devido lugar, o crânio boquiaberto, suas órbitas sem vida encarando-o com despeito. Não era um sonho, ele esteve ali. Lembrava-se do odor de enxofre, da pele arrepiada, dos sons do vazio. Tudo era negro, o breu como domínio, um cenário familiar que durou por um tempo indistinto que ele nunca soube medir. Ele se lembrava. Isso foi depois, mas ainda antes do que lhe seria o presente.

O monge teve de regressar a muito, muito antes desses eventos se não quisesse enlouquecer. Sua memória precisava ser alimentada com mais peças do quebra-cabeça que havia se espatifado pela mente. Ele juntava as peças aos poucos e chegava a conclusões do que tinha vivido nos últimos meses. Ou seriam semanas?

Simas Tales resmungava. Nyx estava firme no céu, mantícoras rugiam na noite quente pelas reentrâncias da Cordilheira de Deimos. Gorgo ruminava a pouca grama sobre as rochas. O monge tinha convencido o ladrão a ajudá-lo a encontrar Treval através das memórias e, também por elas, as de seu povo, que havia conhecido mais intimamente Lobbus Wolfron, o feroz, um dos famigerados Os Cinco, pelo menos nos seus últimos dias. Elói usou de um antigo pêndulo que carregava consigo para hipnotizar Simas enquanto murmurava palavras antigas para levá-lo ao transe necessário. Não demorou para que o ladrão se esparramasse pelas rochas no sopé de um monte. O monge sentou-se diante do aliado, cruzou as pernas para a posição de lótus e concentrou-se, deixando o ectoplasma fluir num círculo concêntrico entre os dois, formando uma bolha-iglu sobre ambos. Primeiro, executou o básico, derrubando as barreiras mentais do outro, derretendo a muralha psíquica do ladrão como se fosse gelo e utilizando seu eu-etéreo para atravessar a curta estrada até a mente. Lá, ele ecoou as palavras de Simas Tales; tinha autorização para invadir aquela mente, então a invadiu.

Caminhou por um mundo árido em sépia, que revelava verdades abertas e outras ocultas, as quais o rapaz gostaria de esquecer. A infância com os primos e amigos, treinando aventuras de mentira em busca de tesouros de brinquedo entre as lenhostrals imponentes que ocultavam seu povo no deserto. A paixão do ladrão por Bya DiMonei durante a adolescência, um amor platônico jamais correspondido, perdido para o parente Rafos. Depois, no vigésimo dia de seu nome, Lygia Cross — cabelos ruivos, olhos penetrantes —, com quem teve um breve romance; ela, porém, partira com a mãe para uma aventura e nunca mais voltara. Elói sentia a dor de Simas, quase podia chorar com ele. Só que aí veio um virote, lhe atingiu no ombro, na coxa e o monge caiu. Eles desvaneceram. Sete duendes avançaram ferozes, gritando por uma coroa de prata roubada. Ele olhou para o lado e viu um amigo, não dele, mas do usuário da mente invadida. Marino Will, o nome ecoava com pesar. Vivo, enganava um príncipe; morto, sangrava na neve. Elói olhou por cima dos ombros e notou Simas Tales chorando com uma pistola nas mãos, ora raiva ora depressão. Mas ali estava o pai, Kendal Tales, acalentando a criança que fora. Depois, correndo na velocidade da luz, deixando rastros ambarinos por onde passava e sumindo para sempre. Pavino Tales chegava com fúria e o ladrão agora era um adulto, o mesmo que Elói conhecia. O Líder dos Ladrões do Vilarejo Leste cuspia broncas ininterruptamente. Gorgo surgiu correndo e o tirou de lá, o monge seguiu junto, escapando pela areia azul. Karolina Kirsanoff, a mercenária, os perseguia. Sua presença era pulsante, quase indescritível mesmo ali, nas memórias sóbrias. Verne apareceu por último, sorrindo.

 Elói Munyr parou para descansar, era preciso. Suor escorria de sua testa raspada. Ele ofegava, sem permitir que o ectoplasma concentrado se esvaecesse. Um minuto foi suficiente e a primeira camada de memória era fácil de caminhar. O monge não conhecia as habilidades de leitura da mente, por isso precisava penetrá-la pouco a pouco; afinal, estava apenas vasculhando lembranças, era um processo diferente. O segundo estágio seria mais difícil e através dele acessaria a Grande Rede, uma teia com cordões translúcidos que ligavam todas as outras mentes do mundo, daquele e dos outros, Círculos afora. Ele só precisava do povo da Vila dos Ladrões. Ajoelhou-se diante de Simas e tocou-lhe a cabeça com suas mãos, os dedos em riste, os olhos cerrados, suava mais, concentrava-se mais, penetrava a memória cirurgicamente, descendo um nível, encontrando ali Os Cinco, com Lobbus Wolfron trajando Treval ao fundo, meio escondido, quase tímido. Para Elói ter acesso completo à existência do lendário feroz, ele precisava capturá-lo enquanto fosse tempo. O ladrão fugiu correndo, mas foi pego por sua mão.

 A Grande Rede surgiu, as teias brotaram das costas de Lobbus e foram em direção ao Vilarejo Leste, onde as memórias dos demais que vieram a conhecê-lo se dispuseram a revelar o que sabiam. Primeiro uma vintena de cordões, seguida por uma centena, depois milhares. O monge não se focou nas memórias deste como fizera com as do jovem ladrão. Lobbus Wolfron fora um aventureiro como outro qualquer, sem passado significativo, mas despontara muito cedo com um talento único para esconder-se, ser furtivo e invisível se assim desejasse. Sempre nas sombras. Não à toa, lhe pareceu ironia o destino deste lendário do quinteto. Uma última investida pela Capital de Néde. A aventura final que causou a ruína d'Os Cinco. Naquele evento, Lobbus Wolfron, encurralado pelas autoridades, fez mal uso de Treval e bebeu de toda a sombra da capital, sendo devorado pela escuridão, sumindo para sempre. "A primeira maldição: a solidão" ecoou em sua mente. A voz era indistinguível. Elói viu dois olhos ofídios despontando no breu, o menino maldito lhe sorrindo de satisfação. *Astaroth, o Príncipe-Serpente,* concluiu.

— Covarde — ouviu o sibilar sinistro rememorando. — Você será o novo dono de Treval. Mas não precisarei rogar-lhe praga alguma, pois as próprias sombras se encarregarão de consumi-lo.

Não era para ele, era para Lobbus Wolfron. Um insight lhe tomou de assalto. Os cadeados foram destrancados, as correntes de lembranças arrebentaram, fazendo chover memórias do feroz sobre o monge. Estava concluído. Ele caiu de costas sobre a areia anilada; Simas ainda dormitava tranquilo. Lembrava-se. Dormiu depois daquilo. Acordou com o jovem ladrão lhe chutando as costelas para se despedir, enquanto o monge tentava explicar sua última ação. Despediram-se. Lembrava-se.

O mundo estava escuro. Mas isso era agora. Ele precisava retornar um pouco mais. O intermediário entre as Terras Mórbidas, a Biblioteca da Coroa e o ritual perigoso. Vasculhou as próprias memórias, um ato fácil considerando que as de terceiros também foram. Pressionou os dedos contra as têmporas. Encontrou-se. Ele se lembrava. Estava pelo vasto campo verde dos Campos de Soísile, ajoelhado na grama com pergaminhos soltos, palavras esquecidas sendo revividas. Numa pequena anotação sobre um tomo, jazia a frase que precisava entoar. Usou de seu punhal com lâmina ondulada para abrir um pequeno corte no dedo e deixar respingar no papel velho seu sangue sagrado. Em títulos mundanos era um monge desertado e desonrado. Porém seu físico não fora afetado; conceitualmente ainda era um monge. Purificado e sagrado em Oais. Não era um homem qualquer, tinha bebido da magia sagrada e feito e cumprido os votos. Seu sangue era mágico, assim como as palavras ditas ao vento:

— *Iter-umbra. Iter-umbra. Iter-umbra.* — Era necessário proferir três vezes.

O sangue pegou fogo sobre o papel e a fumaça que subia rápido cobriu Solux sobre ele, formando sombras ao seu redor. Essas sombras agitaram-se, tornadas vivas por um instante. Tentáculos negros enlevaram-se e capturaram suas pernas, devorando-o para a escuridão — sua própria sombra engolindo-o com gula. Quando a fumaça foi levada pelo vento e do papel só restaram cinzas, nada mais havia para se ver nos Campos de Soísile. Ele se lembrava.

Ainda no passado próximo, se fazendo cada vez mais linear em sua cronologia pessoal, o monge notou-se flutuando no vazio escuro que era aquele lugar. Uma voz negra, nem feminina nem masculina, lhe revelava o que era importante.

— **TENEBRIS, É ONDE ESTÁ.**

— O Mundo das Sombras — Elói disse para si mesmo. Precisava evitar a insanidade.

— **POR AQUI FICARÁ PELA ETERNIDADE.** — A voz vinha num eco profundo. Parecia oculta, ao mesmo tempo tão próxima.

— Não!

— **O OUTRO REINOU POR UMA ERA DE SOMBRA. AGORA, VOCÊ REINARÁ EM SEU LUGAR.**

— Não!

— **TENEBRIS ORDENA, NÃO HÁ ESCOLHA.**

— Há, sim!

Elói conhecia as regras, havia estudado nos tomos furtados. Ele sabia que a viagem até o Mundo das Sombras poderia não ter volta, por isso munira-se antes, deixando rastros de lembranças entre o trajeto de Necrópolis para lá. Não as suas lembranças, ineficazes ali, junto dele na escuridão; mas as lembranças de milhares. Com um toque ritualístico simples, o monge retirara da mente um filete translúcido que depois formou um globo brilhoso sobre suas palmas.

— Vê? — ele perguntou. A voz se calou, Elói continuou: — É a memória de todo um povo. Eles me protegem aqui. Não ficarei preso, não mais do que Lobbus Wolfron deveria ter ficado. Não serei seu prisioneiro. — A voz não reagiu. Parecia ouvi-lo por trás de véus de sombra.

Elói Munyr libertou o globo de memória para o alto e este tomou a forma de uma corrente para além-mundo, onde residia sua liberdade. Pendido sobre ela e defronte o defunto do lendário ladrão, ele puxou a capa negra sobre a caveira e a envolveu em seu pescoço, sentindo o frio lhe gelar os ossos, depois os membros, então a alma. A simbiose com Treval não poderia ser tão simples assim, nem só aquilo, mas fora algo; ainda que duma primeira etapa. Chacoalhou as memórias dos ladrões e estes o puxaram para a luz acima. Um rugido gutural vindo das trevas pareceu persegui-lo durante toda a subida. Elói encolheu as pernas para perto do tronco só por segurança. Fora cuspido da escuridão direto para as gramas dos Campos de Soísile, sem bem entender como. A travessia pelos planos e subplanos era algo que desconhecia e aquela inesquecível experiência não fora nada agradável. Depois de vomitar pela terceira vez, ele se recobrou, ajustando com cautela Treval sobre o manto marrom que trajava, amarrado por um cordão na cintura, sapatilhas beges presas aos pés. A longa capa negra tinha um capuz, que o monge passou a usar para ocultar sua identidade de pária. Elói lamentou pelo mau uso da memória alheia num ato quase egoísta. Não era digno de um monge. Mesmo que não o fosse mais pelos títulos, ainda era um em espírito. Por isso, libertou as lembranças dos ladrões, permitindo que elas voltassem aos seus usuários. Lembrava-se.

Sua memória avançou e ele estava a poucos dias do presente. Ajoelhado diante de um círculo de pedras nos arredores de Alvorada, com outros pergaminhos e tomos abertos, onde estudava os segredos de Treval sob a luz do ocaso, tomando conhecimento da maldição que passara a carregar desde então. Descobriu, sem muito esforço, o uso do objeto, como atravessar as sombras e, com isso, as pequenas dimensões de um mesmo plano e de um mesmo mundo. Isso o desgastou bastante no início, fazendo com que desmaiasse nas primeiras investidas, e o exaurisse profundamente nas próximas, mas depois tornara-se comum durante a rotina. Treinou indo de Alvorada para Okeus e deste para Carlisle, então para Ga-Oh, Sarudahiko, Fravashi, Nefastya, às nascentes do rio Salguod, de Naraka para Elohim e dele para Hör, então de volta a Alvorada. Nunca arriscou a região nordeste, nem mesmo cogitou a falda do Monte Gárgame. Ainda que tivesse o poder da fácil travessia em mãos, não colocaria o pescoço em perigo atravessando pelo território que lhe era proibido. Ele se lembrava.

Agora, no presente, sentia o frio — que não vinha do gelo, mas da escuridão — o devorando outra vez. Tenebris, ou o Mundo das Sombras, não era um lugar como Alvorada, ou como a Fronteira das Almas, nem como Necrópolis era num todo ou a Terra em sua imensidão. Não era um subplano, nem um reino ou vilarejo, não era plano nem um mundo, nem mesmo um planeta ou Círculo. As sombras eram a escuridão e a escuridão era Treval. Ele era seu dono. Elói comandava as sombras, andava indolentemente por elas, de um lugar ao outro, como se tudo fosse nada, pagando seu preço com o sono maior, o desgaste físico, mas somente isso. Ou acreditava que apenas lhe tiravam aquilo. Por isso, naquele momento, no *agora,* ele estava ali, onde sempre esteve desde que assumiu Treval. Quando fazia suas travessias, passava por ali, pelo cenário de trevas, o Mundo das Sombras. Na maioria das vezes o monge controlava a situação, tinha domínio de suas ações com a capa negra. Contudo, por outras vezes, ela tomava as próprias decisões e fazia com que ele viajasse para onde não queria. Agora, no presente, Elói Munyr sabia rumar para algum lugar desconhecido, sendo levado pela correnteza de sombra. Não temeu, aceitando as consequências.

Então, a voz:

— COMO REI DAS SOMBRAS, DEVE IR EM AUXÍLIO.
— De quem?

Não obteve a resposta. Ele precisou compreendê-la e a compreendeu, porque deveria. Treval sempre levaria seu usuário a defender e a salvar quem precisasse. Esse alguém sempre lhe seria próximo e querido, nunca um qualquer. A ligação do usuário com o outro, quando feito vítima, dispararia um alerta na capa negra, que — fosse por instinto, fosse por reação de sua própria natureza mágica — o levaria a ajudar aquele em necessidade. Este era o objetivo do Rei das Sombras: não só atravessar, mas auxiliar. A fenda negra abriu um corte na vertical. Era a porta que ele precisava atravessar. Quando pisou em terra firme, estava diante da Catedral. Os moradores de Galyntias não o notaram e continuaram com seus afazeres. Treval esvoaçou atrás de si mesmo sem vento, como se reagisse viva pela ação. Dentro da velha igreja, um tumulto se fez ouvir. Estrondos, gritos, uma voz familiar, talvez. Ele se lembrou. O medo lhe tomou de súbito.

Verne estava em perigo.

05
ASCENÇÃO E QUEDA

O velho acordou com Verne encarando-o de braços cruzados.

Naquele túnel ninguém conseguia distinguir o dia da noite, por isso a passagem do tempo era confusa. O rapaz sabia ter dormido quase dez horas apenas porque Chax em seu sonho estranho lhe disse isso. Poderia ter sido menos ou muito mais, mas, mesmo doente de sono, ele agora se notava descansado como havia muito não ficava.

— Chove na Terra — disse Albericus ao se espreguiçar.

— *Astaroth* — Verne enfatizou seriamente. — Você o conhece, Albie?

— Por que a pergunta, menino?

— Você disse o nome dele três vezes enquanto dormia. — O rapaz ajudou o velho a se levantar. — Nas duas primeiras, achei estar sonhando, mas era você ruminando o nome daquele... — "Maldito", mas não quis dizer. O lugar não era seguro. — Na terceira, acordei.

— Eu falo enquanto durmo? Que desgraça! — Albericus girou o chapéu de palha sobre a careca e tirou a trança da frente do rosto para a nuca, onde deveria ficar. — Isso explica por que aquele bruxo errante do Constantino tinha arcanos tão, mas tão semelhantes aos meus. Passamos uma temporada juntos no início da Era Média, sabe? Descansávamos noites sob o mesmo teto por falta de opção. Então ele me ouvia dormir. Nefasto seja!

— Qual sua ligação com Astaroth? — Verne pousou a mão sobre o athame preso ao cinto.

— Ah, Astaroth. — Sorriu sob o bigode farto. — Ele foi meu pupilo. — O rapaz deu dois passos para trás, sobressaltado. Magma eriçou os pelos vermelhos, mas parecia não reagir com hostilidade para o velho. — Cuidado com isso, menino. Sua arma chama muita atenção e pode atrair pessoas indesejadas.

— Por que não me contou antes? — Ele retirou a lâmina e a levou na frente do corpo, defensivo. — Por... por que não me disse que tinha sido mestre de Astaroth?

— E o que isso lhe interessa? — Albericus estalou o dedo e um brilho púrpura cintilou, solidificando um copo com leite. No estalar da outra mão, a magia lhe trouxe um pão francês de casca morena, recém-saído do forno. — Adoro a comida terrestre. — Bebeu um gole sem pressa. — Sei que Astaroth e sua família real não são bem-vistos em Necrópolis, mas nunca imaginei que um humano da Terra pudesse se importar, ou ao menos conhecê-lo.

— Astaroth matou meu irmão e está me caçando em Necrópolis e na Terra desde então. Já ordenou que contratassem uma mercenária para me assassinar e usou de serpentes para enfeitiçar um corujeiro, depois um lycan, para me exterminar. Até agora, nenhuma de suas ações funcionou contra mim. Mas sempre por pouco.

— Por Merlin! — O velho engasgou-se com um pedaço de miolo, estupefato que estava. — E eu achando que eram semelhanças físicas... Enganei-me. Que idiota! Que idiota sou!

— Do que está falando?

— Quando você passou pelo túnel, senti uma presença familiar, algo em você que me *remeteu* ao meu menino. A Astaroth, digo. O avaliei, procurando semelhanças físicas, mas de fato não as encontrei. Então, não era a aparência, mas o espírito.

— Albie. — Verne estava sério, o athame rente ao corpo; ele não fazia menção de baixá-lo. — Seja mais claro, por favor. Não quero machucá-lo.

Como se pudesse.

— "Pluralidade não deve ser postulada sem necessidade." Descarte as hipóteses desnecessárias, menino. Se existem várias soluções possíveis para um problema, ou várias respostas possíveis para uma pergunta, procure a mais simples. A mais simples costuma ser a correta. Ah, o princípio da navalha deveria ser um preceito para a vida.

— Você *sentiu* Astaroth em mim... talvez pelas inúmeras investidas dele contra mim?

— Algo como isso mesmo. — Albericus terminou o leite e fez o copo desaparecer em outo estalar de dedos. — Há sete anos, quando Astaroth era um jovem príncipe em ascensão, ele me apresentou ideias estranhas do que fazer com seu próprio futuro e com o futuro de Necrópolis. Não gostei, não achei certo. Brigamos, então tive de enviá-lo para outro círculo, para a própria proteção dele. Agora, pensando melhor, seja qual for a razão que ele tenha para querer matá-lo, ele o fez de longe. Por isso usou de serpentes ou servos. Não consegue mais nos alcançar, entende?
— O rapaz fez que sim, com certo alívio; Albericus continuou: — Então, meu menino provavelmente deixou *rastros* em você. Por isso, quando você passou por mim, me chamou a atenção. Confesso que, num primeiro momento, acreditei que o menino Verne fosse Astaroth encarnado, salvo do outro mundo, recuperado de sua loucura pelo Protógono.

— Eu não sou Astaroth — cuspiu com desdém.

— Nem de longe! Ele é um mestiço necropolitano e você, a meu ver, bem humano. Terrestre, suponho? Ou ao menos se *parece* com um.

— Você não me parece o tipo que treinaria alguém como ele...

— Aparências são somente isso, menino, *aparências*. — Terminou o pão e jogou os miolos de massa para Magma. O animal não hesitou para realizar seu desjejum aos pés do velho. — Mas não sou falso, longe disso. Eu sou eu, sou o que vê, sou o que sou. — Sorriu, afagou o vulpo. — Porém, sou um mago. Domino inúmeros caminhos da magia; já estive na própria Magia, veja só. Por essa fama, há muito tempo fui chamado à corte do Rei Deus-Serpente Asfeboth, que contratou meus serviços e depois me ordenou que treinasse seu filho, ainda pequeno, nas artes arcanas. Astaroth teve inúmeros mestres para se tornar o herdeiro perfeito. Desde cedo, o meu menino demonstrava habilidade e aprendizado rápido em todas as aulas, de todos os mestres. Era um prodígio, isso é certo.

Verne estava confuso, sapateou sobre a terra batida e encontrou um canto para sentar-se. Pensou, refletiu, não chegou à conclusão alguma. Estava cansado mesmo depois de acordar. Depositou o athame no solo sem preocupação.

— As coincidências da vida...

O mago aproximou-se tranquilo.

— Não se preocupe, menino. Não sirvo mais a Érebus. Fugi daquele reino depois de enviar e *selar* o meu menino em outro mundo. Se continuasse por lá, minha cabeça estaria num lugar diferente agora. — Riu bonachão. Perdigotos voaram libertos de sua boca oculta. — Quer pão?
— Não esperou resposta, estalou o dedo e a magia púrpura formou um

pão quentinho que caiu sobre as mãos do Caolho. Ele comeu. Não tinha percebido a fome de horas sem alimentar-se.

— E o que você faz agora? Também é um mago errante?

— Chame-me assim se quiser. Constantino riria se pudesse ouvi-lo. — O velho aproximou o rosto do outro, com aquele hálito morno da manhã, e murmurou: — Mas não pode mais. Uma sereia lhe devorou as orelhas quando levou sua cabeça para o fundo do mar. Lembro até hoje: "o Grande Mago do Oeste", dele restou somente o corpo, boiando no rio negro. Quem é que tem a cabeça agora? — Sorriu, gargalhou, perdigotos.

— Albie?

— Perdão. Eu me aposentei. — Passeou com os dedos roliços pela pança farta, como se a massageasse. Dela, ruídos estranhos eram emitidos. — Vez ou outra presto serviços a algum desesperado, mas não preciso mais. Possuo uma boa aposentadoria, que me adiantei a ter quando fugi de Érebus. Estou aqui pelo meu coração, não pelo ouro.

— Ama uma terrestre? — Verne permitiu-se sorrir. O pão estava delicioso.

— Oh, sim — O velho corou-se, sorrindo de olhos apertados. — Ela é a minha razão para continuar nesta sobrevida. Temos muito em comum. No passado, levei-a a passear por Necrópolis, até lhe presenteei com um globo mágico...

— Espere. — Verne, boquiaberto, lembrava-se daqueles detalhes. — Carmecita Rosa dos Ventos? É ela?

— Oh, sim. — Albericus não parecia espantado. Quase nunca parecia. — Ela mesma. Se conhecem? Ah! Que pergunta boba a minha. Claro que sim, são conterrâneos.

Uma agitação do outro lado do túnel, da ala sul vinda da Terra, fez com que Magma rosnasse para as sombras. *Ele está pressentindo algum perigo,* sabia Verne. Engoliu em seco. O túnel da catedral apresentava vários riscos, isso era certo. Recuperou o athame na mão e terminou seu pão. Estaria protegido com aquele mago? Albericus seria de confiança? Hesitava.

— Eu já estou muito velho — continuou o mago. — Minha magia ainda é grande perto de outros arcanos, mas não sou o mesmo. A idade nos muda. O tempo nos derrota. — O bigode se alargou no sorriso. — Por isso, não me arrisco mais de ir encontrar Cacá na tenda dela na Terra. O ar ali enfraquece a nós, necropolitanos. Ela vem até mim. O túnel é território neutro para quem não tem nada a dever. Cacá me traz bolos, chás e iguarias do tipo. É tão bom revê-la. Mas, em dias, partirei de volta para o meu templo. Tenho muito a meditar, muito a pesquisar. Há energias novas e estranhas pairando sobre o mundo verde.

O rapaz se levantou. O velho pareceu não notar o burburinho que chegava da escuridão. Magma ganiu outra vez.

— Isso é um vulpo, não?

— Sim — respondeu Verne sem encará-lo. Preocupava-se com o que estava chegando do outro lado.

— Raça rara e bela essa. Cuide bem. São animais fiéis, mas comem muito e crescem rápido. Adoram pássaros em geral, especialmente. — Sorriu. — Por que diabos o rabo deste pobre animal está agrilhoado? — Albericus não esperou por uma resposta e aproximou-se de Magma, acariciando a pelugem das costas enquanto soltava os cordões que prendiam as três caudas, agora soltas e majestosas como flâmulas flamejantes. Verne mal as vira crescer pelo tempo em que passaram presas.

Um centauro vassalo dos militares necropolitanos, vestido com cota de malha simples, trotou a meio quilômetro donde estavam e, sem lhes dar atenção, capturou um duende maltrapilho qualquer pelo braço e o levou dali, de volta para o breu. Outros duendes protestaram. O rapaz ouvia defesas em nome da criaturinha, mas o quadrúpede era impassível. Um dos duendes tropeçou no pé de um homem que chegava, praguejou e levou um pequeno pontapé, indo se esconder embaixo de uma tocha na parede. O homem não era mais alto do que Albericus e estava revestido de couro dos pés à cabeça; procurava por algo, enfiando o rosto entre os idosos de mantos no chão, empurrando-os, andando com ansiedade. Podia não ser nada nem ninguém e, mesmo assim, Verne fechou a mão no athame, sempre precavido. Magma latia.

— Oh, deuses! — O mago passou apressado por ele, trombando de ombro. — Perdão, menino. Preciso ir à latrina. O desjejum terrestre sempre me causa isso. Geralmente, esse desagradável processo me toma um dia inteiro. Por isso, não espere por mim. Mas, se me esperar, prometo ajudá-lo a encontrar sua primeira iguaria para a doença do sonho. Só a primeira! — Albericus começava a atravessar com dificuldade uma estreita reentrância talhada sobre a parede rochosa que dava para a latrina.

— Mas e se eu não esperar, Albie? — Verne brincou. É claro que o esperaria. Não tinha escolha e corria riscos. Um mago ao seu lado seria de grande auxílio, pelo menos nesta primeira etapa de sua busca. Depois, pensou, ele poderia encontrar-se com Simas, Karolina e os outros para ajudá-lo, como sempre faziam.

— Se não puder me esperar, me encontre daqui alguns dias no Abrigo. Minha casa lá é uma espécie de templo antigo de pedra e madeira. Não terá como se enganar, menino. — O velho ainda não tinha atravessado a fenda por completo. Resmungava. Magma latia. — Ah, e faça este seu vulpo se calar por um minuto, pelos deuses!

O rapaz dobrou um joelho e alisou a cabeça do animal, que ainda rosnava quando o homem passou por eles, sem interesse, indo vasculhar outros senhores sentados. Verne respirou com alívio. Ele percebeu que Albericus não estava mais na passagem; ouvia-o caminhando pelo pequeno corredor dentro da parede em passos apressados. A latrina não era um lugar tão acessível assim, provavelmente pelo forte cheiro que viria de lá, pensou.

— Ei, menino! Ainda está aí? — O ecoar da voz roufenha do velho se fez ouvir de longe. Ele confirmou com outro grito. — Eu estava pensando... aquele outro menino que você perseguia. – Mr. Neagu. Verne quase havia se esquecido dele. Como pôde? — A presença de Astaroth que senti não vinha de você, afinal. Ocorreu-me agora. Vinha *dele*.

— O QUÊ? — O rapaz saltou para a fenda, enfiando o rosto contra o buraco. Nada via pelo corredor da parede. A voz do velho sumiu conforme ele adentrava mais e mais a reentrância. Depois, gemidos ecoaram distantes, misturando-se a outros daquele mesmo local, que vieram a confundir-se com os sons dos duendes irritados pelo túnel. Ele achou desagradável demais e seu bom senso lhe pediu que voltasse e esperasse pelo mago. Quando Albericus retornasse da latrina todas as dúvidas seriam sanadas. Magma rosnou.

— Aquele merda falou do mestre Astaroth?

A voz grave soou abafada atrás dele. O frio correu por sua espinha.

Verne girou o corpo de imediato, avistando o homem. Colete, calça, coturnos e luvas, tudo em couro marrom como a terra. O cinto de cobre tinha inúmeros bolsos, com tamanhos diferentes, guardando perigos. Sobre o peito, uma placa de chumbo batida trazia sinais de cortes e tiros. As ombreiras, também de chumbo, lhe davam um porte poderoso sobre o corpo robusto, de barriga menor que a do mago, mas rígida e maciça. O estranho carregava uma espécie de mochila nas costas, que trazia um pequeno jato acoplado. Numa das pernas, três distintas lâminas presas por fivelas. Suspenso na lateral do cinto, um enorme porrete com minúsculos espigões despontando. Uma faixa na transversal que cortava seu tronco carregava uma grande arma acobreada com um cilindro de três metros de comprimento, de onde parecia exalar calor. Um lança-chamas, ele soube. *Um mercenário,* Verne concluiu.

— Você é a porcaria do Verne, né?

— Quem quer saber? — ele perguntou, levando o athame em sua defesa. O ectoplasma vermelho nascia timidamente de seu corpo.

— Zero — rugiu de dentro da máscara. O capacete dava a impressão de comprimir a face do homem por dentro, emulando um rosto metálico, do pescoço à nuca. Dois pequenos orifícios faziam as vezes dos olhos, mas nem mesmo eles podiam ser vistos por trás daquelas grossas lentes bronzeadas. A máscara, também acobreada, parecia fundida por trás do capacete. No lugar onde estariam sua boca e nariz existia um cubo largo, e dele saíam dois tubos, um para cada lateral, indo findar no núcleo do jato nas costas. *Vapor,* o rapaz percebeu. *O vapor é seu oxigênio.* Começou ali a traçar uma estratégia. Se o mago demorasse mesmo um dia na latrina, então ele precisaria se defender sem esperança de apoio. — Preciso te levar vivo ou morto lá pra Érebus.

 Antes que a manzorra alcançasse Verne, ele lhe deu um safanão e saltou para trás. Não precisou ordenar para o vulpo avançar. Magma saltou para cima do mercenário, indo lhe morder o braço. Zero chacoalhou o membro até se libertar; no braço, nenhuma ferida. Couro revestido com cota de malha. O animal investiu uma segunda vez, mas levou um pontapé no focinho e rolou pela terra batida. Ganiu, recobrou-se e avançou. O homem retirou rapidamente o porrete da cintura e o arrebentou contra pescoço e tronco do vulpo. Desta vez o pobre não conseguiu se levantar. Pesaroso pelo mascote, Verne procurava não desviar a atenção da batalha. Ele havia matado gnolls numa guerra, criaturas duas vezes maiores e talvez até mais fortes do que aquele humano. Zero, por trás de todo aquele couro, era um humano. Isso parecia óbvio. Não tinha como perder para o inimigo, não com seu ectoplasma evoluído, não com o uso do athame bem treinado.

 Ele estacou, o mercenário desviou sem dificuldade, desceu o porrete contra o braço do rapaz, mas este o encolheu um segundo antes. Verne abaixou, girou o corpo e bateu a ponta da lâmina contra o coturno do outro. Revestido também, nenhum ferimento. Zero chutou seu queixo de baixo para cima e o chão encontrou-o, o sabor da terra lhe dominando a bílis. Fez força para se recobrar rapidamente, levantando-se cambaleante para trás, mas o homem já estava sobre ele, acertando o porrete contra o ombro direito, cintura esquerda, coxa direita, finalizando na virilha. Verne se arrebentou de joelhos contra o solo, com as mãos no sexo ferido, rolando pelo chão enquanto as lágrimas rolavam pelo rosto.

— Vambora sem demora, zarolho!

 Zero estacou quando viu sua vítima de cócoras brilhando em vermelho. No único olho, o escarlate representava o perigo. Verne conseguiu se pôr de pé mais uma vez, sangrando pelos membros. O mercenário avançou rápido e desceu o porrete sobre ele. O athame o deteve acima do corpo e fatiou a arma inimiga em duas. Um filete de sangue escorreu da luva direita do homem, mas este não parecia afetado. Verne descreveu um arco na transversal, o cotovelo girando dobrado, o punho chegando depois com o athame coruscante. Zero o deteve facilmente, segurando com uma única mão seu antebraço enquanto lhe socava uma costela. O rapaz cuspiu sangue e desvencilhou-se, batendo as costas contra a parede de pedra. Capturou uma tocha presa acima e a jogou sobre o inimigo; ela bateu em sua placa de peito. A chama morreu antes da madeira queimada cair. O mercenário socou seu rosto uma, três, sete vezes. Quando Verne tentou escapar da surra, levou um pontapé nas costas, caiu de cabeça, rolou e conseguiu manter um joelho dobrado, mas zonzo demais para se levantar. Via tudo em dobro. Zero agarrou-o pelo pescoço, apertando seus grandes dedos sobre ele, tornando-o vermelho, depois roxo. O ectoplasma esvaiu. Magma gania fraco, tentando recuperar as forças. O rapaz aproveitou o outro braço livre e cortou de baixo para cima a viseira da máscara. Então, foi libertado, para tombar sentado. A máscara se abriu em duas e o capacete pesou, caindo todo sobre a terra num estampido seco. Sem a proteção, Zero era um homem, como ele previu. O rosto robusto da cor da terra mostrava um mosaico de cicatrizes. De cabeça lustrosa e nenhum sinal de barba por fazer, as sobrancelhas retiradas sombreavam um olhar pesado, de glóbulos estreitos. O nariz era gordo sobre lábios esponjosos. As expressões pétreas indicavam um quarentão que já havia vivido muitas caças e inúmeras batalhas. Sem a máscara, Zero era ainda mais assustador.

— Seu merdinha duma figa...

— Eu sabia. — Verne riu pelo canto do rosto destruído. – Você é apenas um homem.

O mercenário não saiu do lugar. Torceu um braço para o lado, levou o lança-chamas para frente e pressionou o gatilho. A mochila do jato reverberou o som do vapor reagindo e levando seu calor até o cilindro. O rapaz teve tempo apenas de gritar uma ordem para o vulpo:

— Fuja, Magma!

Ele conseguiu correr pelo túnel, querendo mancar, querendo cair, mas precisava ser forte, precisava sobreviver àquilo. Trôpego e ofegante, enquanto cuspia sangue, Verne alcançou o alçapão antes do seu animal. O fogo lambia com fúria as estreitas paredes de pedra no ataque irregular do mercenário. Ele encontrou ali uma oportunidade. Empurrou a porta acima, Magma saltou primeiro. Na Catedral do outro mundo, viu duendes gritarem de susto, lêmures-das-trevas voarem para longe através dos vitrais, e mercadores e ladrões se sobressaltaram pelo caos que vinha do túnel. Ele atravessou correndo do altar até o corredor da velha igreja, caindo duas vezes sem força e retomando duas vezes suas energias. Notou o vulpo na grande porta, latindo em desespero para que saíssem logo; o animal tinha uma pata arqueada, ferida pelos golpes de porrete, e sangrava.

Por cima dos ombros, o rapaz empalideceu ao ver a rajada de fogo que era cuspida pelo alçapão. Zero surgiu do túnel, meio desajeitado na subida, mas logo retomando seu ataque. Homens e duendes morreram incendiados frente ao lança-chamas; o mercenário não perdoava ninguém que se colocasse em seu caminho, fosse proposital, fosse acidental. Verne chegou até a maçaneta de ferro e puxou a porta, maior e mais pesada que sua equivalente na Terra. Galyntias agitava-se do lado de fora. Ele tropeçou em qualquer coisa e caiu mais uma vez. A força lhe abandonara, o corpo sangrava, ferido e roxo pelos membros. Magma tentou lhe arrastar pela gola da camisa, sem sucesso. Mais do que as dores e os ferimentos, o rapaz estava com sono. Muito sono. Seus olhos pesaram, os primeiros pesadelos chegavam.

Atrás, o fogo destruía tudo.

À frente, a escuridão o devorava.

Antes de apagar, Verne ouviu:

— Não se preocupe. Vim salvá-lo.

06
OS PECADORES DO NORTE

O aço lambeu a nuca do homem e a cabeça rolou pelo gramado.

A multidão comemorou, garfos e pás para o alto.

As órbitas enevoadas encaravam Karolina Kirsanoff com aflição. Ela engoliu a repulsa para parecer forte e manteve uma expressão indiferente. Tyddus havia estuprado e matado um casal de crianças: a justiça foi feita, ninguém se arrependeu. Contudo, a mercenária estava com pesar; desde então, passou a punir-se internamente pelo sentimento errado.

A manopla de metal pegou a cabeça pelos cabelos desgrenhados e a jogou dentro de um saco preto. O executor maculou o tecido sobre a própria testa com sangue alheio ao limpá-lo do suor com as costas da luva suja de morte. O rapaz era grande e forte como um minotauro, de membros rígidos sob a malha completamente preta, apenas os braços musculosos desnudados. Um capuz pontiagudo escondia seu rosto, mas os olhos expostos eram castanhos. Ele entregou a recompensa para o fazendeiro enlutado, que parou de chorar pelos filhos perdidos para comemorar. A vozearia do populacho o acompanhou na vitória. Havia mais três para executar. Karolina engoliu em seco.

— A idade tá te amolecendo, Rubra? — perguntou Duncan Übell com não mais do que uma sugestão de sorriso no rosto.

— Por que acha isso? — ela disse sem olhar para o lado, mantendo a voz impassível. Não tinha mordido a isca como o outro desejara.

— Estupradores são piores do que cobradores de impostos. Tyddus já foi tarde. — O velho fungou a mucosa como sempre fazia e a escarrou próximo aos pés dela. — Aquele ali matou um rapaz por causa de um porcellu. — Duncan apontou para o idoso wee, raça de homens do tamanho de crianças com as costas dos pés e mãos peludas. A barba do pobre era branca e quebradiça, e se arrastava pelo patíbulo. — Essa dona roubou toda a plantação e depois as joias da senhora Adela. Coitada. — Indicava uma mulher alta, de peitos murchos e rosto comprido; faltava-lhe a orelha direita. — E esse aí se deitou com a esposa e as gêmeas do lorde Wütend. — Mostrou o último, um homem altivo, de barba loura e farta, com um bigode bem desenhado sob o nariz adunco, rosto pétreo e nitidamente belo, com olhos de um azul tentador.

— Elas se deitaram com ele porque quiseram. Não foi uma violação. — Karolina deu de ombros. O velho escarrou.

— Tanto faz. Gerald pagou pela cabeça dos quatro. Só estamos fazendo nosso serviço, Rubra.

Gerald Bauer não possuía títulos de nobreza como lorde Aurick Wütend, mas era dono de todas aquelas terras em Colina Branca, região rural pertencente ao condado de Breufreixo. O fazendeiro que perdera filho e filha para o estuprador era um senhor besuntado de gordura, de cabeça escanhoada e acuminada, que fedia a alga-fugaz e porcellus, com rosto marcado por Solux e o pescoço torto afetado pela varíolavil. A senhora Adela, a furtada, era sua esposa, e Liesei, o assassinado, seu criado. Gerald chacoalhava a cabeça de Tyddus pelo saco preto e bradava por mais daquela justiça.

O wee ajoelhou sobre o estrado e inclinou-se para frente. Teve a cabeça separada do pequeno corpo. O executor depositou o enorme machado no ombro maciço, gotejando sangue da lâmina, e esperou pelo próximo pecador. O fazendeiro comemorava com mais um troféu sobre o saco enquanto seus vizinhos exclamavam eufóricos.

— Você diz que eu amoleci, mas não suja as próprias mãos — provocou Karolina. Isso era uma verdade: o velho mercenário havia muito não atuava em campo, ela bem sabia.

— Gerald a contratou porque eu a indiquei pra ele. Então não seja mal-agradecida, vá. — Ele sorriu, revelando a maioria dos dentes podre e a gengiva caracteristicamente esbraseada demais. — Você é sempre bem recomendada, Rubra. E eu tava por estas bandas caçando o tal Valente

Vermelho. — Duncan não mentia sobre isso. O perseguido citado era uma lenda no norte, sem rosto conhecido, mas com ações famosas.

— Eu não costumo caçar criminosos sem saber qual será o destino deles. Estou descobrindo tudo agora. Cada crime pediria uma punição diferente. Tudo bem quanto ao estuprador e o assassinozinho, mas a ladra deveria apodrecer na prisão do Forte Íxion e o galã loiro poderia ter a virilidade cortada, ou uma bela surra, até. Mas mortos? É sadismo, exagero. — Karolina mantinha os braços cruzados na frente do corpo, seus seios abundantes destacavam-se sobre eles. Ela vestia uma regata rósea com um decote revelador e uma calça preta com uma faixa vermelha traçando a vertical do tornozelo até a cintura em cada coxa torneada, enfiadas em botas lustrosas. Suas curvas de ninfa atraíam todos os olhares, de homens e mulheres, durante os intervalos de execução. A isso ela se acostumara fazia tempo.

— Não temos papel nenhum nisso. — O velho deu um passo à frente até conseguir olhá-la nos olhos. Ele estava embalado em um macacão branco folgado sobre o corpo, de listras pretas na horizontal, com meias nos pés sem botas. Seu rosto era quadrado, cada ruga uma história, os cabelos cinzentos esparsos mesclando-se à barba espalhafatosa que fugia para os lados, tudo despenteado. Duncan era chamado de Virleono Bípede entre os mercenários e sua juba de respeito não permitia um apelido mais apropriado. — Deixamos os julgamentos para os militares ou nossos contratantes. O que vale é o ouro no bolso, Rubra. Você tá amolecendo mesmo.

— Não estou. — Ela permanecia inescrutável; não poderia revelar seus sentimentos para aquele outro. — Eu ter bom senso quanto a justiça não faz de mim fraca. Faz de mim justa.

— Eu chamo de hipocrisia. — Escarrou. — Ainda mais vindo de você? Fala sério!

A prisioneira alta demorou-se para se ajoelhar, então foi empurrada pelo rapaz, caindo com as pernas sobre o patíbulo, causando estrondo e tremor na madeira. O executor a puxou pelos cabelos da nuca, ajeitando-a na posição correta para decapitá-la, e levantou o machado.

— Espere! — ululou a senhora Adela, gorda e feiosa, de cabelos encaracolados e curtos, enfiada num vestido negro bufante. — Onde está tudo o que roubou de mim? — perguntou para a pecadora.

— A plantação que roubei... dei aos meus filhos de comer — respondeu a ladra numa voz grave. — Quanto às suas joias, estão escondidas no feno do celeiro, lá do outro lado.

A senhora Adela mostrou-se satisfeita e acenou para o executor continuar o serviço.

— Eu poderia foder essa bundona bandida por longas noites! — Emmeric Krieger fez sua voz rouquenha ser ouvida. — Vá com os deuses, vadia! — Gargalhou enquanto roçava a mão no membro sob a calça.

A espada desceu, a cabeça rolou, foi para o saco e o fazendeiro comemorou.

Karolina Kirsanoff considerava Emmeric a escória dos mercenários, entre os mais baixos dos baixos. Ele era auxiliar de Duncan e fazia parte de seu grupo, ainda composto por Mikke Mandell, o executor, e Gerdine Hexe, A Feia, que não se encontrava ali. Magriço, com um rascunho de bigode sob o nariz fino, de queixo pontudo e cabelo comprido escuro até as costas, Emmeric tinha a mesma altura e idade dela, e trajava couro fervido verde com colete azul-escuro por cima, botas felpudas maiores que os pés, e um cinto que se desdobrava em dois, com o chicote enrolado sobre as fivelas. Ele estava diante do estrado, junto do populacho, ajudando Gerald a agitar as pessoas em favor das mortes, enquanto os criados arrastavam os defuntos para uma cova coletiva improvisada. A mercenária cogitou expressar seu desagrado pelo outro, mas guardou para si. Duncan estava impertinente demais naquela tarde e a paciência dela começava a se esgotar. Queria tanto que Joshua e Noah estivessem ao seu lado, mas o primeiro fazia ronda no perímetro, e o segundo cuidava de seu Planador Escarlate, pousado a poucos quilômetros da fazenda.

Mikke fez com que o último pecador ficasse de joelhos; seus cabelos lisos e dourados caíram sobre o rosto. O louro ainda teve a coragem de dar uma olhada de esguelha para ladylady Emeline Wütend, que enrubesceu, e para as gêmeas Hildemara e Hildemeris, que não esconderam risinhos tímidos. Karolina percebeu que lorde Aurick Wütend tornava-se roxo de fúria pela ousadia do criminoso, mas também fazia um esforço tremendo para não demonstrar os sentimentos. O nobre era um homem austero de idade avançada, apoiado em uma bengala prateada com punho dourado; tinha suíças longas completando a barba curta sem bigode; o corpo ereto, alto e magro, estava vestido por um terno limpo e preto, e uma cartola lustrosa encimava sua cabeça de cabelos rareados. O lorde corno pertencia à Câmara Egrégia de Breufreixo e era irmão de lorde Adalard Wünted, o conde que chefiava o condado, levantado havia trinta anos para acarinhar a aristocracia nortenha de Ermo. A mercenária sabia que o Reino do Dragão, em Pasargadus, permitia a existência da câmara e de Breufreixo como que para amainar os ânimos da fidalguia chata que tanto cobrava valores e títulos, mas em compensação retirava dela altos lucros tributários, pagos sem protesto — considerando que a maioria das vilas e cidadelas do reinado sonegava impostos, sendo estas constituídas de famílias falidas após a Batalha de Dahes Thamuz na Era Média.

— Hobart Flyrt, o Galante — grunhiu Duncan em troça.
— Quem? — ela perguntou mesmo sabendo.
— O bonitão aí. — O velho retirou um mastigueiro do bolso e levou a boca. Este fumo escuro vinha do caule de pinheiropreto e causava sensações narcóticas após três horas de mascadas. Duncan Übell ficava ainda mais intolerável após isso. — Famoso amante inveterado da região. Mas dessa vez ele colocou a cabeçona no lugar errado. — Fungou uma vez e de novo. — Você não tira os olhos dele, né, sua safada! — Gargalhou, mas ainda não estava sob o efeito da folha.

Karolina revirou os olhos, deu um empurrão no velho mercenário e seguiu com o primeiro passo para fora dali. Não queria assistir à morte daquele lindo homem, e seu estômago também começava a se revirar pelas três decapitações anteriores. Ela se estranhava: já tinha decepado membros inimigos antes, cortado cabeças de bárbaros e ladrões mundo afora. Por que agora estava mal? Não tinha a resposta. A mercenária também não poderia ir muito longe; a sacola de ouro estava nas mãos do lorde corno, que possuía terras compradas de Gerald em Colina Branca, por isso consideravam-se aliados, parceiros. Ela pouco se lixava, só queria seu pagamento, para partir daquela fazenda o quanto antes.

Mas não conseguiu resistir: seu instinto a fez olhar por cima dos ombros. Viu o executor descer o machado. A lâmina atingiu o patíbulo com um estalar surdo. Hobart tinha jogado o corpo para o lado no momento exato e prendido suas longas pernas nos tornozelos de Mikke, que perdeu o equilíbrio e caiu para trás do estrado. Os grilhões que prendiam as mãos nas costas do Galante não o impediram de se levantar com facilidade, acertar um chute potente no queixo de Emmeric e saltar de lá para o chão. Rapidamente ele rilhou as correntes sobre a lâmina que antes o mataria e libertou-se. Socou a fuça de Gerald Bauer na primeira investida, envolveu lady Emeline Wütend na cintura e tacou-lhe um demorado beijo, ao qual ela se entregou sem hesitar. lorde Aurick Wütend agora estava quase cinza de cólera e estremecia sem conseguir reagir. Duncan mantinha o queixo caído. Hobart Flyrt correu até as gêmeas, apalpou-as — uma nos seios, outra nas nádegas — e depois passou pelo pai delas, retirando solenemente a cartola do homem, dando-lhe beijos curtos e rápidos onde deveriam existir os chifres, então saiu em disparada, abrindo caminho pelo populacho com braços fortes, até encontrar a liberdade para além da cerca de divisa; não sem antes dar uma olhadela para Karolina. Ela corou.

Mas por dentro comemorava.

07
A ORIGEM DO SANGUE DE ORC DAS MONTANHAS

Ícaro Zíngaro estava empoleirado sobre um arco negro de pedra. Verne reconheceu o Abismo logo atrás, devorando niyans de todas as criaturas dos Oito Círculos. O corujeiro carregava um recém-nascido nos braços emplumados. A criança jazia sem sobrevida, enrolada em panos escuros. Ele notou semelhança com Victor Vipero, seu irmão quando nascido, relembrado em memórias que não sabia ainda ter. Seria este o caçula? O homem-pássaro jogou o bebê pelo grande fosso, voou e capturou Verne nos ombros, planando acima do Abismo. Soltou-o e depois se deixou cair. Escuridão. A vida esvaía.

O rapaz acordou molhado de suor, puxando o ar com força para os pulmões, como se havia muito não respirasse. Estava deitado sobre um colchão de plumas em um quarto minúsculo, usando apenas a peça de baixo. O cheiro doce de incenso dominava o ar. Tateou o catre para sentir a realidade e concluiu ter vivenciado outro pesadelo de seus sonhos doentes. Ele estava com ataduras nos braços, pernas, peito e curativos sobre o rosto. Tocou o lábio e o percebeu inchado de um lado, o mesmo no supercílio do olho morto. O corpo inteiro dolorido era um mosaico de manchas roxas e purpúreas. Ao seu lado, uma mesinha velha tinha um copo com água e roupas novas dobradas, cheirosas e passadas no ferro quente. A janela estava fechada e, no pé da porta, Magma despertava com um bocejo longo, a língua espetada para fora, despreocupado. O animal chegou para receber um afago.

Verne atravessou o familiar corredor engordurado e mal iluminado em direção à algazarra, trajando uma calça de seda vermelha com uma leve camisa branca e sandálias. Quando chegou ao extenso balcão de madeira podre, deixou escapar um sorriso. Recordou-se do curvado teto cinza-esverdeado que findava na grande porta à frente, aberta com o desenho de uma boca e presas, onde externamente formava uma cabeçorra de naja; as paredes largas compondo o espaço para o enorme salão com dezenas de mesas dispostas — quase todas lotadas de clientes —; o cheiro azedo poluindo o ar e o som aberrante ocupando a dimensão. Magma não parecia tão feliz quanto seu dono, rosnando para cada um que passasse próximo ao balcão. Mas o vulpo aquietou-se de súbito quando a jovem mulher veio na direção do rapaz para recebê-lo. Os cabelos negros sobre a pele alva deitavam-se com nos ombros, e o sorriso sereno era o mesmo de sempre. O longo vestido verde e simplório parecia não comportar de todo a enorme barriga em destaque, com os seios fartos pela gravidez avançada. Maryn-Na lhe tocou no braço e acenou com a educação costumeira. Ele a parabenizou enquanto passava a mão sobre o ventre vivaz.

— Há quanto tempo? — Verne perguntou feliz.

— Quatro meses — ela respondeu com sua voz baixa e tranquila. — Em mais quatro, a criança virá. — Fechava os olhos para sorrir.

— Não são nove meses de gestação?

— Não. Em Necrópolis são oito. Oito, que é o número da perfeição.

E dos Oito Círculos, lembrou.

Maryn-Na pediu que o rapaz ficasse à vontade pelo Covil das Persentes, enquanto pegava um pano minimamente limpo e se dirigia até uma das extremidades do balcão, para atender aos pedidos de um meio-sátiro. Verne caminhou pelo salão, procurando por seus amigos. Quem os encontrou primeiro foi Magma.

— Olá, Verne — disse Elói Munyr, acenando de longe, de uma mesa circular de pedra com três cadeiras dispostas. Numa delas, o taverneiro.

— Ah! O morto-que-voltou, quem diria?, voltou mesmo, você sempre volta, vai mas vem, não é?, tá certo, é assim mesmo, Necrópolis é um bom lugar quando se sabe viver — começou Martius Oly, vindo abraçá-lo, munido de seu sorriso assustador, alargado de uma ponta a outra do rosto cróceo, os cantos dos lábios quase encostando nas orelhas —, você tinha dois olhos da última vez que o vi! — riu alto e por meio segundo conseguiu parar de falar. Verne aproveitou a oportunidade.

— Olá para você também, papai. — Ele não gostava de brincadeiras com seu olho cegado, mas também não costumava repreender ninguém por isso; esperava pelo bom senso. — Já sabem o sexo?

— Não ainda, saberemos em algumas semanas, a minha noiva não se importa, mas eu gostaria que fosse menino, porque, se for, o chamarei de Markus, nome do meu pai, sabe?, agora, se for menina, ficará Gertrudriz-Na, nome da mãe de minha amada. — O rapaz passou a torcer fortemente para que fosse um menino. — Ah, espere, espere!, falando nela, olha lá a Maryn-Na me chamando de novo, ela fica louca quando a taverna enche, mas a taverna enche todos os dias, né, ainda bem...

O taverneiro partiu falando e falando, mas Verne o deixou para sentar-se com seu mestre. Abraçaram-se com um calor fraternal. Então, Elói empurrou uma taça prateada vazia, que estava à sua espera. Encheu-a com o destilado mais famoso do Covil. Ele deu uma sorvida no sangue de orc das montanhas e aos poucos o sabor de ferro plasmático se mostrou familiar outra vez, descendo espesso e frio goela abaixo, aquecendo o estômago quando lá chegou. O primeiro baque veio e o tonteou. No segundo gole seu corpo adaptou-se.

— Eu disse que voltaria.

— Sim. — Elói parecia adorar aquele destilado; o bebia refinado e deleitosamente, mantendo o garrafão portentoso ao lado, ainda com o conteúdo pela metade. — Mas não deveria ter partido para aquela guerra, eu o alertei, pedi que não o fizesse. Me desrespeitou, me desobedeceu. E perdeu um olho. Veja só você. O seu estado.

O rapaz queria lhe dizer que não recebia ordens e ninguém lhe diria o que devia ou não fazer ou quais decisões tomar. Mas nada falou, resguardando-se em respeito ao homem que sempre lhe ajudou.

Bebeu.

— Enfim, bronca dada, brindemos. — O monge levantou a taça, ele fez o mesmo. Elas tilintaram uma na outra. O sangue de orc das montanhas se mostrava mais palatável a cada golada.

— Eu deveria estar consumindo bebida alcóolica nesse meu estado?

— Não sei, não sou curandeiro. Mas suas feridas já foram tratadas. Collye, uma aprendiz de curandeira, passava por aqui quando cheguei com você e lhe pedimos ajuda. Ela o tratou durante longos dias até que estivesse melhor. Era linda a moça. Quase lembrava alguém do meu passado quando nova. — Verne sabia que o monge se referia a Evangeline Ezra, o amor punido numa história que seu mestre escolhera esquecer.

— Ainda dói aqui do lado do rosto, em uma costela e nessa perna, mas nada significativo — ele disse. — Me sinto bem melhor. Com exceção dos pesadelos, claro.

— Você ainda está febril. Na verdade, essa febre surgiu com força dias atrás, mesmo com todos os cuidados de Collye. Você dormiu por quase uma semana, desde que o salvei lá de Galyntias. Creio que não teve bons sonhos.

Morbo-tantibus, o rapaz lembrou. Estava arrepiado. Narrou ao monge o que conseguiu recordar das informações que o mago Albericus Eliphas Gaoshe lhe contara no túnel da Catedral, procurando não perder nenhum detalhe, ainda que reproduzir algumas passagens fosse um pouco mais difícil. Então, falou que Albie fora mestre de Astaroth e o responsável por o enviar a outro mundo, sobre a relação com Carmecita Rosa dos Ventos, sobre os oneiros e a doença do sonho, e principalmente sobre as três iguarias.

— Que onda de azar, Verne. — Elói suspirou, entrecruzando os dedos na frente do rosto. — Conheço o morbo-tantibus, uma doença rara. Sua infecção por ela deve ter sido muito específica, mas não consigo imaginar como ocorreu.

— Eu já vinha tendo muitos sonhos, e a maioria deles estranhos, quando eu estive em Necrópolis da última vez. Isso só piorou mesmo há uma semana. E os pesadelos não param. Não tenho noção do tempo, mas, se fiquei uma semana dormindo, então provavelmente tive toda a sorte de sonhos possíveis.

— Onda de azar e sorte? — O monge sorriu, esvaziou a taça, mas esta logo estava cheia outra vez. Verne ainda estava na metade da sua. — Sorte teve também quando o encontrei em Galyntias. Aquele mercenário nervoso quase o matou. Eu cheguei até você e logo saí de lá. Ainda não controlo bem... o *objeto*. Então ele me tragou e você e Magma vieram juntos.

Verne Vipero não sabia do que seu mestre falava. Elói lhe resumiu o acordo com Simas, o acesso às memórias do ladino e de todo o povo do Vilarejo Leste, as pesquisas na Biblioteca da Coroa, a viagem até o Mundo das Sombras, o pacto que fizera com a simbionte Treval, e a maneira como vinha aprendendo a usá-la. Concluiu com duas habilidades da capa negra: ela sempre levaria o usuário até alguém querido ou muito próximo que necessitasse de ajuda; e sempre transportaria o usuário até um lugar seguro quando em momentos de apuro ou necessidade, também de maneira instintiva, da natureza da própria Treval. O rapaz estava arrepiado até os ossos quando agradeceu ao monge.

Elói Munyr não carregava a capa negra naquele lugar. Trajava o costumeiro manto marrom e simplório de monge, ou mendigo. Seu mestre usava os dedos para escovar as costas de Magma. O animal arrepiava-se todo, chacoalhando as três caudas vermelhas. Os clientes de raças diversas passavam a uma distância segura do vulpo, sempre o observando com curiosidade.

— Não sei muito sobre essas iguarias, Verne — disse Elói —, mas me recordo que a Feiticeira Branca é a única no mundo que possui uma videira-lilás. A notícia alcançou todos os povos na época de sua concepção. O ato de uma *magia de criação,* que é a de mais alto nível, é considerado um evento. Por isso lembro-me desta data até hoje.

— E como faço para conseguir uma uva-lilás? — O rapaz tragou um longo gole do destilado. — Na verdade, precisarei de uma específica. Não qualquer uma.

— A Feiticeira Branca é a regente de Regnon Ravita, o reino mágico de Necrópolis — explicou o monge. Verne se lembrou, era Ceres. — Não estamos tão longe dela. Mesmo assim, poderemos partir assim que você estiver pronto. O morbus-tantibus pode matá-lo a médio prazo. Usaremos Treval para ir até a...

— Não, não, não podem usar objetos mágicos, arcanos ou dimensionais no Reino da Magia, a Feiticeira Branca criou uma redoma mágica que repele qualquer dessas coisas, não vai funcionar, por isso desista, meu querido padrinho — interferiu Martius de prontidão. O taverneiro havia surgido de lugar nenhum. Trajava camisa verde inteiramente abotoada, com gola branca, e a calça e os sapatos pretos desasseados de gordura. Enxugava a mão freneticamente em um guardanapo de pano imundo. — Eu sugiro que vocês sigam caminho a pé ou cavalgando até Iblis, a fronteira dos reinos, e de lá terão de caminhar mais um pouco até Regnon Ravita e ainda torcer para que ela os autorize a existir naquele lugar, porque, vocês bem sabem, essa mulher é um tanto quanto... excêntrica.

O monge pediu para que Martius tomasse um pouco de fôlego em silêncio.

— Eu não tenho mais poderes diplomáticos, mas creio que a convenceria a nos doar uma única uva-lilás de sua videira — Elói cogitou.

— Sim. Precisamos partir o mais rápido possível, sem perder tempo — Verne enfatizou. — Não quero morrer dormindo.

— E quanto às outras iguarias, já sabe onde procurar? — Obviamente, o taverneiro não esperou que o outro respondesse, ou ao menos tivesse tempo de processar a questão, e retirou um comprido pergaminho enrolado de dentro da camisa, puxando-o pela gola. — Imaginei que não, he he, olhe, aqui tenho um mapa de Necrópolis com as rotas mais seguras do mundo! — Martius estendeu a grande folha pela mesa circular. Mestre e pupilo tiveram de levantar suas taças apressadamente, antes que o traficante de informações as derrubasse na ansiedade desvairada.

Verne viu uma extensa lista de anotações divididas em sete colunas, escritas em uma belíssima letra. Agora, estando em Necrópolis, com o processo de transição realizado, ele conseguia compreender idiomas falados e lidos. Quatro arranjos de rainha-da-noite-brumária, quatrocentos litros de chá-quimérico gelado pré-pronto, lêmures-das-trevas treinados como garçons, xícaras enfeitadas com guardanapos de papel florais, duzentos quilos de massa para feitura de pasta-croque e lotes de queijo-coalho de equinotrota para sanduíches, um beoso dançante, trezentos e cinquenta frutos-ciprestes recém-colhidos, dez porcellus do sul para assados, quarenta piscenis da Lagoa Verdor para os petiscos...

Aquilo não era um mapa.

— Isso é para um chá de bebê, Martius? — Elói se permitiu rir.

— Sim, senhor! — O taverneiro sorriu largamente. — Desculpem, isso foi um engano, errei de pergaminho. — Martius enrolou a lista de preparativos para o chá de bebê de Maryn-Na, o guardou gola abaixo e dela retirou outro papel, ainda maior, desenrolando-o sobre a mesa. Ali estava: o mapa da imensidão de mundo que era Necrópolis. Verne não conhecia a geografia do Mundo dos Mortos e ficou fascinado. — Era deste que eu falava!, vejam, as linhas azuis riscadas sobre o mapa são as rotas seguras de que lhes falei, elas evitam mantícoras, covil de ladrões, fortes militares, áreas reptilianas ou de bárbaros sulistas...

— Estrada Negra? — Verne perguntou, colocando o indicador sobre uma extensa linha preta que se subdividia por algumas regiões de Necrópolis.

— Isso, isso, é a principal estrada do nosso mundo, mas nela viajam todos e tem militares, mercenários, a realeza, gente demais, também tem assaltantes que se escondem pelos acostamentos, então, apesar de levar mais facilmente a todos os lugares, é também a mais visada, e não sei, não acho seguro para você, que está sendo perseguido pelo pessoal do Astaroth, fique andando por ali. — Martius bateu freneticamente o dedo sobre as linhas azuis. — Nestas, *NESTAS* azuis que vocês devem se focar, entenderam?, elas foram riscadas por mim, em minhas aventuras passadas, e, segundo informações recentes, essas rotas seguras ainda são seguras, podem confiar, só não desviem do caminho ou... — O indicador do taverneiro percorria o oeste do mundo quando parou sobre uma ilha daquela área. — ...ou... — Parou de falar, pensativo. Sua enorme boca fez um muxoxo.

— O que foi, Martius? — indagou o monge com uma sobrancelha levantada pela curiosidade.

— Penedya — o taverneiro respondeu, hesitante. — Em Naraka, Penedya, a região selvagem cheia de espinhaços...

— Conheço. Mas nunca estive lá. O que tem?

— Certa vez, há mais de uma vintena de invernos, estive lá como aventureiro numa expedição em busca da Cidadela Perdida dos Unuas Bluas e de repente me vi perdido numa noite de Nyx bem nebulosa, quando então o encontrei. — Elói fez menção de perguntar "quem?", mas Martius adiantou-se: — Ao Ao, o lendário orc daquelas montanhas! — O traficante de informações empalideceu, os olhos divertidos ficaram sobressaltados pela lembrança, e ele remexia os cabelos escuros. — A terrível criatura tinha quase três metros, vocês têm noção disso?, mas eu era mais veloz e consegui fugir escalando uma gigantesca palmeira-flava, e passei dois longos dias naquelas copas, com Ao Ao urrando lá de baixo, querendo me devorar. — Magma abandonou os afagos de Elói para ir roçar o focinho nos joelhos do taverneiro, agindo como se fosse um animal condolente. — Até que os sons pararam e eu resolvi descer, indo encontrá-lo dormindo nos pés da árvore, tive de descer pelo corpo do monstro, eu carregava um facão para cortar mata alta e, quando ele despertou, não pensei duas vezes e rasguei seu pescoço, fui banhado de sangue, um sangue saboroso...

Martius mesmo se interrompeu, capturando a taça de Verne e sorvendo o restante do destilado. Passeou com a língua de baixo a cima pelos lábios finos e largos, saboreando o líquido rubro de olhos fechados, quase em êxtase. Então, deu por si e continuou:

— Como meu pai, Markus Oly, foi um grande cozinheiro e enólogo, resolvi me inspirar nele para criar meu próprio destilado, então usei uma grande plantação de videira-vermelha com algarosas no preparo do que gerou este sangue de orc das montanhas. — Sorriu de uma orelha a outra. — Agora vocês devem estar se perguntando como? Oras, eu tive de usar cipós enrolados num grande tronco para rolar o corpo do Ao Ao até a praia e lá reencontrei meus companheiros e trouxemos o monstro de barco até o leste, depois ainda descobri que o sangue dele quando gotejado sobre as dunas azuis aqui das Terras Mórbidas faz nascer uma planta única, ainda mais rara que a mágica videira-lilás da Feiticeira Branca, he he, então eu tenho um jardim infinito de ao-aos lá no fundo do Covil, usado de todo sangue do orc até não restar nenhuma gota. — Martius colocou mais da bebida sobre a taça e voltou a bebê-la com prazer. — Essas plantas geram frutos, que possuem sementes, que quando plantadas geram mais plantas, é um ciclo maravilhoso!, no mais, todo o preparo do sangue de orc das montanhas é o comum praticado na enologia. — Bebeu e mais um pouco. — Já a carcaça do monstro eu dei fim há muito tempo, eu, eu-eu o extingui...

Verne estava estonteado. Para ele, a lembrança tortuosa da fala incessante do taverneiro não era agradável. De qualquer maneira, evitou enojar-se pela origem — até então secreta, ele especulou — do sangue de orc das montanhas. O sabor era bom e a sensação ainda mais.

— Interessante, meu amigo. Mas sua rota segura não segue para Naraka, então vamos voltar ao assunto de antes. Foco — disse Elói. — Foco.

— Mesmo assim, ainda não sei como essas rotas azuis podem nos ser úteis para encontrar as iguarias. — O rapaz conseguiu retomar o assunto, dessa vez evitando beber mais do destilado. A cabeça começava a rodar. Pediu por um copo de água e Maryn-Na lhe trouxe de prontidão.

— Ora, ora — Martius disse, como se a origem de sua principal bebida nunca tivesse sido assuntada. — Como acha que chegará até o Abrigo sem morrer ou ser capturado? — Novamente ele não esperou pela resposta. — As rotas azuis são para isso, eu já disse, e aqui, seguindo por este caminho ao redor da Cordilheira de Deimos, vocês chegarão com segurança até a morada dos magos...

— E por que iríamos até lá?

— Porque eu só conheço uma pessoa que cria cocatrizes em toda Necrópolis: o necromante!

Verne ficou arrepiado subitamente, sem saber a razão.

— Entendo, Martius — respondeu Elói, pensativo. — Com isso, creio eu, que a semente-do-céu também seja exclusiva de um único lugar... — Martius Oly balançava a cabeça, ansiosa e freneticamente, pronto para revelar, mas dessa vez o monge conseguiu responder primeiro: — Nebulous, o Reino dos Céus.

— Vou contatar Ícaro, então — Verne bradou com certo desespero.

— O jovem Zíngaro ainda deve se encontrar no Bosque de Meraviglie. Aquela pequena floresta me pareceu ser algum tipo de templo pessoal para o seu amigo pária. Quase como um lugar sagrado.

— Assim como o Covil das Persentes é para o senhor, né... — O taverneiro sorriu.

— Precisamos correr atrás dessas três iguarias com urgência — continuou Elói, após terminar sua taça. — Aproveitemos que Verne melhorou da surra para seguir viagem. Ainda que eu tenha Treval para viajar na dimensão, este mapa personalizado com as rotas seguras nos será muito útil. — Enrolou o pergaminho amarelado e o guardou atrás dos grossos panos do manto. — Martius, por favor, providencie um equinotroto jovem e veloz que suporte duas montarias. — O monge se levantou, e Magma abanava a cauda tripla de empolgação ingênua. — Primeiro, uma visita à Feiticeira Branca, que nos é mais próxima. Esta noite vamos descansar, Verne. Partiremos amanhã no primeiro raiar de Solux. — Elói colocou a mão sobre o ombro do pupilo e o apertou com força. — Teremos as três iguarias e vamos curá-lo. Eu prometo.

08
OS CORAÇÕES INSÓLITOS

— Mas que lugarzinho miserável! — grunhiu Emmeric ao ocaso. Mantinha uma bolsa congelada sobre o queixo em ruína.

Estavam no centro de um aglomerado de mesas quebradas e cadeiras podres entre quatro paredes rústicas de uma taverna que chamavam de A Megera Suja. A cevata servida era aguada e os canecos estavam nitidamente encardidos. O taverneiro Dutch Unrein era um senhor desasseado dos pés à cabeça, trajando um avental nojento sobre a roupa cinza. Sua barba amolada gotejava suor quando ele trouxe outro barril cheio.

— Você fede a um porcellu! Saia daqui! — ordenou Duncan Übell. Dutch gargalhou, já de volta ao balcãozinho. Eram amigos. O velho mercenário encheu seu caneco e entornou a cevata numa única golada. — O Galante sumiu. Nem A Feia o farejou. — Limpou a barba ensopada com a longa manga listrada.

— Que merda! — Emmeric Krieger estava de péssimo humor e isso deixava Karolina feliz.

Os quatro mercenários sentavam-se em cadeiras tortas ao redor de uma mesa maior, retangular e de madeira envelhecida, mas resistente. O velho, o menor deles, apoiava os braços sobre a tábua e segurava o caneco com as duas mãos, misturando álcool e mastigueiro — algo que, segundo ele, dava toda uma sorte de novas sensações quadrimensionais. Mikke Mandell encolhia os enormes ombros, cabisbaixo, bebericando a cevata como se fosse leite. Emmeric mantinha certa distância da mesa, arqueado para frente, com um cotovelo sobre o joelho e a bolsa prensada no queixo, resmungando sem parar. Karolina Kirsanoff deixava os dois pés entrelaçados sobre a tábua despreocupadamente, sorvendo um odre de vinho-vermelho que carregava em seu estoque. Os outros clientes, pequenos fazendeiros de Colina Branca, evitavam cruzar olhares com qualquer um daquele quarteto.

— Perder cinquenta moedas de ouro por causa daquele louro azedo é foda, hein? — cuspiu o rude Krieger. — Vou almoçar as tripas dele depois que matá-lo! Ah, se vou.

— Você... não vai... encontrá-lo — sussurrou Mikke, tímido. — Se nem a dona Hexe conseguiu... você... menos ainda...

— Ah! — Ele esmurrou a mesa. — Então você acha justo que aquele caipira do Gerald não nos pague? O lourão não foi morto, mas o tínhamos capturado. Temos de receber, moleque. Quero meu ouro!

— Você não capturou ninguém, Emme. Esse trabalho foi *meu* — disse Karolina sem encará-lo. Mantinha alguns pensamentos distantes.

Emmeric arroxeou de raiva. Duncan despejou cevata no caneco do seu auxiliar e ordenou que bebesse um pouco para se acalmar. Depois, colocou o pesado barril sobre a tábua de maneira desajeitada, com seus dedos pequenos e enrugados. Brindou com Mikke. Bebeu.

— O Galante agora é passado — falou Duncan seguido de um arroto. — Temos de nos preocupar com um prêmio maior: o Valente Vermelho. Quem conseguir a cabeça desse maldito nunca mais precisará trabalhar na vida, assim garantiu nosso reizinho.

— Sim... E ele está bem próximo de nós... segundo os ekos dos outros mercenários. — A voz de Mikke remetia a um rugido frouxo, mas esta e seu corpo forte pareciam não combinar com o rosto virginal do rapaz. Olhos castanhos brilhantes, queixo escanhoado e cabelos curtos cor de amêndoa-rubi e bem penteados, mesmo depois de retirado o capuz de executor.

— Quais informações temos sobre esta nova lenda? — ela ironizou, desinteressada.

— O Valente é novo no pedaço. Os ermonenses só ouviram rumores sobre ele há quatro ou cinco meses, quando esse calorão chegou junto da nova estação — revelou o velho. — Disseram que o maldito veio a norte de Ermo, fazendo um arrastão por fazendas, vilas e pequenas mansões. Os boatos também dão conta de que ele segue acompanhado de uma trupe de fora da lei, cada um dotado de uma habilidade específica.

— E... esses fora da lei também... Há raças diferentes entre eles. Ouvi dizer...

— Esses merdas são invisíveis! — O rude Krieger virava mais cevata no caneco, derramando pelas bordas. A ela lhe pareceu que ele gostaria de se embriagar rápido depois daquele dia de derrota e queixo inchado.

— Ladinos? — Karolina perguntou enquanto levantava o odre em oferecimento na direção do homem que guardava a porta do A Megera Suja como se fosse uma gárgula. A mercenária sabia que Joshua não gostava mais da presença daqueles três do que ela própria, mas fazia questão de demonstrar isso mantendo distância, apenas o mínimo possível próximo de sua líder.

— Não, não — Duncan respondeu. — Bom, pelo menos é o que falam, né? Não há relatos de ladrões envolvidos nisso. Até podem ter alguns na trupe, mas a origem do Valente e companhia é incerta. Suas ações são furtivas, sempre à noite ou de madrugada. Todo o ouro é levado, joias, nácares, prata e bronze também. Outro dia ouvi dizerem que um fidalgote qualquer de Breufreixo teve sua herança em ouroouro real roubada. Mas deste azarento aí levaram tudo, tudo mesmo. Só lhe deixaram as roupas de baixo! — Gargalhou alto e quase caiu da cadeira.

Karolina não compreendia como esses fora da lei não seriam classificados como ladrões, mesmo furtando em profusão. Então, acreditou que o velho não os classificava como o "povo ladino da areia", mas sim delinquentes que também roubam. Convencida de sua teoria, deu de ombros e continuou a fingir interesse.

— Estupros? — ela indagou como uma interrogadora, tentando juntar as peças de um quebra-cabeça inexistente.

— Nenhum.

— Violência?

— Nada. O maldito deixa as vítimas intactas. E os animais delas também.

— Ah, bem... — O rapaz interrompeu o velho, desculpou-se e revelou: — Ouvimos um relato... Mataram uns guardas... e um equinopotro também foi abatido...

— Sim, sim. Mas o caso daqueles dois guardas foi uma exceção. Um dos fora da lei se fez visto, então tiveram de lutar e houve morte. A trupe do Valente não poderia deixar que alguém conhecesse suas identidades, por isso os mataram. Só dois guardas domésticos, nada demais.

— Duncan fazia um estalido irritante com a língua toda vez que ruminava o mastigueiro. Naquele instante, mais do que nunca. — E o equinopotro, pobre, estava com duas patas quebradas pela fuga, os fora da lei foram apenas misericordiosos. Mas eles não matam, não. É um bando de desgraçados, não de assassinos.

Karolina Kirsanoff fazia anotações mentais a cada nova informação. De qualquer maneira, contava com a boa memória de Joshua também, que ouvia tudo da entrada. Seu auxiliar trajava o costumeiro uniforme vermelho e preto camuflado nos coletes, com as botas e boina tão escuras quanto à noite que chegava. A terminata pendia de um cinto preso na transversal, do ombro até a cintura.

— Mortes... Eu perguntaria, mas vocês já responderam — disse ela.

— Muitas! — trovejou uma voz delicada vinda da porta.

Todos olharam na direção da silhueta do homem ainda maior que Mikke, mas robusto em vez de musculoso, com um rosto enorme e hexagonal. Ao seu lado, uma mulher da altura de Karolina estava completamente coberta por uma burca grená e, sob o tecido, ainda havia uma máscara branca, com horizontais e estreitas fendas fazendo as vezes de olhos.

— Fegredo! Gerdine! — Duncan abriu os braços para os lados sem se erguer, rindo de si mesmo. Bêbado, talvez.

Emmeric virou o rosto para o outro lado, rosnando indiferenças. Mikke levantou-se cordialmente para recebê-los e fez uma mesura desajeitada. Karolina achou por bem repetir a ação, colocando-se em pé e anuindo. Não os conhecia, apenas tinha ouvido falar deles. Gerdine Hexe foi a primeira a se aproximar. Caminhava precisamente com os dois pés retos para frente, em passos delicados e curtos, tomando um cuidado extremo. Arrastou uma cadeira vazia e sentou-se com postura ereta ao lado do executor, sem encarar os demais. Meneou levemente a cabeça para a mercenária e depositou as mãos cobertas de luvas pretas sobre o colo, mantendo seu silêncio. "A Feia", a moça recordou. Seria a outra tão horrível assim a ponto de esconder o corpo inteiro?

Sua hesitação foi quebrada com a aproximação de Fegredo Zart, que mancou em seu meio galope meio tuc-tuc da muleta em que se apoiava do lado direito e sentou-se na cadeira dela, dando-lhe uma piscadela como se pedisse autorização. Um turbante lilás-fluorescente com uma pluma verde-clara encimava a cabeçorra do homem, de orelhas levemente pontudas e olhos selvagens, que a fitavam com um interesse duvidoso. Karolina percebeu que o tornozelo direito de Fegredo era torto para dentro e, no lugar dos dedos nos pés, havia cascos.

— Corações Insólitos — revelou Fegredo enquanto deixava sua muleta de lado. Suas unhas das mãos estavam pintadas de vermelho. — O grupo que segue com o Valente Vermelho chama-se Corações Insólitos. E eles matam, sim. Nem sempre apenas para se proteger.

— Como assim, senhor...? — perguntou Mikke num excesso de respeito que a surpreendeu. Teria o chamado Grande Zart alguma posição elevada? Ela sabia que o homem era um mercenário tão antigo quanto Duncan Übell, nada mais.

— Alguns dos meus se infiltraram no grupo e descobriram um de seus inúmeros propósitos. Não todos, infelizmente. — O nariz dele era quase um focinho e pequeninas presas despontavam da boca torta para a esquerda. Peludo como um lycan, Fegredo cobria a virilha apenas com uma túnica de plumas aniladas e deixava-se apertar em um minúsculo colete de couro preto em seu peito cor de fuligem.

— Fale de uma vez, homem! — Emmeric não tinha o mesmo respeito e paciência.

— Eles matam a nós — começou o Grande Zart, indiferente ao outro. — Os Corações Insólitos matam mercenários. E parece que isso fazem de graça.

Karolina notou Mikke Mandell engolindo em seco e Emmeric Krieger boquiaberto, numa mistura de raiva e surpresa. Joshua se remexeu sutilmente na porta e Duncan Übell estava impassível, com os olhos colados no parceiro. Gerdine Hexe era uma estátua entre homens. Alguém deixou um caneco rodar pelo chão.

— Por quê? — perguntou Duncan, sombrio.

— Ainda não sabemos. Só que um desses meus espiões foi descoberto e a cabeça dele veio como resposta de que talvez jamais descubramos suas razões.

— Eles roubam dos ricos, matam os mercenários e se escondem nas sombras. Qual a finalidade disso tudo? — O velho coçava o cocuruto.

— Você parece saber mais do que nos diz. — Ela se voltou para Fegredo.

— O que eu sei já foi relatado nesta mesa. — Ele se manteve indiferente.

A mercenária não desistiu:

— Onde eles se instalam?

— Em algum bosquezinho para norte daqui.

— Nos leve até lá. Eu cuido do resto.

— Não. Eles nunca ficam no mesmo lugar. Mudam a cada Nyx. Por isso é difícil capturá-los.

As informações lhe soavam forjadas. Karolina tentava decifrar o Grande Zart pelo olhar, mas ele era todo apatia. Ela resolveu mudar a estratégia e voltou-se para Gerdine:

— E você, o que tem a dizer?

A máscara pareceu procurar o campo de visão do companheiro. Então, recebeu uma sutil autorização com o olhar.

— São todos mestiços — sibilou a voz que saía abafada, quase de sexo indistinguível. — Os Corações Insólitos são todos mestiços. Diz a lenda que o próprio Valente Vermelho também é um mestiço. — A Feia mantinha-se imóvel ao falar. — "Várias raças, uma só Nação" seria seu lema.

Karolina recordou-se daquele familiar toque gelado envolvendo seu pescoço. Era o medo.

— Dutch, vê a conta! — pediu o velho.

09
PEÇONHA

O rapaz era arrastado pelos cabelos escuros e revoltos do átrio ao passadiço. Um olho verde, outro azul, não mais do que vinte e poucos anos. Ele se debatia em desespero, mas nada podia fazer em submissão ao enorme reptiliano que o segurava. Usando apenas um calção borrado de fezes, o pobre estava agrilhoado nos pulsos e tornozelos, com hematomas rubros e roxos por todo o corpo.

— Qual seu nome? — trovejou a voz do general de Érebus.

O rapaz olhou a monstruosidade à sua frente com pavor. Babava na boca trêmula.

— V... Ve...

— Ele mal tem forças para falar, senhor — interveio Urago numa coragem súbita. Arrependeu-se da ação logo em seguida.

Vassago o encarou com frieza. O homem sabia que a algidez do maior dos escorpiontes era ainda pior que a fúria. Ele encolheu os ombros, encolheu-se todo, sugerindo um pedido de perdão pela intromissão e então voltou a ser ignorado. O general saiu do pequeno átrio coberto por um véu negro, revelando seu corpanzil vermelhusco e caminhou nas seis patas artrópodes até o humano aprisionado. Aproximou o ferrão de enorme cauda segmentada até o rosto do rapaz e o elevou pela papada para muito acima do piso. Urago notou como seu general analisava o capturado. O rosto do escorpionte era anguloso e piramidal, com um queixo pontiagudo e cinco pares de olhos vermelhos observando em todas as direções.

— Systuz — Vassago começou.

— Poiss não, ssenhor? — indagou o reptiliano que havia capturado o jovem.

— Este humano possui um olho azul.

— Não entendo, ssenhor...

Urago suspirou profundamente, antevendo a situação. Tentou fechar os olhos, mas a curiosidade era sádica. Então ele viu as grandes pinças do general, que lhe faziam vezes de mãos, capturarem o grosso pescoço do reptiliano com uma velocidade assustadora.

— Verne Vipero é caolho, seu idiota! Só tem o olho esquerdo, o verde. — E fechou a pinça como uma tesoura. A cabeça de Systuz rolou pelo corredor, sujando o piso de sangue também verde. O rapaz ululou com a cena. Logo em seguida, Urago notou a urina escorrendo pela perna do pobre. Ainda pendurado pelo ferrão, ele começou a chorar.

— V-Vennuk. — O capturado conseguiu dizer. — Vennuk Eylo é meu nome, s-senhor.

— Isso não me interessa. Você não é ninguém, Vennur.

— É-é Venn...

Como Urago esperava, o rapaz não conseguiu terminar de corrigir o general, que o jogou para o alto e, quando este caiu, recebeu o ferrão direto no pomo de adão. A peçonha escorpionte acarminou a pele do jovem e seu corpo inchou em poucos segundos. Vennuk vomitou uma substância viscosa e amarelada, mas ao homem pareceu que ele já havia morrido.

— Levem esses dois daqui — ordenou Vassago com desdém e frieza, virando-se para o aconchego de sua tenda escura. Dois bárbaros sulistas vieram de prontidão e carregaram os mortos para fora do alpendre da Fortaleza Damballa, enquanto um terceiro vinha atrás limpando a sujeira com eficiência.

Toda vez que Urago via aquelas costas quitinosas revestidas de carapaça rubra, quase como uma armadura orgânica, percebia o estômago revirar. Mesmo sendo um bárbaro sulista com mais de trinta décadas vividas, mesmo sendo um guerreiro que já vira todo o tipo de monstruosidade das neves, mesmo sendo um caçador nato, ele, naquela situação, não se diferenciava tanto de Vennuk, o rapaz morto por engano, quanto ao temor que sentia na presença do general Vassago. O maior dos escorpiontes era conhecido por sua crueldade, intolerância e desprezo por outras raças que não a sua. Dada a antiga aliança e os acordos entre Érebus e Grendel, ele havia assumido por direito a regência da Fortaleza Damballa na ausência de seu Príncipe-Serpente. Urago era inteligente o suficiente para saber que ninguém no reino comentava o racismo do general. Não era seguro. As paredes tinham ouvidos, diziam, e disso ele também sabia.

— Já parou de brincar, general? — sibilou uma voz ousada.

Vassago estacou antes de afundar na escuridão de sua tenda e olhou por cima dos ombros. O homem viu o mesmo que o escorpionte: aquele reptiliano magro e comprido, apenas dez palmos maior que um duende. A criatura sempre o fazia remeter aos lagartos domésticos do seu povoado, mas aquela andava sobre as duas patas como a maioria dos da casta, com escamas verde-cinzentas e cristas cor de jade que encimavam a cabeça e continuavam em simetria pelas costas, reluzindo com uma estranha elegância sob a luz das tochas. Ela mal usava um traje, apenas ombreiras de ferro polido e uma espécie de saiote metálico que a cobria até o joelho, deixando o rabo fino e longo sacudindo solto. Da cintura pendia a bainha duma espada curta embebida de veneno que, segundo Urago soube, era de "lâmina dupla", apesar dele não fazer ideia do que isso significava realmente. O bárbaro sulista percebeu que a encarava e recebeu aquele olhar amarelo, ofídio e arregalado de volta. Gelou por dentro e fez uma mesura respeitosa para não desequilibrar sua posição. A língua bifurcada da outra saiu e voltou três vezes para dentro do focinho curto e ela voltou-se para o escorpionte. Vassago, então, virou seu corpanzil.

— Capitã Cerastes, você demorou.

— Perdão, general. Eu esssstava na Operação Rastreamento. — Ela levou a mão direita sobre a testa, em cumprimento militar.

— Que, pelo visto, foi um insucesso.

— Syssstuz não pertencia à minha tropa. Nósss ainda estamosss operando em campo.

— E quais as novidades?

— Váriasss. — Urago notou uma projeção de sorriso sarcástico formando-se nas mandíbulas dela. — Identificamosss a menina e tudo ocorreu bem durante a negociação, ela é nossssa. — O general pareceu satisfeito com a informação, pois seus vários olhos pareciam vibrar. — E Verne esssstá agora atravessssando as dunasss azuisss dasss Terrasss Mórbidasss. Dirige-ssse até a feiticeira do leste.

— Acompanhado do monge renegado, suponho. — Ela fez que sim. — Ah, tão previsível esse rapaz. Atravessando o deserto, acompanhado do seu mestre. E o que houve antes, ele parou para criar planos mirabolantes na taverna do boquirroto? — Mais uma vez Cerastes confirmou. — E por que ele não está ajoelhado diante de mim agora, capitã?

— Contratei um mercenário para perssssegui-lo já tem algumasss viragensss. Ele quase conseguiu capturá-lo há algunsss diasss, general. Mas depoisss Elói interveio e o mercenário perdeu o rassstro de Verne. Meu homem continua em misssssão.

Urago tinha bons reflexos e conseguiu abaixar-se no momento exato em que a cauda de Vassago passou por sua cabeça e destruiu uma pilastra logo atrás. Não demorou e outros bárbaros de posição menor vieram recolher os escombros, varrer e deixar o passadiço limpo outra vez.

— Muito pouco, muito pouco — murmurou o general friamente, mas para o homem aquilo pareceu um rugido.

— general, um duende infiltrado na Catedral disssse que Verne teve contato com aquele... velho mago.

— Então o rapaz deve saber mais do que devia. Isso se o Albericus teve tempo de lhe contar algo ou tudo o que fez.

— O duende não sssoube informar isssso. — Ela nunca descia o olhar do escorpionte. — Masss o que Verne sssabe não nosss importa. Nem para o Príncipe-Ssserpente. O que importa é termosss ele aqui. Ele e osss outrosss.

— Sim, capitã. O tempo está acabando e acredito que você, tanto quanto eu, tenha interesse em mostrar resultados nessa perseguição. Não podemos falhar na próxima empreitada. Você não pode falhar. — Vassago se aproximou de Cerastes o suficiente para beijá-la, mas Urago não achou aquela cena nada romântica. Havia algo entre o general e a capitã que lhe despertava a curiosidade. Um respeito mútuo misturado à bilateral aversão, como se qualquer um dos dois, ao darem as costas, pudesse trair o outro. Ambos davam liberdades para o outro de maneira que ele nunca tinha visto em outro lugar, mesmo em contextos hierárquicos. O que Urago sabia era que Vassago não suportava Cerastes pelo simples fato dela ser uma reptiliana. E Cerastes não tolerava Vassago porque ambicionava seu cargo, afinal ela era uma legítima reptiliana de Érebus e verdadeiramente digna da posição.

— Eu nunca falho, general. Sssabe disso. — A língua dela saiu e voltou, sibilante. — Há pouco recebi um ekosss de Zero. Ele reagrupou-ssse com uma guarnição especial que deixei na sssombra da Cordilheira de Deimos. Eles já rastrearam Verne e Elói.

Vassago e Cerastes sorriram seus sorrisos horríveis.

Urago estremeceu.

10
CENTO E VINTE MILHAS PARA O INFERNO

Solux recrudescia no firmamento com selvageria. Verne não suportava aquele calor, mas sua montaria parecia habituada ao clima quente do deserto. O equinotroto castanho era menor do que Gorgo, a mascote de Simas, e menos simpático também. Bufava de desgosto de meio em meio minuto, talvez pela presença de Magma, que caminhava tranquilamente na retaguarda, como se os escoltasse. O rapaz tinha levado um tempo para conseguir amansá-lo antes de conseguir montá-lo.

O animal de Elói, contudo, era um garanhão branco de patas poderosas e muita vontade, com as peles rasgadas e retesadas revelando músculos fortes e rijos, e parecia treinado para atravessar as dunas azuis com estranhos nas costas.

Martius havia afivelado bem cada sela e a cavalgada seguiu tranquila na primeira hora, onde os equinotrotos não encontravam desafios na areia, nem manticoras nem ladrões, e as áreas pedregosas estavam distantes, apenas nos entornos do cenário. Verne não parava de reclamar do calor e começou a fazer paradas frequentes para beber água. Dois cantis foram esvaziados em menos de meia hora. Ele estava zonzo e a visão começava ficar turva vez ou outra, por isso achou por bem não comentar com o mestre. O seu sono também estava ganhando força e o rapaz lembrou-se de mais uma noite maldormida, com pesadelos sem fim. Jogou o que restou do segundo cantil no rosto para amainar o calor.

— Você está febril — disse Elói com seriedade. O monge havia aproximado sua montaria da dele, colocando a mão em sua testa.

— É o calor do deserto. — Verne tentou despistar.

— Também o sinto, Verne. Mas eu estou com calor e você está febril. A diferença é nítida.

Elói Munyr usava seu costumeiro manto marrom, com Treval esvoaçando das costas e as sandálias bem atadas aos pés. Verne trajava uma bata de linho azul com uma calça de tecido preto e botas de couro. Ele havia pedido uma roupa leve ao taverneiro, que não fosse insuportável de manter sob Solux. O rapaz refletiu sobre como era incrível a capacidade de Martius de conseguir qualquer montaria ou vestimenta adequada por encomenda a curto prazo, assim como obter informações precisas sobre qualquer assunto de Necrópolis. Provavelmente a pessoa mais conveniente que tinha conhecido.

Logo Verne voltou a pensar na temperatura; mesmo com vestes leves, não conseguia suportar aquele calor, fosse de Solux fosse de seu próprio corpo.

— Você tem de me avisar quando estiver assim — reclamou seu mestre enquanto retirava algo do bolso. O desembrulhou, revelando um tablete escuro. — Mastigue, irá lhe fazer bem. Não vai amenizar os efeitos do morbus-tantibus, claro, mas o deixará estável. Bom, pelo menos assim espero.

O monge realizou uma rápida prece, cujas palavras Verne não compreendeu. Seguiram viagem, desta vez com lentidão. O rapaz ainda passava mal, seus olhos pesavam. Em algum momento — e não soube precisar quando —, ele caiu do equinotroto. A duna amorteceu a queda, as areias invadiram a boca e o nariz, mas não se importou, queria dormir. Elói veio em seu auxílio mais uma vez, lavou seu rosto, fez novas preces, tentou colocá-lo de pé e não conseguiu; então o carregou até o sopé de um pequeno espinhaço e lhe deu outro tablete. Aquilo tinha gosto amargo. Verne cuspiu, levou um tapa, então ouviu outra prece, o equinotroto marrom bufou, Magma lambeu seu rosto, uma nuvem cobriu Solux por alguns minutos, depois seus dedos de fogo voltaram a tocar o deserto e a pele do rapaz. Calor, sono, um inferno. Seu mestre era um vulto que se distorcia diante dele e tornava-se uma criatura de cabelos compridos e asas de morcego, com um olhar penetrante, como se analisasse sua alma. Em seguida desapareceu. Ícaro pousou e caminhou até ele, então girou as asas e o decapitou. Verne sentiu o próprio sangue escorrendo da garganta e empapuçando o peito, quente num primeiro momento, depois frio, formando uma poça vermelha sobre a duna azul. Levantou-se num salto, segurando o athame.

— Acalme-se — disse Elói. — Você teve mais um ataque de febre seguido de pesadelo. O morbus-tantibus está avançando rápido em seu corpo e espírito. Precisamos correr até Ceres.

— Eu mal consigo andar. Droga! — Ele chutou a areia e subiu em seu equinotroto. O animal não se esquivou pela primeira vez: parecia temer o cavaleiro de olho vermelho naquele momento. — Por que mesmo você não usa Treval?

— Você ouviu Martius. A feiticeira criou barreiras encantadas que impedem ações de outros objetos mágicos no reino dela. — O monge tomou a frente, aumentando a cavalgada, incitando seu pupilo a fazer o mesmo. — Mas, claro, poderíamos ter ido do Covil até Iblis através de Treval. Acredito que não teríamos problemas e evitaríamos todo esse atraso por conta da sua doença. — Verne olhava-o incrédulo, esperando a verdadeira resposta. — Só que estamos sendo seguidos desde que saímos da taverna e não quero arriscar uma travessia pelas sombras levando nosso perseguidor junto.

— Zero!

— Talvez. Ou manticoras famintas. Mas eu não arriscaria de qualquer forma. Agora, cavalgue.

Solux não se apiedou deles no trajeto de mais de uma hora pelas Terras Mórbidas. Verne teve duas pequenas recaídas e continuou sem revelá-las ao outro. Na primeira, sonhou estar caminhando acorrentado pelo corredor de um castelo cheio de reptilianos. Na segunda, sua zonzeira foi maior e o tonteou a ponto de quase derrubá-lo mais uma vez da montaria.

Elói então acenou, pedindo que parasse. Ficaram em silêncio por mais de um minuto e o rapaz conseguiu sentir a tensão crescente no ar. Um zunido cortou o vácuo e uma seta foi enterrada no pescoço do equinotroto marrom. Verne saltou dele antes de outra seta atingir o lombo do animal, que caiu morto. Ele correu e protegeu-se atrás do mestre, inspirando e expirando, se esforçando para evitar novas recaídas. Capturou o athame e concentrou-se. Magma logo os alcançou. Enquanto isso, Elói explodia setas no ar antes delas se aproximarem. A magia púrpura colidia contra o ataque inimigo e o inimigo finalmente se fez presente.

Do horizonte de uma grande duna, quatro criaturas surgiram ávidas na direção deles. Zero encabeçava o grupo, flutuando veloz acima do solo. Uma fumaça escura era cuspida do jato acoplado em suas costas e riscava o ar com assimetria. Ele carregava nos braços o lança-chamas, visão que fez Verne congelar por dentro. Seguindo o mercenário vinham duas reptilianas fêmeas diferentes de outros da raça com que o rapaz já tinha se deparado. Da cintura para cima se assemelhavam a mulheres, estas com ombros largos, pele escamosa cor de oliva, olhos ofídios e longos cabelos escuros, com seios caídos e garras nos dedos. No lugar das pernas eram como cobras gigantes e arrastavam uma extensa cauda com cristas despontando do lado superior, serpenteando pelas areias com rapidez assustadora. "Nagas", havia revelado Elói. Montado sobre uma delas, um duende soprava uma corneta de cobre em deboche e desafio, carregando uma lança proporcionalmente curta.

Verne sabia que era impossível escapar naquele momento, então limpou a mente e se concentrou. Logo o azul do deserto era vermelho e ele disparou uma forte rajada que cortou o ar até atingir uma das nagas. A criatura tombou, rolando pela duna, mas só depois que o rapaz a viu se recuperando e vindo em sua direção é que compreendeu que o tiro passou de raspão. Cassmira, como foi chamada pela irmã, o agarrou no pescoço até deixá-lo vermelho como seu ectoplasma. Do vermelho para o púrpura e a naga teve o busto separado da cauda com uma esfera de magia. Elói logo estava carregando seu pupilo nos ombros e perguntando sem parar se ele estava bem. Verne se desvencilhou para obterem mais mobilidade naquela batalha e tranquilizou o monge quanto a sua situação.

Misscara, a outra naga, furiosa pela morte da irmã, acertou uma crista da cauda contra a cabeça de seu mestre e o jogou longe, enquanto o duende saltava para perfurar o rapaz. Os dois rolaram de uma duna até a outra ladeira abaixo, fazendo-o engolir bastante areia. Escapou do agarrão com uma cotovelada na boca e viu que a lança do inimigo estava fincada no chão. Ambos correram para recuperá-la, mas o duende foi mais rápido, girando a arma e abrindo um talho em seu ombro. Verne aguentou, segurando firme no athame. Quando o outro viesse para estocá-lo, ele teria um ponto cego no pescoço para vencer aquela peleja. O duende veio, berrou uma bravata num idioma incompreensível e acabou morrendo pela bocarra de Magma. O animal quebrou aquele pescoço como se fosse um graveto, depois balançou o corpo para verificar se ele estava de fato morto e então o cuspiu na areia.

Quando Verne retornou para a duna acima, viu Elói enfrentando Misscara com dificuldade. Ela conseguia obstruir os ataques de magia investindo com a cauda, enquanto do ar Zero disparava rajadas de fogo contra o monge. O rapaz saltou sem medo, conseguindo perfurar a naga nas costas. Ela tombou e ele se manteve em cima para detê-la; Magma, por sua vez, mordia a cauda dela. Notou seu mestre logo atrás, preparando uma esfera de energia púrpura e a disparando contra o mercenário voador, que desviou com facilidade. Contudo, os ataques com o lança-chamas também não surtiam efeito daquela distância. Se descesse, teria de enfrentar Elói corpo a corpo e talvez ele soubesse dos problemas que isso implicaria, então permaneceu planando. Cada um deles esperando o momento certo para o ataque final.

Num repente Misscara recuperou suas forças, derrubando Verne com um safanão no rosto e alçando o vulpo para as alturas com um balançar da cauda. Magma subiu alto, depois caiu com força. O baque do impacto preocupou o rapaz, que foi no auxílio da mascote enquanto a naga escapava para dentro de uma duna, penetrando areias abaixo. Zero desceu um nível com seu jato e conseguiu queimar a manga da bata de Elói, mas Treval não foi afetada. O tecido que formava as trevas era diferente.

— A cabeça do zarolho vale muito ouroouro real! Não dificultem pro meu lado — grunhiu o mercenário com sua voz abafada pela máscara. O monge deu um salto sobre-humano e mesmo assim não foi capaz de acertar o inimigo.

Por que será que sou tão valioso para eles?, Verne perguntava-se, também ressentido pela situação do vulpo, alguém tão importante para ele quanto foi seu irmão um dia. Mais do que um animal de estimação, um companheiro fiel. Eles se escolheram no passado, e isso significava muito. Não queria ver Magma sofrendo sempre para protegê-lo porque ele estava fraco e doente demais para se defender de uma ameaça cuja motivação desconhecia. Essa reflexão lhe pesou culpa e ira. Quando o rapaz percebeu, Misscara estava a alguns metros atrás dele, surgindo de dentro de uma duna com um sorriso de vitória. Ela avançou para dar o bote. Verne não conseguiu se mover; a zonzeira da doença escolhera dominá-lo naquele momento. Morreria?

A naga deteve-se diante dele, com seus olhos ofídios indignados.

Até mesmo Elói e Zero interromperam a luta e se viraram para assistir àquilo.

— **HOJE NÃO** — rugiu uma voz cavernosa.

Ela soltou o rapaz pelo susto. Ele conseguiu se arrastar para longe a tempo, tomado pela febre e o alívio. Viu a naga gritando de dor e pavor, com os braços esticados para frente arranhando inutilmente a areia para impedir que fosse tragada para trás. A enorme fera usava suas patas dianteiras para puxá-la pela cauda sem esforço, um pouco por vez, até que ela se enrodilhou diante dele, com a parte réptil perfurada e sangrenta, e o corpo humanoide prostrado sem saber o que fazer. A fera deitou a pata direita sobre o busto dela, depositando toda a força e o peso.

— **VOCÊ NÃO PERTENCE AO DESERTO, MONSTRA.**

Ele rilhou as presas, abriu a bocarra colossal e a naga conseguiu ver por dentro de sua garganta e além, infelizmente não em tempo suficiente para raciocinar. A fera devorou a cabeça de Misscara sem pressa, mas cuspiu os olhos. Elói tinha contado a Verne uma vez que aquela raça acreditava que os olhos de um inimigo revelavam a localização do povo do deserto para o mundo e isso não era permitido.

Não demorou para que outros da espécie, estes menores do que o líder, viessem para almoçar o restante da vítima — um bando de não mais do que seis ou sete, entre filhotes, fêmeas e jovens. Magma cogitou experimentar um pedaço, mas Verne o impediu com um gesto enquanto dizia:

— Kornattuz. — Não foi uma pergunta.

— **FORASTEIRO.** — O chefe dos virleonos fez seu vozeirão ribombar e se aproximou.

— Obrigado. — Verne ainda não tinha forças para se levantar. Atordoado e febril, ele via o mesmo virleono desdobrar-se em dois, três. O vulpo lambia seu rosto como se fosse curá-lo.

— **NÃO!** — O rabo em forma de pincel atingiu a areia com força. — Você não me deve gratidão, humano. Reptilianos não são bem-vindos no deserto. Eu apenas eliminei um inimigo natural e dei de comer ao meu bando. O devoraríamos e ao monge renegado também se não estivessem protegidos pela profecia relacionada a você. Estamos partindo agora.

Verne olhou por cima dos ombros e viu Elói de um lado e Zero do outro. O mercenário havia pousado, mantendo uma distância segura dos demais, empunhando seu lança-chamas hostilmente. Treval agitava-se com o vento leste e os grãos de areia que subiam pelo ar fizeram com que o monge mantivesse os olhos semicerrados, segurando o braço ferido pela queimadura. Quando se voltou para frente, o rapaz notou Kornattuz sumindo no horizonte, seguido pelo bando.

— Espere! — interveio Elói. Foi ignorado, mas não desistiu: — Que profecia é essa?

— Um quer minha cabeça por ouro disse Verne, olhando de soslaio para Zero —, e outro fala em profecias. O que isso tudo significa, afinal?

Novamente ignorados, os virleonos partiam.

O mestre conhecia seu pupilo. E sabia o que viria a seguir.

— Verne... não!

O rapaz concentrou seu ectoplasma no punho do athame e disparou. A rajada escarlate atingiu alguns metros além do chefe e deixou rastros vermelhos por onde havia passado. Alguns virleonos saltaram de susto. O monge o reprovou pela ação desnecessária. Verne percebia seu corpo cada vez mais quente pela febre. De repente, Kornattuz estava diante dele, o encarando com aqueles olhos felinos e róseos. Foi rápido demais.

A fera depositou uma pata em seu peito e o enterrou mais fundo pela areia. O vulpo se afastou para trás, rosnando entredentes, meio temeroso, meio corajoso. Elói fez menção de interferir, mas o rapaz acenou para impedi-lo.

— Você não é mais bem-vindo neste mundo, forasteiro.

— Foi o que você me disse da primeira vez que estive aqui — disse Verne com dificuldade. O hálito do outro era quente e fedia a sangue fresco. Sua tontura aumentou.

— Profetizamos cada ação sua e infelizmente a maioria delas aconteceu. Veja só, você e este seu ectoplasma vermelho e anormal, estava escrito. Ladrões, lycans e agora magos. O que pretende com tudo isso?

— Sobreviver — respondeu de má vontade. — Você é poderoso. Me ajude a vencer Astaroth.

— Nós em nada temos a ver com os problemas políticos da Supremacia. Protegemos o deserto e almoçamos quem por aqui se perde.

Verne cuspiu no rosto da fera e sorriu como se fosse um louco.

Kornattuz rugiu seu rugido monstruoso. A pele da face do rapaz reagiu com flacidez vacilante, tremendo como papel molhado diante do bafo. Ficou surdo por alguns segundos e quando recuperou a audição ouviu o chefe bramir:

— Parta enquanto é tempo, forasteiro. Não pertence mais a este lugar.

Ele virou as costas para Verne e retomou sua caminhada até o bando que lhe esperava. Parou por um momento e olhou por cima da frondosa juba negra na direção do mercenário.

— Você também, saia daqui se valoriza sua sobrevida. — O rapaz percebeu o inimigo estremecendo pelo aviso.

— A sorte deu trégua pra vocês! — provocou Zero de dentro da máscara. — Eu volto e te pego, zarolho. Não vai escapar! — O rapaz teve a impressão de ouvi-lo rindo. O homem acionou o vapor do jato com um mecanismo complexo e alçou voo até o horizonte de maneira desajeitada, ziguezagueando pelo céu.

— Clemência, senhor. Por favor — sussurrou uma voz que saía fraca do meio do bando. Kornattuz deteve-se, resmungando em desaprovação.

Verne viu um dos virleonos se deslocando dos demais e vindo em sua direção lentamente. Ele tinha a pelagem escura flácida, a juba mais cinzenta do que negra, expressões claras de um animal velho e era menor que o líder da raça, apesar de parecer ter sido enorme quando jovem. O rapaz se lembrou, era o Ancião. Elói veio em seu encontro:

— É um velho amigo, não se preocupe — revelou seu mestre com uma expressão satisfeita. — Em minha época de crise, após ser expulso da Ordem, ele foi a luz em meu caminho, responsável por eu ter expandido meus conhecimentos na prática da boa magia.

O virleono parou diante deles e bradou de uma maneira emocionada:

— Longevo Munyr, quanta saudade.

— "A amizade é uma predisposição recíproca que torna dois seres igualmente ciosos da felicidade um do outro" — disse o monge.

— Bom saber que ainda se lembra de minhas palavras.

— A frase jamais foi sua, Gonderfullz. — Um Elói sorridente abraçou o pescoço da fera e fez um bruto afago em sua juba decadente. — Nunca me esqueci da frase nem de você, velho amigo.

Kornattuz protestava com longos rugidos do outro lado, mas foi ignorado. Verne descobriu que o único da raça que tinha o respeito do chefe era o Ancião, justamente pela posição de importância dentro da hierarquia da raça.

— Este é meu pupilo, seu nome é Verne Vipero. Ele é um humano da Terra capaz de emanar ectoplasma vermelho e que vem sendo perseguido por Astaroth sem entender o motivo. Mas é claro, você já sabe disso. O seu líder me fez constatar que foi profetizado algo sobre Verne ou eu ouvi errado?

Num primeiro momento, Gonderfullz nada disse. Olhou para trás, encarando Kornattuz e suspirando demoradamente.

— Há três Estações Álgidas eu acordei em minha caverna com o som de meu rabo pincelando uma mensagem na terra. Era uma profecia relacionada ao seu pupilo. E, como toda profecia, você sabe que não posso revelar o que foi escrito. Não antes do momento exato, e o momento exato é aquele quando acontece. E, quando acontecer, não estaremos mais aqui. Porque o que vier não mais será. Infelizmente.

— Você fala sem dizer, velho amigo. Não tenho tempo para decifrá-lo agora.

— Assim é que os fatos são, Longevo Munyr. Não podemos impedi-los de ocorrerem. Mas, como também aprendeu, a ideia de destino é uma utopia. A profecia desenha as intenções, buscando no cerne do profetizado desejos e ambições inevitáveis de sua própria essência. Os deuses nos esclarecem essas visões como modo de alerta, dando-nos pequenas oportunidades de consertá-las se possível. Contudo, nas regras também divinas, nós, profetas, não podemos revelá-las, pois isso poderia induzir o profetizado na ação que ele, sendo quem é, inevitavelmente realizará. E revelar o que não se deve é adiantar a tragédia neste tempo que não é tempo.

— Mas seu líder conhece a profecia. Eu poderia conhecê-la sem revelar ao meu pupilo. Serviria para estudos sobre o ectoplasma vermelho, algo que venho pesquisando há um tempo.

— Os chefes da raça possuem autorização divina para deter tal conhecimento e morrer com ele em segredo. De qualquer maneira, Kornattuz tinha visto a profecia pintada quando acordei naquela manhã. E você até poderia descobri-la, Longevo Munyr, mas nós todos sabemos que essa revelação uma hora ou outra saltaria de sua boca até os ouvidos do profetizado. Não posso permitir, sinto muito.

— Desculpem, mas não acredito que eu seja tão importante assim — Verne interrompeu com amargura. Magma estava ao seu lado e, abanando as três caudas daquela maneira, parecia à vontade na presença do virleono.

— E não é — disse o Ancião, enfático. — Mas o que carrega é um mal no mundo. Passaremos por tempos difíceis daqui em diante; você não é o verdadeiro culpado disso, contudo. O passado de Necrópolis somado às antigas ações da Supremacia ecoarão na ruptura da paz mundial. Então, a ruína cairá sobre nós. Você é apenas uma peça desse tabuleiro. Por isso meu líder gostaria que partisses. Assim, com uma peça a menos, talvez esse jogo não se conclua em tragédia. — Ele suspirou longamente mais uma vez. Kornattuz rugia alto de longe e as dunas estremeciam por sua fúria. — Aceite nosso conselho e volte para a Terra. Lá é o seu lugar, o seu novo lar. Aqui, não mais.

— Gonderfullz... — Elói tentou.

— Não se preocupe, Longevo Munyr. Foi iniciativa minha vir até vocês na tentativa de esclarecer mesmo sem poder. Infelizmente, pelos motivos que apresentei, não posso revelar o que me foi revelado, mas posso dar-lhes algo que cabe a mim como profeta dizer:

> *"A MORTE VEM AO MUNDO.*
> *QUEM NÃO VÊ, VERÁ.*
> *QUEM A VÊ, NÃO SOBREVIVERÁ.*
> *O MAL É FECUNDO."*

Mestre e pupilo estremeceram. Verne queria decifrar aquelas palavras, mas eram tão incógnitas quanto as reais intenções de Astaroth para ele. Vivia em um mundo de segredos sufocantes. Mesmo frustrado, demonstrou gratidão ao Ancião e despediu-se.

— Bom revê-lo, Longevo Munyr. Desejo-lhe sorte e ainda mais longevidade. Que você também obtenha sucesso em colocar um pouco mais de inteligência e sensatez em seu pupilo. Que a boa magia o leve para lugares de paz. Espero revê-lo em alguma ocasião mais oportuna. — Fez uma pausa. — Se sobrevivermos, é claro. Até.

O monge despediu-se do amigo.

Gonderfullz finalmente partiu com os demais virleonos até desaparecer na linha do horizonte.

— Então é isso? — resmungou o rapaz. — Eu carrego algum tipo de azar?

— Profecias não são simples assim, Verne. — Elói colocou a mão em seu ombro. — Mas procurar interpretá-las também não é tarefa fácil. É muito possível que essa revelação se refira à maneira como seu ectoplasma afeta a Teia e as possíveis fendas que ele abriu em Necrópolis, o que é sempre um risco.

— Será? — Ele deu de ombros. — Esse velho é um péssimo poeta!

Riram cansados. Verne usava o restante de água do cantil de seu mestre para lavar o rosto e se refrescar daquele forte calor. O monge tinha partido para algumas dunas adiante e logo voltou com seu equinotroto branco fugitivo, que agora carregaria dois cavaleiros até o destino. Magma passou a escoltá-los pela frente, como se soubesse para onde iriam.

— Você ainda está febril — disse Elói —, mas me parece melhor do que antes.

— Verdade. Eu não tinha reparado.

— Deve ter sido o efeito do tablete que lhe dei.

Eles repousaram por um tempo sob um coquineiro para que o monge curasse suas feridas de cortes e queimaduras. Magma parecia ter algum fator de cura acelerado e não mais regougava de dor.

Duas horas tranquilas se passaram, desta vez sem quedas de equinotroto nem ataques de feras, e finalmente haviam atravessado as Terras Mórbidas, chegando até a fronteira onde terminava o azul do deserto e começava o negro da escuridão.

Estavam em Iblis, as terras do Conde Vampiro.

11
JANELA VERMELHA

O corujeiro saltou de um galho a outro com precisão, deslizou para o terceiro, desviou do quarto e caiu sobre o quinto, metros abaixo, num rasante planejado em linha reta, com as folhas dos pinheiropretos beijando seu rosto, asas e mãos. Quando pousou, ele percebeu o galho frágil daquela árvore antiga tremer sob suas patas. Observou o horizonte verde e uma nesga de luz de Solux morrendo no fim do túnel daqueles troncos alinhados. Inchou o peito de ar e gralhou alto para a floresta, para além dela e para o céu, na esperança de ser ouvido, senão pelos irmãos de penas, por Yuka. Mais uma vez ele não teve resposta. Parentes distantes, os corvos responderam ao seu chamado e debandaram para o alto, saindo agitados das copas altas e das entranhas da mata, indo encontrar as nuvens escuras de Necrópolis, proibidas para Ícaro Zíngaro.

O galho sob suas patas se partiu e ele abriu outra vez as asas, flutuando como uma folha desprendida e alcançando lentamente o chão, de onde não podia mais ver a luz no fim do túnel. O estômago gelou e contorceu-se. O corujeiro teve vontade de chorar; em vez disso, ouviu:

— Você só quer voltar para casa.

— Só quero voltar para casa.

A voz cavernosa vinha de uma sombra atrás dele, também cheia de plumas negras e um nariz que acabava em forma de bico, caindo como pele solta à frente do rosto, exatamente como o dele. Eram semelhantes, mas não eram o mesmo.

— Você não pode viver aqui para sempre. Pertence aos céus — sibilou o reflexo disforme.

— Eu sei — disse Ícaro, sem deixar os sentimentos escaparem.

— Se continuar aqui, morrerá.

— Morrerei se voltar para o lar.

— A morte sempre o acolheu e hoje é sua amiga. Ela não vai rejeitá-lo quando quiser partir para além do véu. Mas ainda não é hora. Você precisa viver e vencer.

— Vencerei.

— A coroa é sua. Assuma seu lugar.

— Ela é feita de galhos e espinhos. A coroa sangrará sobre minha cabeça.

A figura ficou em silêncio.

Ícaro olhou por cima do ombro e o outro não estava mais ali. *Sou uma criatura sem pátria, um pária.* Os corvos, vários deles, se empoleiraram nos compridos braços das antigas árvores, encarando-o com os olhinhos vazios e crocitando nomes que não lhe eram estranhos, Guineyas, Zakaryas, Edel, Kallina. Ele saboreou o palato de orvalho e mais uma vez inflou o peito de ar, expirando em seguida, e tomou impulso da grama escura até o céu de folhas de pinheiropretos e lenhostrals, perseguindo a luz no fim do túnel. Não era mais Solux, era uma luz diferente, quase mágica. Ela voava e brilhava. Nyx corria com ele, deslizando por um emaranhado de galhos desfolhados sobre sua cabeça na noite que nascia.

— Yuka! — ele gritou.

Ela não respondeu.

Abandonou a agonia de lado e seguiu perseguindo-a, o vento gelado da mata açoitando seu rosto, tirando lágrimas de seus olhos amarelos, mais pelo frio do que pela tristeza. Yuka era a sua alegria. A negra penugem do corujeiro era grossa e afiada, mas, quando o vento soprava sob a geada do bosque, nenhuma pena conseguia afastar a sensação de frio. Ele sabia: por dentro congelava mais do que por fora.

— Yuka?

A luz dourada dela deu lugar a uma luminosidade escarlate. Um corte no vácuo, centímetros acima da grama. Uma janela vermelha se abria para ele.

— Ícaro?

— Rapaz Verne?

Ambos estavam surpresos.

— O que está fazendo em Iblis?

— Não estou — piou. — O que faz no Bosque de Meraviglie?
— Ah, então é isso... — Verne parecia confuso.

O corujeiro conseguia ver apenas a cabeça de seu amigo, em um cenário ainda mais escuro do que aquela mata. A janela no vácuo contornava seus rostos de luz vermelha e ele percebeu o humano mutilado.

— O olho do rapaz Verne... — Apontou para o pano que cobria o buraco no rosto do outro.

— Só tenho um agora, meu amigo. — Verne deu um sorriso triste. — Que bom reencontrá-lo. Eu estava te procurando...

— Estou em Meraviglie — piou. — Yuka está por perto. Posso senti-la.

— Que bom... E será que... ela não poderia ajudá-lo a voltar para casa?

— Nebulous? — Ícaro foi tomado por uma súbita alegria, seguida da realidade fria que lhe trazia a consciência. Sombrio, fechou as asas pelo corpo e recuou para longe do outro. — Estou proibido.

— Preciso da sua ajuda. — Verne parecia exausto, o olho baço e pesado morrendo sobre uma bolsa roxa. — Preciso de uma semente-do-céu. Eu não tenho muito tempo...

— O rapaz Verne parece doente.

— Eu estou morrendo, Ícaro. A doença do sonho... — Ele bocejou longamente. Parou por um tempo, vagueando nos pensamentos, até recuperar o raciocínio: — Fântaso. Preciso da semente-do-céu onde esse oneiro está aprisionado.

— Sim. O rapaz Verne me salvou da prisão. Eu poderia estar apodrecendo agora no Forte Íxion — piou. — Sempre serei grato a você, rapaz Verne. Sempre.

— Obrigado, amigo.

— Mas estou proibido de entrar em Nebulous. Assassinei inocentes. Irmãos...

Não passou um dia sem que Ícaro tivesse esquecido o que fizera. Ainda que controlado mentalmente por Astaroth, ele tinha sujado suas mãos de sangue corujeiro. Ainda que o salvo-conduto o liberasse da prisão e a lei de Necrópolis o mantivesse liberto, Ícaro não era capaz de se perdoar. Nebulous havia fechado seus portões para ele e havia muito perdera seu ovo-embrião. Não existia mais respeito, nem honra, nem perdão.

— Eu sei. Mas você também não pode viver para sempre nesse bosque.
— É um exílio merecido.
— Não. Isso é um tipo diferente de prisão. — Verne estendeu a mão através da janela vermelha e tocou seu ombro. — Sei que pareço egoísta agora, mas eu preciso da sua ajuda mais do que nunca. Você sabe muito bem que uma hora ou outra teria que voltar para o Reino dos Céus. As nuvens são seu lar, Ícaro, não a mata.

— Você parece o *outro* falando. — Ele se recordou da sombra que lhe falava ao pé do ouvido.

— Eu não sei quem é esse outro, mas digo a verdade. Preciso da sua ajuda. Por favor...

— Eu o ajudarei, rapaz Verne. — Ícaro se dobrou num joelho, fazendo uma mesura com a cabeça. — Tentarei entrar em Nebulous sem ser percebido. A semente-do-céu será sua em breve.

Verne parecia emocionado naquele momento. Ele o cumprimentou de maneira humana, com as mãos.

— Yuka é a sua luz! Faça um favor a si mesmo e encontre ela também.

— Eu vou.

Ícaro notou como Verne estava pálido, ainda mais do que na primeira vez que o tinha visto, quando o rapaz ainda era um reflexo de outro mundo. O olho dele cerrou e seu braço foi recolhido para dentro do vácuo quando ele caiu abruptamente. A janela se fechou, desfazendo-se num fugaz bruxulear escarlate. No lugar daquele buraco, estava outra vez a mata do Bosque de Meraviglie.

— Você não tem nada a perder. — Ouviu aquela voz familiar crocitar.

— Não tenho.

— Você precisa de Yuka, e ela de você.

— Sim.

— A luz que você vê aqui é mera ilusão. Ela está em Nebulous.

— Como sabe?

— Você sabe.

— Eu sei.

— Voe, seja livre. Salve seu amigo mais uma vez. Reencontre Yuka.

— Ela é a minha paz. Ele é meu amigo.

— Isso mesmo.

Ele notou a pequena luz dourada saindo das copas altas da mata, indo em direção ao céu. *Yuka*. O céu, sempre escuro, tinha a luz natural de Nyx, a Princesa dos Céus, Eulle. Rasgando o firmamento, a ilha flutuante, colossal e ainda mais impressionante vista de baixo. Naquele exato momento, navegando bem acima do Bosque de Meraviglie.

— Não é uma coincidência.

— Não. É um chamado — Ícaro completou.

Estendeu os braços e as asas desenrolaram por baixo deles. Encarou Nebulous com os olhos cheios de emoção. Não somente pela expectativa de reencontrar Yuka, mas também pela oportunidade de salvar a vida de Verne. Era a desculpa que precisava.

Então voou de volta para casa.

12
OS SUSPEITOS

A mansão de Gerald Bauer era a mais suntuosa das moradas em Breufreixo, com dezessete quartos para hóspedes e o mesmo número em banheiros integrados a estes, dispostos em três andares, uma cozinha que poderia abrigar todos da Base dos Mercenários e um salão na entrada, com portas e janelas imensas, com as paredes externas forradas de folhas e gavinhas sobre o tijolo a vista. Ainda externamente, uma grande piscina circular, um extenso e quadrangular jardim coberto de bétulas-negras e quatro estábulos circundando o local de forma simétrica, no centro da fazenda, que se localizava também ao centro de Breufreixo, com todos os outros casarões e casas que constituíam aquela região ao redor.

Karolina Kirsanoff atravessava o longo corredor do terceiro andar à procura de seu quarto, após subir trinta e sete degraus do piso inferior. A criada havia lhe indicado o último dormitório do lado oeste, a porta da direita. Ela testou a chave, mas só conseguiu abrir com um solavanco, descobrindo mais um espaço exagerado que chamavam de quarto, tão grande quanto os Bauers poderiam fornecer. A grandiosidade do lugar também enaltecia a sensação de vazio, com apenas um guarda-roupa embutido, uma cômoda num canto e a cama de casal próxima à janela.

A mercenária se despiu, abandonando toda roupa no chão, que mais tarde seria recolhida por uma aia para lavadura. Colocou a espada embainhada sobre a cama, descalçou com um pontapé as botas manchadas de lama e entrou delicadamente na banheira com água quente preparada para ela, um pé seguido do outro, deixando escapar uma mordiscada no lábio pelo calor que começava a lhe subir pelo corpo. Imergiu até cobrir a cabeça, sentindo o odor de lima, depois retirou o rosto da água, vermelho como as roupas que vestia, arfando em busca de ar, com a visão ainda baça. Nos momentos de banho, cada vez mais raros durante aquela passagem por Breufeixo, Karolina se permitia não pensar em nada. Afastava da mente as lembranças do irmão, as memórias indistintas que tinha da mãe, a saudade das caçadas sem pesar, do novo amigo humano e até um estranho vestígio de Simas.

Imaginou estar perdendo a razão e procurou esvaziar a cabeça de tudo o que era preocupante ou leviano, numa busca sem sucesso pela meditação. Certa vez, quando Mikke Mandell acabara de ingressar na Base e ainda não passava de um jovem aprendiz, puro e ingênuo, ele a ensinara a meditar nas horas vagas, cada vez mais raras. Aquilo, ele dizia, fora ensinado pelo pai e, como se o destino soubesse e praticasse ironia, ainda bem servia ao Executor todas as noites, antes de se deitar, para livrá-lo do peso das cabeças que cortava. Com ela, contudo, isso nunca funcionou. Mas aquilo também era um pensamento e meditar envolvia deixar a mente livre.

Frustrada, Karolina percebeu a pele enrugando por baixo da água, os filetes úmidos escorrendo do cabelo pela face e o vapor esvaecendo no ar. Percebeu também um novo odor no ambiente, que competia com o cheiro de lima por um espaço entre suas narinas. Abriu os olhos esmeralda, ainda turvos pela água, e enxergou uma figura nebulosa sentada no pé da banheira. Arrependeu-se de não ter a espada Eos ao lado naquele instante. Fingiu tranquilidade.

— Hum... Isto é citrão? Que delícia!

Agora ela sabia, a voz era masculina. Não a reconheceu. Sem movimentos bruscos, levantou um braço da banheira e esfregou os olhos. Pouco a pouco, sua visão foi tomando a forma de um belo homem, de ombros largos e peito forte e desnudo forrado de pelos claros. Usava apenas uma calça escura com coturnos. Ele retirou a cartola, deixando os cabelos lisos e dourados caírem sobre seus olhos azuis claros e fez uma mesura garbosa.

— Você é ousado — Karolina disse para Hobart Flyrt, o Galante.

— E você é linda. — Ele sorriu e ela agradeceu a quentura da água por manter seu rosto vermelho para esconder o quanto corava.

— Posso matá-lo aqui mesmo e não preciso de muito para isso.
— Talvez. Mas por que o faria?
— Você escapou de uma execução comprada. É um foragido. Tem a cabeça a prêmio. E meus companheiros estão lá fora à sua procura.
— Estão mesmo. Nossa, como fiquei importante de um dia para o outro. — Gargalhou. Era refinado até nisso. — Mas só porque eu amei? Desde quando amar é crime?
— Eu não dito as leis por aqui, moço. lorde Aurick Wütend quer você morto e você acabou de facilitar isso pra mim. Vou levar o prêmio maior.
— Talvez. — Ele passou com o indicador pela água, criando pequenas ondas, até tocar sua coxa imersa. A mercenária não titubeou quando o rompante de calor tomou novamente seu corpo; não vinha da água desta vez.
— Você socou Gerald Bauer e agora está dentro da casa dele. É mesmo muito ousado.
— Eu não quero morrer. Fugi porque não mereço isso. — Ele cutucou seu joelho despontando para fora da água, mas ela não reagiu.
— Eu já disse que não dito as leis por aqui.
— Eu vim por duas razões. — Ele tirou a mão da banheira e brincou com a cartola sobre a cabeça. — Primeira: o Grande Zart é um mestiço.
— Ah, não me diga? Pretende se safar revelando o óbvio? — A água já não estava quente como antes, mas seu corpo permanecia bem aquecido na presença dele.
— Calma. — O Galante cruzou uma perna sobre outra. A banheira resistia sem tremer. — Fregredo é meio-humano, meio-sátiro. O Valente Vermelho parece ser um mestiço que só recruta outros mestiços, que formaram Os Corações Insólitos.
— Como sabe tanto sobre esses fora da lei?
— Não sei tanto assim e não mais do que vocês. Quem sabe mais do que nós todos é o Grande Zart. E, no fundo, eu sei que você suspeita dele também.
Karolina não havia hesitado antes e não hesitou naquele instante. Com rapidez e força, saltou da água para o pescoço de Hobart e o levou de costas para o chão, onde o prensou até deixá-lo imóvel, pressionando o seu corpo ao dele. A cartola rodou pelo piso do cômodo até bater no pé da cama. A nudez dela respingava nele, abrindo uma rodela de poça sob os dois.
— C-calma... — Ele arquejou, pálido de repente, com a língua combalida para fora.
— Cala boca! Você não sabe o que eu sinto, nem o que eu sei, menos ainda a forma como eu penso. Não conclua nada que me envolva e não

diga palavras por mim. Você é apenas mais um foragido que vai perder a cabeça daqui a pouco!

— U-uma parte d-disso n-não é verdad-de... — O Galante ainda conseguia mover parte da mão direita e a tocou na face. A carícia a agradou mais do que ela gostaria.

— Você quer mesmo morrer, não é?

— N-não... Por f-favor... — Ela tirou a pressão dos punhos do pescoço dele e Hobart conseguiu puxar um pouco mais de ar para o pulmão, ainda que continuasse imóvel. — Desculpe. Na verdade, sobre o Grande Zart, é só o que eu sei. Não vim aqui para plantar a semente da dúvida sobre os seus companheiros. Isso foi apenas uma desculpa.

— Você veio por que, então? — Ela se arrependeu da pergunta assim que a fez, pois sabia que se arrependeria da resposta logo em seguida.

— Lembra-se da segunda razão? — Os olhos a desejavam. — Vim por *você*.

Karolina pensou tê-lo visto brilhar. Brilhar *literalmente*. Brilhar de uma maneira dourada, cintilante, estranha até. Não teve certeza, mas estava certa quanto ao que sentia e desejava naquele momento. Era quase como se um pedido lhe tivesse sido concedido. Não era a cabeça de Hobart num saco que ela queria, mas o Galante por inteiro.

Soltou a mão do pescoço dele e então o beijou.

13
OS MONGES QUE NÃO AMAVAM AS MULHERES

O jardim era como qualquer outro. No lugar de árvores e arbustos, havia estátuas. Humanos, centauros, anões e até mesmo reptilianos, muitos deles espantados. Esculturas belíssimas e impecáveis. No centro, uma mulher trajada de branco dos pés à cabeça acena para ele. Verne se aproxima e levanta o véu que lhe cobre o rosto. Ela o encara e ele percebe o frio congelando-o por dentro.

— Você está quente! — disse Elói, com a mão sobre sua testa.

— Tive outro pesadelo... — Ele sentia o suor escorrendo pelo rosto e uma fraqueza dominando seu corpo. — Nos últimos tempos, sempre que tenho um pesadelo, fico assim.

— Isso está cada vez pior. A febre está aumentando, Verne.

— Me dá mais daqueles tabletes? Eles estão me fazendo bem.

— Os tabletes são apenas isso, tabletes — Elói afirmou num tom sério. — Eles não possuem nenhuma função curativa. Quando você os mastiga, mantêm-se desperto e é apenas isso.

— Tudo bem. Mas me dê um.

O mestre lhe entregou um tablete. Verne desembrulhou e voltou a mastigar e sentir aquele gosto amargo, que lhe dava certa adrenalina. Era uma resolução temporária e para ele servia o suficiente para seguir adiante até conseguirem a cura.

— Você desmaiou depois de conversar com Ícaro.

— Foi um progresso e tanto, não acha? — indagou Verne, com o costumeiro sorriso pálido. — E eu não desmaiei. Peguei no sono, só isso.

— O uso do ectoplasma vermelho exige muito de você. Tem de ir com calma.

— Você prometeu que ia me ensinar a cortar o espaço, para que eu não cometesse os mesmos erros do Arvoredo Lycan.

— Eu prometi, sim. — Elói passou um pedaço de pano mofado e úmido sobre o rosto do pupilo. — Mas você precisa ser sensato, ir com calma...

— Não tenho tempo, desculpa! — Ele se colocou de pé com a ajuda do monge. Cambaleou, sentiu o chão girar sob seus pés e logo se recobrou. — Em três dias de viagem aprendi mais a usar o athame do que em um ano na Terra meditando com ele. — Colocou a mão sobre o ombro do outro. — Você é um bom professor, Elói. E um bom amigo.

Eles se abraçaram.

— Fico feliz que me considere como um amigo também.

— Sempre. E não se preocupe, Ícaro está ajudando. Ele vai se infiltrar em Nebulous em busca da semente-do-céu que preciso.

— É um grande risco. Mas Ícaro é um grande guerreiro também. Precisa reconquistar o respeito e ser repatriado. — O monge voltou a sentar-se ao redor da fogueira que morria na escuridão. Ao lado, Magma regougava baixinho em seus sonhos de vulpo.

Verne retirou o athame da cintura, respirou fundo e apontou para frente, para o nada, no meio do breu. Fechou o olho e deixou a energia vermelha escapar do seu corpo pouco a pouco.

— Você sente falta do Monte Gárgame? — perguntou serenamente.

— Do Conselho de Oais, você diz? — Elói riu. — Um pouco. Cresci naquele lugar. Fui resgatado quando pequeno de um refúgio de órfãos em Xolotl e levado para o topo do Monte e treinado para a fé, para a boa magia e para o conhecimento dos mundos, deste e de outros.

O rapaz percebia a pele formigando. Sabia que aquele era o momento exato, quando seu ectoplasma estava pleno. Descreveu um arco para cima e desceu o athame até a altura da cintura, rasgando o espaço uma vez, em seguida veio de baixo para cima e cortou na transversal, criando um X escarlate sobre o nada.

— Estudei sobre o panteão de deuses, sobre energia curativa e como matar animais que me serviriam de alimento sem fazê-los sofrer — continuou Elói. — Aprendi a lutar, a me defender e a defender outros que não podiam fazê-lo sozinhos.

Verne avançou dois passos, continuando com o olho fechado, e estocou o vento uma, duas, três vezes, perfurando e perfurando, fazendo o ar sangrar em sua energia vermelha. Ouviu a fogueira crepitar. O monge mastigava algo enquanto falava.

— Tive inúmeras aulas sobre os Mistérios, sobre os Círculos e sobre os antigos caminhantes de Necrópolis.

— Os zumbis? — Ele teve de perguntar, enquanto abria uma pequena janela circular que dava vista para o Covil das Persentes.

— Chame-os como quiser, mas sim — Elói riu. — Súditos do Lorde Zumbi, ou Rei Defunto, ou rei Ankou, que muitos acreditam ser o verdadeiro nome daquele que governa os mortos no subsolo deste mundo.

— Ele me parecia bem assustador da primeira vez que o vi. — O rapaz concentrou-se para fechar a pequena janela adequadamente enquanto dançava sobre o solo arenoso e estocava e estocava, permitindo que uma rajada vermelha acendesse na escuridão para ir explodir uma rocha a quilômetros dali. — A disciplina no Conselho de Oais era rígida, não?

— Assim não! Mais para a esquerda. Esquerda! Isso, agora gire um terço e diminua a densidade. Isso, assim — corrigia seu mestre. — Pois bem, continuando... Sim, a disciplina entre os monges era rígida. As "regras", se é que posso chamá-las assim, eram poucas, mas claras: foco na harmonia, no conhecimento, na serenidade e na paz.

Verne rasgou o véu do vácuo e abriu desta vez uma enorme janela, onde conseguia ver todo o Oceano Tártaro na noite silenciosa iluminada por Nyx, com três navios e apenas alguns escalares atracados. Não identificou de imediato qual porto era aquele, mas imaginou que fosse o pequeno ancoradouro de Galyntias, onde havia aportado havia pouco mais de um ano, na companhia de Rufus Sanchez. O monge o ensinara de que ele somente conseguiria abrir janelas para lugares onde já tinha estado, ou para onde seus amigos mais próximos estariam, mesmo que ele desconhecesse o local. Neste segundo caso, era um pouco mais difícil e exigiria um pouco mais de ectoplasma e esforço, era necessário um tanto de cuidado. A lógica de atravessar portais com o athame não era muito diferente de Treval.

— Harmonia no uso do ectoplasma e a nossa relação aproximada com a magia do terceiro círculo — Elói continuou. Ainda de olho fechado, o pupilo teve a impressão de ouvi-lo coçando a barriga felpuda de Magma. — Conhecimento para ensinar outros, os que vieram e os que viriam. A serenidade para manter a sensatez no lugar, sem nunca desviar do caminho. E a paz, uma eterna busca. Se o mundo não nos dá, nós a conquistamos internamente. Mas ser um monge do Conselho de Oais é muito mais do que isso, claro.

— Claro — Verne concordou, depois de pegar alguns pedregulhos da praia de Galyntias e trazer ali para Iblis. — E o amor? Como isso funcionava por lá? — Disfarçou a pergunta perigosa fechando a janela e disparando outra rajada na escuridão, acertando um paredão rochoso que pouco se afetou.

— O amor é uma natureza perigosa — Elói falou sem hesitar. — É complexo e instável. O amor é para poucos, mas definitivamente não serve para os monges.

Verne Vipero parou. Respirou profundamente e deixou o ectoplasma se dissolver gradualmente pelo ar. Abaixou o athame e abriu o olho, então tateou na escuridão até encontrar a ínfima fogueira onde estava seu mestre. Sentou-se ao redor e pegou um pedaço de kokkido assado do espeto sobre as chamas.

— Isto parece frango — concluiu de boca cheia.
— Parece mesmo.
— Eva... Evangeline... — Verne tentou.
— Evangeline Ezra. — O rosto de Elói ficou sombrio de repente. — O Conselho de Oais permitia mulheres no recinto e as tratava da mesma maneira que os homens. Lá, éramos todos monges, sem distinção. Lá, éramos todos *irmãos*.

— Sim, mas até onde eu soube, apenas monges humanos, né? Não existem monges duendes, monges anões ou monges lycans.

— Não existem mesmo. Geralmente, os velhos mestres buscavam por órfãos como eu, da região do norte, de predominância humana. Diziam que tínhamos propensão maior para esse estilo de sobrevida. Não havia entre nós, também, lordes ou foras da lei. Apenas órfãos selecionados.

— Entendi. — Magma pareceu despertar e foi para perto dele, esfregando o focinho em sua coxa, ainda sonolento. Parecia desejar parte do kokkido. — Mas, se tratavam todos sem distinção, por que na punição isso mudava?

— Eu não tenho todas as respostas, Verne. — Elói o encarou como se ele fosse um inimigo. — Agora, se o que quer saber é se eu concordei com o que aconteceu com ela, não. Eu não concordei. Por isso sou um *monge renegado*. Por isso nunca mais posso voltar para o topo do Monte Gárgame. Oais não me pertence mais e eu sou tão pária quanto Ícaro.

— Seu único pecado foi amar. Isso não deveria ser um pecado.

— Meu pecado foi não cumprir com meus votos. E Evangeline pagou com a vida por isso.

— Desculpe tocar nessa ferida. — Verne estava cabisbaixo, com uma mão fria apertando seu coração. — É que essa história nunca me desceu, sabe? Eu... tenho dificuldades para compreendê-la mesmo.

O monge se colocou de pé, batendo a terra sobre a toga. Seu rosto estava lavado pelas lágrimas.

— A única coisa que você precisa compreender é que toda escolha tem seu risco. E, depois que você a fizer, tem que assumir a responsabilidade por ela. Porque as escolhas, assim como nossas atitudes, não têm volta. A chance é única, assim como a vida de cada um.

Um clarão.

Depois outro.

Seu mestre distorceu-se numa espiral e a fogueira apagou em um rompante. Magma não era mais do que massa disforme sobre o solo e a escuridão de Iblis não era menos do que a sombra que o devorava. Percebeu flutuando-se acima do corpo, a mente escapando para outro lugar, devaneios diversos navegando ao seu redor. Vomitou o kokkido e tremeu, agora novamente no chão, com Elói sobre ele, desesperado.

— Você está tendo outro ataque!

O vulpo uivava. Ele conseguiu ver sua cauda tripla abanando, a aflição por todos os lados.

— Verne! — Um tapa no rosto, seguido de outro. — Verne!

— Eu estou... sonhando... — conseguiu dizer.

Então, mais um clarão.

O gosto da bílis não era agradável.

— Verne, Magma ficará com você. Vou até Absyrto buscar alguma poção mais forte, está bem? Respire. Respire fundo! Aguente firme!

Elói ainda se desfazia numa espiral sem sentido. Depois, voltava à forma comum, antes do próximo clarão. Ele conseguiu ver a escuridão do manto, de Treval, engolindo seu mestre em um comando e o monge desaparecendo no segundo seguinte. O vulpo latiu, lambeu seu rosto.

Outro clarão. Este mais forte.

Depois escuridão.

Verne não viu mais nada, nem ouviu ninguém.

14
MOVEDIÇO

Nyx iluminava com mais abundância aquele trecho das Terras Mórbidas. Diante do Cume Escarpado, Elói foi devolvido à luz pelo manto de sombras.

Levantou-se sobre a terra fofa e azulada, sentindo a brisa úmida e quente bater em seu rosto. Jogou o capuz de Treval para trás e caminhou até a tenda retangular no meio do deserto. Ela era simples, costurada e remendada infinitas vezes, o que lhe dava um aspecto sutilmente colorido. Sustentada por cordas pregadas no solo nas quatro pontas e estruturada com bambusteiros nas bases do topo e laterais, a tenda emanava um cheiro torpe e desconhecido e deixava escapar da entrada uma fumaça ora verde, ora roxa.

— Sou Elói, um monge — ele gritou para o vão de entrada. — Vim em busca de ajuda. Carrego bronze comigo!

O silêncio foi sua primeira resposta.

Elói insistiu, dessa vez com palmas. A fumaça tomou novas cores; amarela, depois vermelha, então azul, e morria assim que chegava ao céu.

— Por favor!

— Bronze há de servir — murmurou uma voz rouquenha e desapressada. — Entre.

Elói colocou a cabeça para dentro da tenda, ignorando a fumaça que lhe ardia os olhos, e descobriu uma nova dimensão de cores que surgiam, assim como frascos de diversos tamanhos e formatos se encontravam espalhados pelos cantos, pendurados e amarrados aos bambusteiros de base.

Encontrou o velho sentado de pernas abertas no fundo pouco iluminado, ingerindo uma bebida esverdeada de um tubo transparente, fino e comprido, de onde também saía a fumaça multicolorida.

— Sente-se.

— Absyrto?

— Sim. Eu o conheço. — Escarrou. — Você é o monge renegado que voltou da Terra.

— Eu também o conheço, curandeiro. — Elói sentou-se na posição de lótus. — Mas nunca nos vimos antes.

E você parece não enxergar tão bem a ponto de reconhecer alguém que nunca viu, pensou, mas não disse.

— As histórias navegam pelo vento e chegam a todos os ouvidos, com tantos detalhes, que até mesmo um cego poderia ver através das palavras. — Deu um sorriso amarelado e meio podre, respondendo ao comentário nunca feito. — Do que você precisa, homem?

— Lágrima de dragão vermelho.

— Tenho comigo. Poção cada vez mais rara, de uma raça de dragão já extinta. — Absyrto escarrou novamente e Elói concluiu que era um cacoete. — Aí ao seu lado, o frasco redondo. Pode pegá-lo.

O monge encontrou o vidro circular com um líquido esverdeado próximo às almofadas estampadas com ilustrações de unicórnios. Retirou a rolha e conferiu o odor: não tinha cheiro, exatamente como deveria uma lágrima de dragão vermelho.

— Essa quantidade deve ser o suficiente. Quanto de bronze isso vale?

— Nenhum — respondeu Abysrto. — Você é um monge e, renegado ou não, eu, como curandeiro, devo lhe servir.

— Sou apenas um homem e tudo tem um preço — disse Elói, desconfiado. — Você provavelmente não abriria mão de um pouco de bronze ou ouro.

— Claro que não. Também sou apenas um homem. Mas curandeiros não são comerciantes. Nós barganhamos. Trocamos seda boa por emplastramento, belas almofadas por tratamento de carcoma, uma massagem por uma poção. Nem as moedas pagam por tudo.

— Certamente que não. — O monge se colocou de pé, guardando a lágrima de dragão vermelho num bolso interno da toga. — Mas bronze é tudo o que tenho, de modo que o senhor deve aceitá-lo, se não como pagamento, então como parte da barganha.

— Tem certeza, homem? — Absyrto o analisou com aqueles olhos cinzentos e centenas de rugas dançando no rosto. A capa terrosa que cobria seu corpo fazia o velho parecer não mais do que uma sombra dentro da tenda colorida.

— Não sou bom massagista e não carrego boa seda nem almofadas comigo. Então, tenho certeza, sim. — Ele jogou três moedas de bronze sobre o colo do curandeiro.

Elói estava se dirigindo para fora da tenda quando ouviu:

— O que vejo, mesmo que de forma embaçada, é Treval, do lendário feroz?

— É o que vê, mas o manto não está em negociação — respondeu, sem olhar para trás.

— Eu que deveria decidir essa negociação...

— ...mas não vai. — Elói encarou Absyrto sombriamente. — O senhor acabou de dizer que deveria me servir porque sou um monge. Aceite meu bronze. Verne Vipero, o terrestre que o senhor ajudou no passado, está morrendo pelo morbo-tantibus neste momento. Acredito que a lágrima de dragão vermelho possa retardar os efeitos da doença enquanto buscamos pela cura adequada.

— Eu me lembro de Verne. — Escarrou. — É um bom menino. Mas nem mesmo lágrima de dragão vermelho misturada com Soro Faustico pode curá-lo da doença do sonho. O morbo-tantibus não afeta o corpo, mas a alma. Somente os reis dos pesadelos podem salvá-lo agora. E eles habitam um lugar sombrio, um plano que não pertence a este.

— Lágrima de dragão vermelho me dará tempo. E tempo é tudo o que preciso. – concluiu ao sair da tenda.

— Certamente que sim. Aceito seu bronze, homem. E vou orar por vocês. — A voz do velho sumia na escuridão.

— Obrigado, senhor.

Elói mentalizou Verne caído em Iblis. Desejou que Treval o levasse para o condado, mas o manto das trevas tinha novos e urgentes planos para o monge e o carregou para outro lugar.

Interlúdio:

De volta para casa (ou "a história de Ícaro)

As nuvens abraçaram Ícaro como se fossem uma mãe.

A elevação de terra era protuberante e expunha diversas colinas com raízes penduradas como teias, copas à mercê do vento e pedregulhos caindo e se perdendo pelo firmamento dominado por Nyx.

A ilha flutuante, vista de baixo, era como um vasto reino ao contrário. Desprendido do solo por magia em um passado remoto, Nebulous era um território de dimensões colossais, que se sustentava e navegava entre as nuvens havia milhares de viragens. Na Era Arcaica, aquele local fora um terreno virgem e desconhecido por qualquer espécie pensante. Foram dois corujeiros — o avô de Ícaro, Ishtar Zíngaro, e seu fiel amante, Zuriel, quando jovens e aventureiros — que desbravaram aquelas terras e fundaram ali uma nação para todas as criaturas voadoras e emplumadas: o Reino dos Céus. Assim, os corujeiros, que habitavam as árvores ocas e os galhos sem-fim do Bosque de Meraviglie, dividindo aquele espaço com outros seres necropolitanos, finalmente ganharam a oportunidade de ter um espaço para sua raça, onde seriam dominantes. Levantaram, então, o Ninhonegro, um magistral castelo feito da madeira do pinheiropreto, do troncomorto e de algumas parcas raízes de Gaia, de Érebus.

Ishtar, mesmo com o coração pertencendo a Zuriel, precisou tomar uma corujeira para si e assim tornar em legado o reino que fundara. Igor foi seu primeiro filho, de três; todos tombaram durante a batalha nos portões negros de Dahez Thamuz, não sem antes ao menos um triunfo: levaram junto a cabeça do rei Asfebothrei Asfeboth, o que deu fim à Guerra do Deus-Serpente e o início da Era Real. Viúva, a esposa de Igor, Fayola, criou Ícaro sozinha, sem muitas figuras paternas, pois Ishtar logo cedeu à doença pela avançada idade, deixando Zuriel assumir o trono.

Fayola não esteve completamente sozinha, é bem verdade. Devido a um pacto dos ancestrais dos homens-pássaro com o povo das Terras Encantadas do Círculo de Moabite, todo corujeiro que vinha ao mundo, através de seu ovo-embrião, chegava acompanhado de uma Fada Madrinha. Yuka, portanto, sempre contribuiu para com a criação de Ícaro e, mesmo depois da morte de Fayola, a pequena criatura cintilante continuou ao lado de seu Ícaro.

Mas essas eram as lembranças da história do seu reino e do seu passado, e não era isso que interessava o corujeiro. Naquele instante, mirava no topo do terreno plano, onde uma rica cidade-estado dominava o espaço, a qual era sua por direito e da qual fora desapossado quando sujara as mãos.

Ícaro sabia — ou achava que sabia— que, além de honrar um amigo, precisava retornar ao lar. Não pela justiça do trono, mas para reencontrá-la. *Yuka*.

A última vez que tinha visto a fada fora no Labirinto de Espinhos, no Alcácer de Dantalion, e depois somente em sonhos ou vestígios da realidade. Escutava-a todas as noites, mas nunca a alcançava. Onde ela estaria, afinal? No mundo abaixo ou acima das nuvens, entre os seus?

Sem respostas e de rumo incerto, Ícaro planou por muitas horas sob a ilha flutuante, sentindo o peso daquele colosso como se fosse sua responsabilidade (e fora), até que decidiu rasgar por dentro de uma grande nuvem e sair em outra, então subir pela costa oeste, contornando Nebulous até a amurada do castelo, área menos protegida pelos seus antigos colegas, os recrutas-negros.

Ícaro rastejou como uma sombra entre um átrio e outro, até chegar à isolada escadaria dos criados. Ali havia um guarda de pouca sorte, que ele nocauteou e trancou em uma dispensa, para usar de suas vestes e assim se infiltrar entre os seus.

Cada passo que Ícaro dava pelo Reino dos Céus era um lampejo de lembrança. Ele passou por uma estrebaria coberta de ramos, galhos e ervas, onde enormes criaturas aladas e sustentadas sobre as quatro patas pastavam em suas baias com seus bicos de aves.

Zakarias tinha sido seu melhor amigo. Eles brincavam juntos desde filhotes e gostavam de fazer guerras com esterco de grifo. O capitão Aiug estava sempre chamando a atenção dos meninos e volta e meia corria atrás deles. Zakarias fora encontrado com um buraco no peito, o coração devorado por aquele em quem sempre confiou.

Ícaro seguiu então na direção de um tumulto bastante familiar: um semicírculo de corujeiros em arquibancadas gralhavam e vociferavam alto quando dois cavaleiros ficaram em lados opostos de uma grande arena dividida por uma cerca. Cada um montava um grifo majestoso, com lanças não letais em seus punhos emplumados. O espaço era chamado de *Grifoeiro*. O cavaleiro azul estava mais próximo dele; o vermelho, na outra extremidade.

Guineyas ainda era um pajem quando foi recrutado para participar da Tropa dos Recrutas-Negros, ao lado de Ícaro e os demais. O grande sonho de Guineyas, para o qual ele havia treinado toda sua sobrevida, fora se tornar um cavaleiro e então participar do principal esporte marcial daquele reino: a justa de grifos. Ele nunca conseguiu, pois teve a garganta rasgada de lado a lado pelo seu parceiro de tropa, a ponto de quase literalmente perder a cabeça, se não fosse por um único tendão de músculo.

A peleja se iniciou com o cavaleiro azul correndo com seu grifo na direção do adversário, objetivando derrubar o outro com a arma empunhada.

Ícaro não terminou de ver o embate, pois logo fugiu de sua memória e alcançou o pátio principal do Reino dos Céus, com dezenas, dezenas não, centenas de corujeiros, lêmures-das-trevas e outras espécies aladas, cada qual com seus afazeres; e chegou à vasta escadaria encimada por um castelo que parecia uma árvore preta sem folhas, com cada torre representando um galho.

Edel foi uma das únicas fêmeas a ser recrutada (por vontade própria, aliás) pela Tropa. Seu pai pertencera à linha de frente de Nebulous e ela sempre almejou honrá-lo. A corujeira havia se tornado uma habilidosa guerreira em campo e grande colega de trabalho de Ícaro — até mesmo parecia nutrir alguns sentimentos por ele, os quais jamais foram retribuídos, coitadinha. O coração dele pertencia a Yuka. Edel imaginava morrer em batalha, durante uma missão. Mas sequer acordou de seu turno ao lado de seu grande amor, que lhe quebrou a costela ao meio e deixou algumas fraturas expostas bem no centro daquele pátio, como se fosse um monumento macabro para a sociedade encarar no dia seguinte.

O Ninhonegro era seu lar, do qual fora escorraçado tempos atrás como se tivesse sido a mais vil criatura a pisar sobre aquele solo desde sua gênese. Uma vergonha para a família e uma mancha em seu legado. O assassinato de três jovens recrutas-negros pelas mãos do colega Ícaro Zíngaro, com quem partilhavam o turno de Nyx; ele era agora um pária, antes um traidor e um assassino. Quando despertou após esse trágico evento, já estava dentro de um gorgoilez chamado Planador Escarlate, com cinco estranhos o encarando da cabine com suspeita. Amigos que formaria através do tempo, mas não sem primeiro ser julgado. Passou a mão pelo pescoço, onde fora picado, num reflexo-fantasma. Mal guardava uma cicatriz ali.

Ninguém soube da verdade, a qual somente o Conde Dantalion veio a descobrir depois, vasculhando o inconsciente de Ícaro: o Príncipe-Serpente, Astaroth, isolado em outro círculo por forças maiores e intencionando destruir Verne Vipero por alguma razão, havia se utilizado de uma extensão de seu corpo e de seus poderes em Necrópolis. Então, usando uma de suas serpentes, chegou até Ícaro no Reino dos Céus e o picou, deixando-o enfeitiçado temporariamente. Em sua sede de sangue, Astaroth, controlando o pobre corujeiro como uma marionete, precisou aprender como manejar aquele novo corpo, portanto o fez assassinando três recrutas-negros que dormiam em seus turnos, só por diversão. Ou mera perversidade, chame como quiser. Três colegas. Três *irmãos*.

Os motivos que levaram Astaroth a escolher Ícaro Zíngaro podem parecer, a princípio, aleatórios. Mas creia, não foram. Existe uma justiça poética nesse plano. O filho do guerreiro alado que fora um dos que destruíram o rei Asfebothrei Asfeboth durante a Batalha de Dahes Thamuz se tornou a ferramenta do assassínio de seus pares como mera prática para matar um humano que chegava àquele mundo. É claro que o plano, como sabemos, não terminou como o Príncipe-Serpente desejou, mas ele não falhou em sua totalidade, pois deixou uma marca no Reino dos Céus e um buraco no peito do pobre corujeiro, em um evento que o marcou para sempre.

A pergunta que deveríamos fazer hoje não é sobre as intenções do inimigo, mas como ele conseguiu levar uma serpente até a ilha flutuante? Pois nada que rasteja sobe aos céus... A não ser que alguém de dentro a tenha levado para lá.

Enquanto não descobrimos a resposta, a única verdade que trago a vocês é sobre a triste história de Ícaro Zíngaro. Ele nunca mereceu o que foi feito com ele, mas o que foi feito já aconteceu e agora só resta a nós colaborarmos para ele conseguir recuperar tudo o que perdeu. Da minha parte, garanto, no entanto, continuar o seguindo pelas sombras e pelas beiradas, nos entornos e nas lacunas, sem que ele me note antes do momento *certo,* para não o desviar do caminho. E de sua missão.

Se existe um buraco no peito do meu querido corujeiro, eu pretendo voltar para preenchê-lo mais uma vez, com a minha proteção, a minha preocupação e o meu amor.

Assim disse Yuka, que jamais o abandonou.

Segunda Parte
PÚRPURA

A morte é um sono sem sonhos.
Napoleão Bonaparte

15
PRECISAMOS FALAR SOBRE A CERES

Quando Verne abriu o olho, ele estava na escuridão. Um local indistinto, sem o brilho de Nyx, nem o cheiro do deserto. O vento não batia naquele local e ele não conseguia ouvir a própria respiração. Um lugar vazio e cego, concluiu.

Lembrou-se de ter sonhado com Sophie. Ela estava na cozinha do Orfanato Chantal e, ao lado, o corpo de Mr. Neagu desfalecido e pendurado, com o pescoço e a cabeça roxos pela corda que o enforcara. Chax estava pendurado sobre a corda, rindo e balançando o rabo. O ventre de Sophie sangrava, mas ela estava sorrindo. Na janela, pelo lado de fora, Arabella assistia a tudo com pavor, aos prantos, e parecia não enxergar Verne.

A lembrança do pesadelo o fez ter um espasmo. *Achou* que era um espasmo, mas não passava de um sentimento. Notou flutuar na escuridão. Lembrou-se também de ter tido outro ataque pelo morbo-tantibus, só não soube definir quando tinha acontecido.

— Então isso é a morte? — perguntou para o nada.
— Ainda não, Verne.

A voz era poderosa e imponente, e ele a reconheceu.

— Conde Dantalion?
— Eu sou.
— O que está acontecendo aqui?
— Tu ainda estás desmaiado. Este espaço escuro é a tua mente.
— Estou em coma?
— Não, apenas desmaiado por ora. Zendro, um de meus vassalos, o encontrou acidentalmente nas proximidades de Iblis enquanto pastoreava na primeira luz de Solux. Tu passaste longas horas caído, apenas na companhia do vulpo. Zendro carrega teu corpo neste momento até Regnon Ravita, seguindo minhas ordens. Não te preocupes, ele é forte e confiável.
— Você leu minha mente, né? Sabe tudo o que estou passando e para onde preciso ir...
— Sim.
— Obrigado, cond...
— Qualquer necessitado no meu condado receberá ajuda. Conheço-te de outra época, Verne. Tens o meu apoio. Contudo, não posso fazer nada além do que já estou fazendo.
— Estou morrendo?
— Não sou curandeiro. Um lorde proscrito com sede de sangue é o que sou.

Havia melancolia na voz de Dantalion. Uma melancolia eterna, Verne sabia, da qual o conde optou por nunca se desvencilhar. O rapaz o encontrara da primeira vez em que estivera em Necrópolis e o conde o ajudou a encontrar a Fronteira das Almas. Também o presenteou com o athame e lhe contou o pouco que sabia a respeito de Astaroth. O Conde Dantalion era um vampiro, o último original da raça, e estava exilado em seu alcácer nos últimos tempos depois de um confronto contra a feiticeira Ceres, que cercou a muralha do castelo com uma redoma de luz, impedindo, assim, que ele saísse e caísse em desgraça no ventre de Necrópolis. Ela o protegera com crueldade e o fizera por amor. Duas antigas e poderosas entidades que se amavam e nunca se encontravam. Uma distância pela eternidade dos imortais. A melancolia de Dantalion era justificada.

— Obrigado, conde — disse Verne. — Agora eu preciso despertar.
— Tu irás. — A voz do vampiro era segura e uniforme, e ecoava em sua mente como se fosse uma ideia. — Antes, dir-te-ei quem é a feiticeira Ceres.
— Ceres? A feiticeira poderosa, regente de Regnon Ravita, que tem a uva-lilás que eu preciso...
— Ceres é excêntrica, Verne.
— Você é excêntrico, conde!

— Toma cuidado com o que dirás para ela — Dantalion continuou, ignorando-o. — Usa palavras precisas e diz exatamente o que queres dizer. Não sejais zombeteiro nem colérico. Mantém a calma e a clareza das ideias. Sê inteligente e esperto. Ceres é dada a charadas, a manias e a instabilidade. Ela é capaz de moldar a realidade apenas pela própria vontade e isso complica tudo. No entanto, é uma pessoa benévola.

— Tudo bem... Não se preocupe.

Mas Verne estava preocupado. Precisaria ser objetivo diante da feiticeira e isso necessitava de cuidado com as palavras. Ele não queria virar um sapo ou algo pior.

— Contempla a beleza de Ceres por não mais do que alguns segundos ou ela expulsar-te-á do reino. Não esqueças de reverenciá-la e mantém uma postura de respeito diante dela. Nunca a confrontes. Sê extremamente formal e educado. E sobreviverá.

— E terei o que quero? A uva-lilás com o oneiro Morfeu?

— Não posso prever. leio mentes, não vejo o futuro. — Dantalion era impassível, o que às vezes irritava Verne. — Convence-a da tua necessidade, não através do problema, mas da perseverança. Ou da esperteza. Contudo, sê cauteloso. Não exageres.

— Farei o possível. — Verne já não sentia mais o corpo; era como se fosse o vento e começava a se acostumar com isso. — Ela lhe transferiu os poderes psíquicos quando tiveram aquela batalha, não?

— Sim. Mas foi acidental.

— Então ela é capaz de ler a minha mente também, certo? Se ela for capaz, verá minha necessidade e que eu o conheço. Isso muda tudo para melhor.

— Não. Graças ao acidente, Ceres transferiu todas as habilidades psíquicas e de teleporte dela para mim. Portanto, não confies em tais regalias. Segue meus conselhos e obterás sucesso em tua empreitada.

— Certo.

Mas não estava seguro. Por dentro, ele agonizava. O familiar medo crescente congelava seu estômago e subia até o pescoço, sufocando-o. Era diferente de enfrentar um inimigo declarado. Convencer Ceres a lhe fornecer uma uva-lilás lhe parecia a tarefa mais difícil de todas.

— Tudo só depende de ti, Verne. Agora, abra os olhos e acorda para o mundo novamente. Tu estás diante do Palácio Shariot.

Verne queria muito ter outro espasmo naquele momento.

Em vez disso, despertou.

16
O CONSELHEIRO BÁRBARO

O ferrão vermelho sobre fundo azul e negro flamulava ao lado da serpente negra coroada sobre fundo vermelho com riscas verticais pretas nas duas hastes mais altas, consolidando a aliança das raças escorpionte e reptiliana, dos reinos de Grendel e de Érebus. Logo abaixo, o estandarte com o punho vermelho fechado sobre fundo cinza encimava a terceira haste menor, dando o mesmo significado para o Reino da Neve, dos povos bárbaros das Geleiras Inábeis, que consolidaram um símbolo próprio nos últimos anos, depois de Brago Skalmöld aliar-se às forças do sul, na tentativa de se opor e destruir a Supremacia.

Urago e Drago Skalmöld eram gêmeos e os filhos mais velhos de Brago. O pai continuou a reger a Cidadela Polar, posto que assumiu depois de vencer e matar o antigo líder, Heldur Göll, havia mais de dez anos. O clã Skalmöld logo conquistou as demais tribos das neves através da força, do casamento e da amizade, e conseguiu barganhar com os duendes para agregar tecnologia ao comando, tornando a Cidadela Polar o melhor lugar para se viver nas Geleiras Inábeis.

Após a derrota do rei Asfeboth no desfecho da Guerra do Deus-Serpente no prelúdio da Era Real, os vassalos de Érebus colocaram o general do exército do rei como regente, até que o príncipe retornasse. Assim, Vassago assumiu a liderança e colocou seus escorpiontes para atuar junto dos reptilianos, forçando uma convivência que sempre fora hostil. Para triplicar o número de seu exército misto, o general contratou os serviços dos duendes de Ko-Gok e finalmente se aliou aos bárbaros sulistas das Geleiras Inábeis em troca de provisão de alimentos, tão escassos no Reino da Neve.

Considerando essa aliança uma desonra para seus costumes, o irmão Drago desertou e foi destituído do clã Skalmöld, e ouvia-se dizer que ele atuava como guarda-costas de uma mercenária qualquer no extremo norte. Então Urago foi enviado em nome de seu pai para representar os bárbaros sulistas na Corte da Serpente, como os povos das tribos chamavam a corte do ausente Príncipe-Serpente. Ele havia assumido como Conselheiro do Regente, o general Vassago, havia apenas alguns meses, mas, na pouca experiência que teve, notou que o escorpionte não era dado a ouvir os outros, menos ainda se fossem humanos. De grande ego e sempre colérico, Vassago mantinha uma postura fria e calculista e escutava apenas os próprios pensamentos antes de tomar as decisões. Isso já o havia levado ao trono dos reptilianos e o escorpionte não estava disposto a compartilhar segredos com um rapaz bárbaro, e menos ainda a ouvir conselhos de uma criança da neve. Urago sabia que era apenas um figurante de luxo, servindo como peça de barganha para a aliança dos povos do sul contra os sete reinos aliados que formavam a Supremacia em Necrópolis.

Sua choupana foi levantada por um emaranhado de ramos menores das "Filhas de Gaia", como eram chamadas as árvores comuns que cresciam ao redor das raízes de Gaia, a árvore-mãe, que "sustenta todos os mundos" e se encontra no centro de Érebus, sombreando a Fortaleza Damballa, nomeada assim em homenagem à primeira rainha da linhagem Deus-Serpente da Era Arcaica. O castelo era edificado com uma única torre, tão alta que muitos diziam arranhar as nuvens. Espiralada e de pedra preta, a feiosa fortificação dos reptilianos era cheia de espigões nas paredes externas e calabouços espalhados no subsolo. Urago conhecia apenas o passadiço principal da sala do trono. Os andares superiores eram aposentos reais e escondiam segredos.

Com quase dois metros de altura e largo como um minotauro, o Conselheiro do Regente nunca chegou a se acostumar com aquela choupana, com não mais do que cinco metros quadrados, tendo apenas um colchão de palha dum lado e uma latrina doutro, muito diferente de sua sobrevida na Cidadela Polar, onde habitava um enorme iglu com o clã. A neve endurecida e soprada pelo vento era levantada com a ajuda de blocos grandes e maciços que eram arrancados do chão e dispostos em espiral ascendente, formando cúpulas de diversos tamanhos que encimavam os tijolos, que sustentavam as moradias. O iglu do clã Skalmöld era o maior das tribos, acomodando até vinte pessoas, entre elas suas irmãs caçulas, Nanna e Syn. A temperatura era estável, com o gelo mantendo o calor no interior e o formato arredondado impedindo que o frio se concentrasse nos cantos. Ele passara longas noites brincando e depois contando histórias para seus irmãos ao redor da fogueira no centro, que nunca derretia o abrigo, durante as Estações Álgidas. Mas aquilo foi antes. Antes das alianças, antes da expectativa de uma nova guerra, antes dele ser um homem-feito.

Urago não tinha nem mesmo moral com outros bárbaros sulistas enviados para Érebus como ele e também acampados ao redor do sopé da fortaleza. Ele não os liderava e eles não o escutavam. Ninguém o ouvia — nem mesmo seu pai, que o ignorou quando o Conselheiro do Regente implorou, com argumentos sólidos, a necessidade de permanecer na Cidadela Polar como único herdeiro do clã. O pai deveria ter assumido o posto na Corte da Serpente, não ele, mas Urago nunca tivera controle sobre a própria sobrevida e não tinha mais perspectiva além dos portões negros. Serviria para sempre. E para sempre longe do clã, das irmãs e do calor de Frigga.

Os homens das tribos tingiam os cabelos de cores diferentes para diferenciarem seus clãs. Os Skalmöld assumiram o azul havia muito tempo e o cabelo não era mais do que uma crista no topo da cabeça, raspada dos dois lados. Urago divertia-se poucas vezes em sua condição e uma destas era quando caminhava entre os outros bárbaros sulistas como o único com o penacho azulado, entre tantos verdes, púrpuras e vermelhos, que escarravam e praguejavam para ele. De olhos pequenos e cinzentos, e rosto acanhoado, O Conselheiro do Regente usava couro fervido como camisa, deixando desnudos os braços como toras. As pernas eram cobertas por uma calça de tecido grosso cheio de penugem de corvo e talkye, enfiada em coturnos pretos. Preso às costas, carregava seu gigantesco e inseparável machado de guerra, companheiro de infância, também uma lembrança do passado.

Urago havia recebido um chamado do general e, enquanto passava pela trilha de bárbaros sulistas acampados até a fortaleza, ele ouvia as conversas que chegavam de toda Necrópolis. Alguns murmuravam sobre o torneio de cavaleiros que o rei Ronaldus Príamo I realizava no Reino de Fênix, outros falavam sobre a nova liderança no Arvoredo Lycan e como Rufus Sanchez IV estava lidando com Santiago Montoya. Havia aqueles que sussurravam os segredos da Supremacia, de que ela pretendia marchar contra Érebus se o príncipe voltasse; e havia os que comentavam da fragilidade política que estava tomando os reinos gêmeos de

Reitaro e Kintaro nos últimos meses. Poucos falavam sobre Verne e o monge renegado; aquilo era um interesse apenas de Vassago e Cerastes, não do mundo.

Dois guardas reptilianos — um com uma grossa e espiralada casca nas costas, e outro cheio de espigões desiguais espalhados pelo corpo — descruzaram suas lanças para ele passar pelo portão principal que dava acesso à sala do trono. Dava-lhe agonia, todas as vezes, atravessar o tapete vermelho como o sangue, semelhante a uma língua de cobra, que findava no véu negro, dentro daquele corredor cinzento rodeado de velas esverdeadas nos canteiros e pilastras. *Gigante por fora, mas pequeno por dentro,* costumava dizer seu avô Trogol sobre ele. Uma verdade absoluta.

— Senhor general . — Urago colocou-se sobre um joelho diante do véu negro e manteve o olhar firme para frente. Vassago gostava de homens que o encaravam como um inimigo. Era a maneira mais aproximada dele confiar em alguém.

— Urago — trovejou o escorpionte, saindo da escuridão sombriamente. — Coloquei Kunn e Eir em uma escuna e os enviei para Talestrys.

— Não compreendo, senhor.

— Eles são homens da sua laia. Por isso envie um ekos para o seu pai e o avise de que eles podem morrer ou se ferir na missão para a qual foram designados.

Urago lembrou-se de que, no acordo, Brago pedira todos os nomes de homens enviados para a morte ou para missões de risco. Os bárbaros sulistas tinham o antigo costume de oferendar seus mortos para Hella, a rainha do Gelo, que habitava o coração das Geleiras Inábeis e mantinha a tempestade de neve eterna sobre aquele reino. Se descongelassem, não somente as calotas inundariam outras regiões, como também afundariam centenas de clãs.

— Enviarei, senhor. Mas meu pai perguntará o motivo da missão. — "Mas", uma palavra perigosa, ele sabia.

— Seu pai faz perguntas demais! — Vassago bufou e o ar esquentou diante do seu rosto. — Diga que eles foram para a Arena resgatar um casal de gêmeos muito importante para o plano que estou concluindo. O necromante os identificou recentemente e precisamos deles com urgência. Por isso, Kunn e Eir foram lutar pela vida daqueles moleques na Arena. Mais alguma pergunta?

— Não, senhor. Enviarei o ekos imediatamente.

— Faça isso. Agora, saia daqui!

Urago colocou-se a andar para fora da Fortaleza Damballa sem nunca olhar para trás. Sem nunca fazer perguntas além das óbvias. Sem nunca compreender algo além do que lhe era apresentado. Ele não fazia ideia de quem eram Kunn e Eir e menos ainda do que se tratava a Arena em Talestrys. Não conseguia imaginar quem seriam os gêmeos a serem resgatados. Gostaria que próprio fosse resgatado de volta para a Cidadela Polar. Em Érebus, ele não era um conselheiro, era um intendente. Enviava corvos, ouvia sussurros e morria de medo.

17
FERRO E ÁLCOOL

Um aerobuitre o encarava de cima de uma placa de madeira podre com escrita indistinta. Uma língua preta e pontuda passeava pelo bico torto e retorcido da ave, com o pescoço quebradiço em ziguezague e a penugem escura e suja. Fedia a esterco e parecia desejar sua carne aquecida por Solux. Elói logo despertou, com um pouco de terra na boca.

O vento soprava úmido e salgado naquele local e ele sabia que estava próximo ao mar. Viu o contorno de um vilarejo no horizonte e caminhou até lá, atravessando um campo verde de trigalta. Sentia o peso de Treval o carregando para trás com as lufadas instáveis de vendaval que ora batia, ora não. Elói não sabia por que estava naquele lugar, mas o manto negro já havia revelado que o levaria onde outros que ele conhecia precisassem dele. O monge não conseguia imaginar ninguém além de Verne que precisasse de sua ajuda com tanta urgência.

O vilarejo não era mais do que uma rua extensa e larga, com casebres de madeira e pedra nos entornos, alinhados quase que simetricamente. Não havia moradas de dois andares nem abrigos desiguais; tudo ali seguia um certo padrão, um tipo de ordem sufocante no meio da areia e da grama.

O lugar estava vazio e em silêncio, numa paz preocupante.

Elói recostou-se em uma das poucas árvores, descansando sob a sombra e fugindo do ardente Solux. Pegou um tablete, mascou e aguardou.

Não demorou muito e, do extremo oposto da rua, uma silhueta com vestes marrons e compridas saiu de uma construção que poderia ser um templo. Era um sacerdote, Elói sabia. O homem de rosto severo não o notou. Ele tinha uma longa barba cinzenta e triangular que tocava no cordão amarrado à cintura. Os pés estavam descalços e os braços, cruzados à frente do peito, com as mãos escondidas dentro das largas mangas da toga. O sacerdote parou no meio da rua e pisoteou a terra batida três vezes. Um enorme alçapão levantou-se de súbito do chão, deixando a areia escorrer pela madeira e o ferro. Elói ouviu sons de corrente e de metal tilintando e ecoando logo abaixo. O homem desceu com facilidade e desapareceu no instante seguinte.

Elói correu antes que o alçapão fechasse. Cobriu o rosto com o capuz de Treval e fingiu ser outro sacerdote descendo buraco abaixo. *Estou aqui por uma razão, preciso descobrir qual.*

O monge deparou-se com um degrau metálico e uma longa escadaria espiralada até a escuridão abaixo. Um moleque sujo de terra ou poeira cuidava da manivela com correntes que levantava e fechava o portão, e não se atreveu a encará-lo, mantendo a cabeça abaixada. Elói desceu cuidadosamente os degraus, ouvindo os passos do sacerdote nas profundezas. A descida foi mais tranquila e curta do que imaginava, e logo ele estava num corredor escuro, somente iluminado por lamparedas de âmbar distribuídas ao longo da passagem. Nas paredes, ele notou uma desigualdade que não via no solo externo: algumas portas fechadas, algumas passagens abertas para outros corredores e algumas grades de ferro, que serviam como prisões.

As Galerias Subterrâneas, Elói concluiu. Só havia um lugar em Necrópolis com essa estrutura: Laverna. A oeste do mundo, uma costa dos Campos de Soísile, que dava para a Baía dos Monstros, uma pequena divisa marítima entre o centro do mundo e a ilha de Ogres. Sabia-se que o vilarejo era importante para a região e fora levantado no final da Era Arcaica, para abrigar prisioneiros importantes antes de serem encaminhados aos seus destinos. Alguns diziam que as prisões de Laverna só não eram piores do que as do Forte Íxion.

Elói procurou o local no mapa que Martius lhe dera e viu que a Estrada Negra dava acesso de Laverna para a Base dos Mercenários um pouco ao sul, e também para o Quartel Militar da Esquadra de Lítio, mais a leste.

Mas ele sabia que tanto mercenários quanto militares tinham acesso exclusivo às celas das Galerias Subterrâneas por baixo da terra. Alguns diziam que a diligência e o tribunal de Laverna ficavam também no subterrâneo e que algumas execuções já foram feitas por ali. *Discrição é tudo.*

Dois homens truculentos passaram por ele no sentido contrário e o ignoraram. Ouviu gritos no escuro e barulhos de correntes se arrastando pelo solo. Uma senhora baixote saiu de uma porta e entrou em outra com uma bacia de tripas escorrendo sangue. Ela parecia uma anã. O monge tinha lido que os anões foram mais uma vez responsáveis por construções humanas e ajudaram os lavernos no levante das galerias, a mando do primeiro Coronel de Lítio, havia mais de trezentas Estações Álgidas.

Reencontrou o sacerdote depois de virar uma esquina no corredor. O homem estava parado diante de uma cela, esperando o guarda abrir a grade de ferro e então entrou. Elói aproveitou da escuridão de Treval e se escondeu em uma das largas sombras da passagem perto o suficiente da prisão, de onde poderia ouvir que se daria ali.

— Está com sede? — perguntou o sacerdote.
— Sempre — respondeu o prisioneiro com rouquidão e embriaguez.
— Trouxe mais destilado para você.
— Me dê logo isso!

Ecoou o som de uma rolha sendo sacada de dentro da cela. O prisioneiro bebeu com ansiedade; dava para ouvir sua garganta implorando por mais álcool. Elói havia concluído um pouco antes: era Simas Tales quem estava preso ali, é claro.

— Quero mais!
— Trarei mais quando Nyx cobrir Solux.
— Droga...
— Por favor, não vomite nos meus pés outra vez. Você está acabando com toda a água do reino fazendo-nos lavar seus aposentos dia após dia.
— Que se dane! E não chame isso aqui de "aposento". Sei muito bem que estou preso!

O sacerdote não respondeu. Elói ouviu o som de metal contra metal. Simas provavelmente estava acorrentado. Mas ele sabia que, para o maior velocista do mundo, nenhuma corrente funcionaria, menos ainda a possibilidade de ser aprisionado. O que teria acontecido?

O guarda que vigiava a entrada logo colocou a cabeça no meio da grade.
— Senhor Rokko.
— Sim?
— O senhor pretende aguardar o Coronel de Lítio aí dentro? Ele deve demorar a chegar.
— Não, de forma alguma. Vim orar pela alma do ladrão e trazer-lhe

mais destilado, como me foi ordenado. Já estou de partida. Vou me encontrar com o coronel no salão comunal à noite.

— Não se esqueça da minha cevata, velho! — bufou Simas com uma voz gorgolejante.

O sacerdote Rokko saiu da cela e encontrou Elói bloqueando sua passagem de volta, fora da vista do guarda.

— Pois não?
— Senhor Rokko?
— Sim?
— Fui enviado como confessor do prisioneiro. Por favor, me diga por que Simas Tales não está em posse de Karolina Kirsanoff? — Elói tinha ouvido a história que Verne lhe contara da primeira vez que estivera em Necrópolis. A mercenária havia mentido para os militares quando a viram junto do ladrão, dizendo que a cabeça dele tinha sido comprada e que ele seria levado para o Forte Íxion.

— Você deveria ter conhecimento disso... Não se sabe como, mas ela o perdeu de vista há muito tempo. Isso acontece com mais frequência do que você imagina. Afinal, Tales é o ladrão mais veloz do mundo. Outros mercenários já falharam com ele antes. Com a srta. Kirsanoff não foi diferente.

Essa não era a verdade, Elói sabia. Simas e Karolina se odiavam, mas estabeleceram uma trégua após conhecerem Verne e viverem algumas aventuras em grupo.

— Simas será levado pelos militares?
— Sim. — Rokko tinha uma careca brilhante, que reluzia as lamparedas ambáricas. Seu olhar passou a ficar desconfiado. Aquela conversa se tornara um jogo.

— Como ele foi pego, afinal? — Essa era a pergunta mais importante.
— Bêbado, é claro. Encontramos o homem caído na beira da Estrada Negra, próximo de Laverna. Ele mal sabia quem era, onde estava e em que época vivia. Foi a oportunidade perfeita. O aprisionamos, mas, se ele ficasse sóbrio, poderia usar da supervelocidade para fugir...

— Então vocês estão o mantendo bêbado para que isso não aconteça. Muito sagaz.

— Obrigado. Foi ideia minha.

Seus olhares eram impassíveis; nenhum deles desviava do outro.

— Qual será o destino de Simas, senhor? Perpétua no Forte Íxion?
— Certa vez consideraram essa possibilidade, mas não agora. Ele escaparia uma hora ou outra. A supervelocidade não pode ser derrotada, mas ele pode ser morto. O coronel vai levá-lo direto para o quartel e executá-lo na presença de um juiz, de um intendente do rei e de um

sacerdote, que por um acaso sou eu. Depois, sua cabeça será separada do corpo e jogada no deserto, para que os outros ladrões a encontrem e saibam o destino daqueles que descumprem as leis, principalmente daqueles que o fazem há tanto tempo e de modo tão ultrajante.

— Muito eficaz.

Elói conhecia a fama do Coronel Alexey Krisaor, um homem duro e irredutível, que via a lei e a ordem como motes condutores para a sobrevida. A punição que ele dava para cada fora da lei era irregular e variava não somente conforme a ação criminosa, mas também conforme o humor do militar.

— Agora, por favor, me dê licença, que tenho outros afazeres. Espero que você consiga tirar todas as terríveis confissões daquele homem — disse o sacerdote Rokko, passando por ele de volta até a escadaria espiralada do alçapão.

Elói não hesitou, porque não havia tempo. Simas estaria morto pela manhã. Então, ele correu em ziguezague pela sombra e pela luz do corredor até encontrar o guarda da cela, que não teve tempo de reagir. O monge segurou e apertou seu pescoço, travando os braços em volta dele, até que o homem perdesse o ar e desmaiasse. Destrancou o portão e encontrou o ladrão num canto, sujo de urina na roupa cinzenta de prisioneiro, com a barba desigual escondendo seu rosto gordo e os braços e os pés cobertos de terra e sangue seco, com alguns cortes já cicatrizados.

— Trouxe a cevata? — perguntou Simas, sem reconhecer Elói. O olhar dele era vago e os olhos estavam inchados. A boca deixava escapar uma baba viscosa de destilado.

— Simas, sou eu. Elói!

— Opa! Foi preso também, meu camarada?

O outro não respondeu. Em vez disso, o cobriu com o manto negro e desejou escapar dali com ele para qualquer lugar que não fosse Laverna ou arredores.

Treval ouviu seus desejos.

Quando o guarda recobrou a consciência, não havia mais ninguém naquela cela. Certamente, sua cabeça seria levada no lugar da de Simas.

18
REGNON RAVITA

A amurada era branca com pintura dourada no topo, limpa como nenhuma outra construção em Necrópolis. Diziam que cercava simetricamente a morada da feiticeira e rainha de Regnon Ravita. Apesar de milenar, o Palácio Shariot parecia novo, como se tivesse sido levantado havia poucos dias.

Verne estava diante dos portões dourados, que reluziam Solux com magnificência. Zendro ainda o ajudava a se colocar de pé. Era um homem alto, magriço e ossudo, de aparência comum e lânguida.

— Obrigado, Zendro.

— Não por isso. Todo amigo do conde é meu amigo. — Sorriu.

O rapaz não tinha visto o caminho que Zendro percorreu com ele no colo. Soube apenas que o Reino da Magia se localizava numa península imensa e, ao contrário de Iblis, era um local iluminado, um mar de flores exóticas e árvores nunca antes vistas. O Jardim Mágico, como era conhecido, foi criado pela própria vontade da feiticeira Ceres e ele cobria quase toda a região de Regnon Ravita. Em outras poucas partes, havia vilotas e burgos menores que povoavam aquele reino de paz.

Oan Shariot, pai de Ceres e primeiro Rei Mago do sétimo Círculo, foi quem levantou o palácio, quando Necrópolis ainda era um mundo criança. Isso foi muito tempo antes e Verne só tomava conhecimento daquelas histórias agora. Zendro as contou enquanto caminhavam, dizendo que isso ajudava a diminuir o calor do trajeto, ainda que Regnon Ravita tivesse um clima mais ameno se comparado ao das Terras Mórbidas. O Oceano Tártaro também não estava distante dali e a brisa da maré tocava aos poucos sua pele.

Os guardas reais eram chamados de Guardas Camaradas, porque assim Ceres desejara. Eles eram realmente simpáticos, com sorriso no rosto escanhoado. Usavam uma armadura branca com adornos dourados, como tudo naquele lugar. Em vez de lanças, eles portavam hastes com bandeirolas coloridas que flamulavam em sentidos opostos, porque ali o vento soprava conforme a vontade da rainha.

— Bom dia. Sou Zendro de Iblis e este é apenas um colega peticionário. Ele veio para uma audiência com Sua Majestade.

— Passem, por favor, e sejam bem-vindos — disseram os Guarda Camaradas com alegria.

— Dizem que a rainha não precisa de um exército — Zendro confidenciou para Verne depois deles passarem pelo portão. — Ela própria pode conjurar soldados mágicos se um dia necessitar. Esses guardas são apenas adornos, assim como o jardim e tudo o mais neste lugar.

Magma latiu e correu na frente com empolgação. Um outro jardim, este chamado Horto Belo, contornava a passagem a céu aberto, com criancinhas nuas brincando numa fonte, e mulheres jovens de pele dourada mexericando em um canto da amurada enquanto o encaravam com olhos desejosos.

— Alguns súditos ganharam a pele da cor do ouro como presente de Sua Majestade pelo bom comportamento no reino.

Verne estava embasbacado, mas não mais ao encarar o palácio de perto. Ele já tinha visto parte dele fora da amurada. A edificação branca e dourada tinha três torres alinhadas lado a lado, sustentadas sobre a base principal esférica e encimadas por enormes gomos triangulares feitos de puro ouro. Na torre principal, ao centro, um estandarte — de uma torre dourada sobre fundo azul com riscas onduladas brancas — dançava com o vento. As janelas das torres eram circulares, pequenas e distantes e havia uma única porta principal para o Palácio Shariot. Verne e Zendro atravessaram-na.

O interior da edificação era também incrível e ao rapaz lembrou uma igreja; alinhados pelo largo corredor que formava a sala do trono, havia dezenas de bancos de madeira dispostos do lado direito e esquerdo, com o tapete de tapeçaria de cetim ao centro, que seguia diretamente ao altar da rainha. Súditos e Guardas Camaradas caminhavam solenes nos entornos do local, todo branco e dourado. Uma criança de cabelos até os pés brincava com Magma no Horto Belo, coçando a barriga do animal e esfregando o nariz no focinho dele.

— Geralmente, esses bancos ficam repletos de súditos, pedintes e peticionários quando a Sua Majestade realiza grandes audiências — Zendro murmurou. — Hoje você teve sorte. Uma fila de apenas duas pessoas, veja só.

Verne foi encontrar a feiticeira Ceres sentada em seu trono alvo e imponente, com as pernas cruzadas sob o vestido longo e cintilante, com uma das mãos no queixo, séria e atenta na audição. Seus cabelos louros platinados escorriam lisos como uma cascata até o braço do cadeirão.

— Por favor, Vossa Adoração — implorava um homem gordo e suado, de joelhos diante do altar, apertando um chapéu de palha contra a barriga rotunda. — Preciso de pelo menos mais sete homens para me auxiliarem na colheita, para a vindoura Estação Febril. Perdi meu único filho para a carcoma e não tenho mais ninguém para me ajudar.

— Muito bem — disse a rainha. Sua voz era doce e fria ao mesmo tempo e tinha poder de ecoar por todo o palácio mesmo que sussurrada. — Sete homens, você disse. Sete homens terá. Aramazdur, Deus da Fertilidade e da Colheita, o agradecerá no futuro.

Ceres estalou os dedos e o homem gordo inchou ainda mais.

— Vossa Adoração... O quê...?

Bolotas do tamanho de cabeças começaram a surgir sob a pele do pedinte, deixando marcas vermelhas onde forçavam a saída, até que o fazendeiro pariu sete homens iguais a ele, ali mesmo, na sala do trono. Eles eram idênticos ao original, mas magros e musculosos. O homem estava desmaiado e sangrava nos membros inferiores. Verne sentiu o estômago revirar. Repentinamente, o sangue esvaiu-se no ar e o fazendeiro estava recuperado, chorando de alegria e emoção. Suas sete réplicas o ajudaram a se colocar em pé.

— Obrigado, Vossa Adoração. Obrigado!

Ela acenou para que ele partisse e logo em seguida uma idosa com um casal de duas crianças de pele dourada colocaram-se de joelhos diante do trono. Os três trajavam farrapos e estavam com as mãos acorrentadas um ao outro.

— Vossa Majestade — começou a idosa, tremendo pela presença da rainha. — Somos seus leais súditos, mas nossa família foi tomada como escrava pelo lorde Magrys, da ilha Hugin, há mais de um ano. Agora, ele pretende vender meu neto para lutar na Arena, e minha neta para servir como amante do Príncipe Paulus no Palácio Real.

— E o que fará à senhora?

— Continuarei servindo na cozinha, Vossa Majestade. Sou muito velha e não tenho tanta utilidade como escrava fora da casa do meu senhor.

— Isso é verdade — concluiu Ceres. — O que deseja é a libertação de seus netos?

— Sim, Vossa Majestade. Peço à senhora que os liberte e que não sejamos punidos pelo meu senhor.

— Muito bem, assim será. — Ela estalou novamente os dedos e o moleque caiu morto. As correntes da garota despareceram e os trapos se transformaram num vestido rosado de princesa. — Seus netos foram salvos da escravidão. O menino, através da morte. A menina, a partir de hoje, passará a servir como uma das minhas mil aias virgens e se deitará na cama que quiser em meu palácio durante as Noites Eternas e poderá escolher seu próprio marido quando se cansar dessa sobrevida de regalias. — A idosa pegou o neto morto no colo e começou a chorar. A garota parecia feliz. — Quanto à senhora, agora corre veneno em suas veias. Isso não a matará, mas você pode usá-lo para assassinar o lorde Magrys e toda a família dele apenas abrindo um corte em seu dedo. Mate-os e estará liberta. Ninguém da corte falará de seus crimes para a esquadra de Lítio.

— O-obrigada, V-vossa Majestade — gemeu a idosa e se retirou com o neto no colo. A menina foi recolhida pelas aias para os aposentos superiores.

Zendro cutucou Verne com o cotovelo e acenou com o queixo, murmurando:

— Vamos. Você é o próximo. Vá!

O rapaz caminhou com medo a passos curtos até próximo dos três degraus que davam para o altar, então se ajoelhou e não encarou a rainha, como lhe fora aconselhado.

— Vossa Majestade, sou Verne Vipero da Terra, o morto-que-voltou, o Caolho que lutou na última guerra do Arvoredo Lycan em favor dos lycantropos, manifestante do ectoplasma vermelho, usuário do athame e um amigo de Conde Dantalion. Estou sofrendo de morbo-tantibus e solicito uma única uva-lilás de sua videira. Aquela uva que contém o oneiro Morfeu aprisionado. Essa especiaria servirá como um dos ingredientes para que seja feita a minha cura, o sanitatum-somnium. Por favor, Vossa Majestade, poderia me fornecê-la?

Verne percebeu o suor escorrendo escaldante da testa até os olhos, cegando-o por alguns segundos, e depois descendo até a boca, o sabor salgado e quente. Ele tremia e gelava por dentro. Havia treinado sua solicitação na última hora, desde que havia recobrado a consciência, de maneira que não deixasse nada subentendido nem soasse desrespeitoso, já fornecendo todas as informações que a rainha pudesse lhe perguntar e ainda contextualizando-a de quem ele era.

— Ouvi falar de você. O Reino de Érebus está caçando-o, colocando mercenários para persegui-lo e pagando uma boa quantia de ouro real por sua cabeça. — Ele estremeceu, mas se esforçou para não demonstrar. — Mas isso não me interessa. Criei a videira-lilás na Era Arcaica para celebrar meu próprio casamento com um príncipe do Oeste; um presente para mim mesma. O casamento não aconteceu, o príncipe perdeu a cabeça antes de subir ao altar e a videira se manteve em pé. O oneiro Morfeu foi aprisionado nela pelos seus inimigos dos pesadelos sem meu consentimento e lá permaneceu. Essa videira-lilás é sagrada e intocável. Nem minhas virgens, nem minhas crianças d'ouro, nem meus Guardas Camaradas podem tocá-la. Nem você irá. Desejo que tenha boa vida e sucesso em sua jornada. Esta sessão está encerrada.

Verne estava perdido. Procurou por Zendro, olhando para trás, e o encontrou dando de ombros. "Não tem o que fazer, deixa pra lá", ele murmurou. A rainha se colocou de pé e o rapaz não conseguiu evitar vislumbrá-la. Ainda que milenar, Ceres era uma mulher com aparência quadragenária e tinha uma beleza congelante. Seu vestido era de cetim branco reluzente revestido de ágatas de fogo, granadas e cristais rutilados, e a cobria até o pescoço, com colares sobrepostos dourados e cintilantes pela luz local. Apenas os braços ficavam desnudos, onde pulseiras de ouro rodavam nos pulsos. As unhas também eram pintadas em dourado e, nos pés, as sandálias de salto alto eram adornadas com tiras brancas, mantendo-a em uma postura altiva e elegante. Os olhos verde-claros eram frios como o gelo e perceberam Verne a encarando.

— Você ainda está aqui?

— Sim, Vossa Majestade. Preciso da uva-lilás com Morfeu aprisionado.

— Você precisa partir deste reino. Agora.

A feiticeira Ceres levantou a mão para o alto, prestes a estalar os dedos. A coroa dourada de cinco pontas com piritas incrustradas cintilou.

— Por favor! — Verne levantou-se abruptamente. — O que posso fazer para Vossa Majestade me conceder esse desejo?

— *Nada* me fará violar minha videira-lilás.

Ele se encurvou um pouco para frente, retirou o athame da cintura e o ofereceu para ela.

— Meu athame. De grande poder, capaz de cortar o espaço e atravessar entre as dimensões. Eu o ofereço a Vossa Majestade em troca de uma única uva-lilás.

— Não. — Ela desceu um degrau do altar, a ira tomando forma no olhar. — O athame é, sim, uma peça fundamental na história deste mundo.

O athame é, sim, uma arma antiga, de lâmina prodigiosa. Mas não é ele quem corta o espaço. É você. Você e seu ectoplasma vermelho. O athame apenas serve de extensão para isso.

— Meu ectoplasma vermelho? — Verne disse enquanto deixava a energia brotar de seu corpo cuidadosamente. Toda a sala do trono logo deixou de ser dourada e branca para se cobrir de escarlate. — Este é o meu poder. Vossa Majestade o deseja?

— Não. — Ceres desceu mais um degrau. — Você é capaz de sacrificar a própria essência por uma uva? Não vejo isso com bons olhos. Alguém como você serviria melhor como um dos meus eunucos nos andares superiores.

Ele não temeu aquelas palavras. Talvez tivesse enlouquecido ou sua determinação era maior agora.

— Não, Vossa Majestade. Não estou abdicando do meu poder por uma uva. Estou barganhando pela minha vida. Não pretendo morrer pela doença do sonho.

Zendro correu para fora do Palácio Shariot, rogando inúmeras pragas para Verne. Provavelmente nunca haviam levantado um ectoplasma contra a rainha. Ou, talvez, pelo menos alguém, uma única vez, o tenha feito.

— Eu tenho poder para transformá-lo em uma mantícora, tenho poder para fazer meu palácio ser transportado para o sul, de fazer seu vulpo virar um corvo e até mesmo de mudar as cores dos olhos de todos os reis deste mundo. Mas não tenho poder para curar o morbo-tantibus. Há limites até mesmo para a alta magia. Essa doença atravessa dimensões, planos e subplanos e está acima de qualquer desejo. É como a carcoma, não existe uma cura fácil, mas existe uma cura.

— Então, por favor, Vossa Majestade, me ajude. Estou oferecendo muito pelo preço desta cura.

— Não violarei minha videira-lilás. Se insistir, morrerá.

— Não vai me matar, Vossa Majestade. Já podia ter feito isso minutos atrás, mas sabe o que sou capaz de fazer e espera por isso. E, em troca, eu só peço uma uva-lilás. Vossa Majestade pode criar outra igual no lugar da que me dará.

— Basta!

Os olhos da feiticeira Ceres deixaram a frieza para assumirem o fogo da ira. Ela estalou os dedos uma vez e o athame virou poeira cintilante, levada pelo vento. Ela estalou os dedos pela segunda vez e ele viu Magma tombar no Horto Belo e se transformar num pomar dourado com frutas brancas. Verne tentou berrar qualquer coisa, em vão. Ela estalou os dedos pela terceira vez e o mundo escureceu. Ele havia perdido o olho esquerdo.

19

OS TRÊS MARTELOS

A cabeça doía a ponto de cegá-lo parcialmente e pesava tanto que ele não foi capaz de levantá-la da primeira vez que despertou. Estava em um colchão de penas macio e malcheiroso, em um quarto escuro e frio, com silhuetas indistintas. A janela estava fechada, mas uma rachadura na madeira revelava o dia e a neve que caía do lado de fora, em pequenos flocos cinzentos como fuligem.

Quando tentou se levantar, ele sentiu a tontura como um soco na testa e caiu de volta ao colchão. Na segunda tentativa, percebeu o estômago reagir e a bílis arder quente, até ficar enjoado. Encontrou uma bacia à sua direita e vomitou nela. Notou que já havia a usado antes. Jogou a coberta para trás e tocou o piso frio da madeira que o fez estremecer. Sua visão turva começava a lhe fornecer formas mais claras, como a mobília do quarto e a porta logo ao lado. Sentiu o colchão de penas molhado pelo seu suor e ficou outra vez enjoado, agora com a percepção do próprio fedor. Conseguiu se levantar e andar dois passos. Estava nu. Não aguentou, ajoelhou-se desajeitadamente e voltou a vomitar na bacia.

— Maldição!
— Finalmente você acordou!

Simas Tales olhou para o lado e viu um rapaz entrando no quarto. A luz que vinha da porta fez com que seus olhos queimassem e sua cabeça ficasse próxima de explodir. Rolou pelo piso e se contorceu, gemendo como uma criança.

— Acalme-se. Está tudo bem agora. — O rapaz o ajudou a se levantar e o colocou sentado de volta na cama. — Beba isto, vai lhe fazer bem.

O ladrão não era de confiar em estranhos, mas estava cansado e dolorido demais para sustentar suas suspeitas naquele momento. Aceitou a grande taça e sorveu todo o líquido até sobrar apenas o ruído do metal no fundo. Sentiu algo espesso e quente escorrendo do seu queixo até pingar na coxa.

— Que porra é essa? — perguntou enquanto limpava a boca com as costas do braço.

— leite de equinotrota. Sei que seu povo cresceu bebendo muito disso. — O rapaz pareceu sorrir na escuridão.

— Sim. — Simas tentava raciocinar, sem muito sucesso. — Bebi muito leite quando criança. Ultimamente eu... Bem, eu não lembrava muito como era o sabor do leite...

— Vamos, vamos. Beba mais! — O rapaz carregava também um jarro e virou o conteúdo até encher a taça.

Ele não queria saber se aquele leite estava envenenado, nem se ele já não apreciava o gosto como antes, apenas precisava beber. Percebia seu estômago acalmando, a cabeça latejando menos e a visão tornando-se mais clara.

— Obrigado. — Arrotou. — Onde eu tô?

— N'Os Três Martelos.

— Esse nome não é estranho...

— Obrigado, Ed. Eu assumo a partir daqui — disse uma voz que chegava da porta.

O rapaz se levantou, recolheu a taça e saiu de volta para a luz. A porta se fechou e o homem que entrou era tão escuro quanto a sombra que cobria o quarto.

— Tem uma banheira com água quente e pétalas de rosanita atrás da cama, para o seu banho necessário. Entre nela, por favor.

Ele o fez, pestanejando, mas encontrou a banheira com facilidade entre as sombras da mobília. Imergiu e deixou o calor tomar seu corpo até ficar relaxado o suficiente. Esfregou algumas pétalas na pele, raspando a sujeira e o fedor para longe. O aroma agora era agradável. Percebeu uma toalha pendurada num gancho na parede, enxugou-se e notou que ainda estava sendo observado pelo paciente homem.

— Como se sente?

— Desconfiado.

— Não fique. Sou eu, Elói.

O monge proscrito sentou-se na cama. Ainda era uma silhueta, mas a voz parecia com a do monge, e a fresta da janela reluzia na cabeça calva, com os poucos cabelos brancos e ralos.

— O que estamos fazendo no norte?

— Eu não tive muito tempo para pensar quando estávamos em Laverna. Precisei mentalizar uma "estalagem segura e familiar". Imaginei que fosse ser levado diretamente para o Covil das Persentes, mas o manto me trouxe para Os Três Martelos. Tenho amigos por aqui também, afinal.

— O... manto? — A cabeça de Simas voltou a doer.

Elói narrou para ele toda a trajetória envolvendo Treval, Verne e o morbo-tantibus, e os eventos nas Galerias Subterrâneas. Quando terminou, acendeu duas velas sobre a cômoda e deu roupas limpas para o ladrão vestir.

— Lobbus Wolfron ficaria honrado por você ser o novo usuário de Treval, acho — disse enquanto calçava botas de couro de walbaleno, um dos maiores tipos de peixe que habitavam o Rio Último. — Como está se saindo com ela?

— Treval tem me servido bem, apesar da instabilidade e do mistério sobre o próximo destino. Ela me fez salvar Verne uma vez e agora realizou o mesmo com você.

— Que bom, né? — Simas cumprimentou o outro com um forte aperto de mão. — Obrigado aí! E desculpe por toda a desconfiança que tive contigo. Sem você, eu estaria sem a cabeça agora.

— Talvez seus amigos e parentes estivessem com ela nesse momento. — O monge não evitou a risada.

— Talvez meu tio a encontrasse no deserto e a colocasse acima da cabana principal no Vilarejo Leste como troféu. — Suspirou e terminou de vestir a calça e a regata em tons terrosos, amarrando seu cinturão cheio de bolsos abaixo da barriga vultosa. Por último, ajustou os óculos para areia acima dos cabelos castanhos e emaranhados. Levantou-se. — Eu e ele não estamos nos dando bem desde que a caçadora pisou no nosso lar um tempo atrás.

— Conheço essa história — Elói falou com cautela. — Pavino Tales, não é? Também conheço a fama dele. Um homem forte e sagaz, mas irredutível.

— Todas as lendas sobre ele são verdadeiras, meu amigo. — Ambos riram.

Quando Simas viu a luz novamente, ela não voltou a fazer arder seus olhos. Notou que Elói havia assumido o preto de vez, não só com Treval sobre a roupa, mas também na túnica nada lustrosa e o cordão amarrado na cintura. Com a pele escura como jacarandá, o monge parecia uma sombra que se arrastava feito um homem.

Saíram do quarto e desceram a longa escadaria do recinto até um salão largo e circular pavimentado com pedra cinza, com dezenas de mesas redondas de madeira pardacenta, repleta de fazendeiros e prostitutas realizando um alarido ensurdecedor. Seguiram direto para o balcão de arenito, que formava um arco no centro da estalagem. Um idoso corpulento, três palmos menor que o balcão e com uma barba cinzenta, esparsa e grande o suficiente para se arrastar pelo chão, se aproximou com duas canecas enormes e as colocou diante deles.

— Servimos aqui a melhor cevata do mundo! Não duvidem disso.

— Não duvidamos, Mestre Lehrer. — Elói afastou a caneca gentilmente para o lado. Simas capturou o vazio e sentiu a boca se encher de saliva e vontade. — Mas nosso convidado aqui não pode mais beber cevata. Sirva-o com leite de equinotrota, por favor.

O ladrão ouviu o velho anão gargalhar tão alto quanto podia enquanto retirava um barril debaixo do armário.

— O que significa isso? — quis saber o mais jovem, revoltado.

— Se você beber, não corre. E separam sua cabeça do corpo. Simples assim — explicou Elói, como se falasse com uma criança.

— Eu não vou mais ficar bêbado. Eu prometo!

— Palavras não passam de promessas vazias se não fizermos nada com elas. Você é alcoólatra, Simas. — O monge foi enfático e sua afirmação impactou como um soco no estômago. — Temo que até o cheiro da cevata lhe faça mal.

Ele engoliu a raiva e resolveu não reagir. Seu rosto era uma pedra.

Mestre Lehrer lhe trouxe uma taça com leite de equinotrota, deixando um sorriso indiscreto escapar por baixo do bigode farto e felpudo. Foi então que Simas percebeu, através do próprio reflexo no metal da taça, que uma penugem castanha e espessa havia crescido ao redor do seu rosto.

— Sóbrio e envelhecido...

— É melhor assim — disse Elói, sorvendo a cevata sem muita alegria. Sabia-se que ele preferia o sangue de orc das montanhas, que não era servido ali. — Você continua foragido e o rosto desenhado nos papiros dos mais procurados é tão liso quanto a minha cabeça.

— Mas... e os homens que me viram em Laverna?

— Foi há dois dias. Você estava barbado, mas bem menos do que agora. Os pelos parecem crescer rápido no seu corpo.

— Vai ver é mestiço de lycantropo! — grunhiu o anão com zombaria, do outro lado do balcão, enquanto acariciava uma mulher seminua disposta sobre o arenito.

Elói terminou a cevata com pressa e se levantou, seguindo em direção à saída da estalagem com os braços cruzados na frente do corpo, as mãos ocultas pelas mangas longas que se juntavam.

— Não se zangue com o Cevateiro. Ele é um velho anão responsável por metade dos monumentos e edifícios levantados em Necrópolis e se especializou na arte da cevata apenas nos últimos cinquenta anos, quando descobriu uma nova fonte de renda em um tipo de tarefa bem menos árdua. O Mestre Lehrer sempre foi bem-humorado assim. Ele não perdoa nem os próprios filhos.

— Eu não sou filho dele. E estou sóbrio — disse com má vontade.

— Venha comigo.

Simas foi encontrar Elói na neve, à beira da Estrada Negra. Ele sabia, Os Três Martelos era uma estalagem que ficava no meio do nada, entre Decarabia e Pasargadus, o Reino do Dragão, em Ermo. Árvores mortas e retorcidas contornavam a beira da rota e uma fileira de vultos distantes se revelou montanhas cobertas de névoa. Corvos e chakalos fuçavam algumas carroças quebradas e abandonadas nos entornos em busca de comida ou defuntos. Não havia qualquer outro sinal de sobrevida naquele lugar, apenas um pequeno bosque a leste, coberto com o manto branco da tempestade de neve.

— Estamos na Estação Álgida? — perguntou o ladrão. — Por quanto tempo eu fiquei bêbado, afinal?

— É uma boa pergunta. Mas a Estação Febril logo chegará. E você precisa sobreviver a ela.

— Eu posso correr. Sempre.

— Sim. Mas, para isso, precisa abandonar o seu odre.

— Eu o abandonaria se ele estivesse comigo. O que você fez com ele? É uma herança de família!

— O abandonaria mesmo, Simas? — Elói o encarou por meio segundo e voltou a fitar o horizonte branco.

— Por que vocês me deram regata para vestir? — ele desconversou. — Eu tô congelando!

— O frio ajuda na recuperação e suplanta a ressaca.

— Acabei de sair de um banho quente. A febre mata o álcool?

— Se eu lhe dissesse, você não acreditaria. De qualquer maneira, está proibido de beber. Vou me certificar disso. — Elói girou no próprio eixo e seguiu novamente para a estalagem. — Olhe! — Apontou na direção do bosque. Um vulto vinha em sua direção. — Até mesmo um homem à beira da morte, que perdeu tudo, é capaz de resistir ao frio sem reclamar e buscar trabalho em vez de cevata.

O monge sumiu para dentro do recinto e o vulto se transformou em um rapaz, que carregava toras de pinheiropreto nos braços sem muito esforço. Bufando com força, ele deixou o peso no chão e cumprimentou o ladrão. Simas viu a si mesmo naquele momento, mas dez anos mais jovem. Tinha a barba castanha como a dele, e até mesmo os olhos e os cabelos eram semelhantes.

— Você me parece bem melhor!
— Ed, né? — Ele reconheceu pela voz.
— Eu mesmo! Simas, certo?
— Isso...

Ed vestia grossas camadas de lã, um cachecol de pelo de beoso enrolado no pescoço curto e um gorro felpudo com cobertura para as orelhas. Apenas o rosto estava desprotegido. Aquele certamente não era um homem feito para a Estação Álgida.

— Obrigado por ter cuidado de mim, cara.
— Disponha! — Ed era uma pessoa sorridente. — Eu fui acolhido pelo Cevateiro há um ano, quando não tinha mais a quem recorrer. Compreendo o valor de uma ajuda. Todos nós precisamos dela. — Repentinamente ele ficou sério e encarou o ladrão. — Mas alguns precisam ainda mais dela do que outros.
— Ah... — Simas se viu sem palavras. — A-acho que sim...
— Cevata é uma coisa boa. Muitos de nós adoramos. E a cevata d'Os Três Martelos é a melhor de todas, com certeza! — O rapaz apontou a mão enluvada para o topo da estalagem de madeira caiada com telhado de ardósia, onde despontava uma chaminé fumegante. Uma placa larga e grossa de pedra escura estava sobre a cobertura acima da porta, com a pintura de dois martelos cruzados e um reto ao centro, confirmando o título do recinto.

— Eu ainda não tive a oportunidade de provar dela. Não quer pegar uma pra mim lá? — ele tentou, com os olhos semicerrados ora pela neve, ora pela fuligem.
— É um favor que estou tentado a fazer. Recomendo a todos que passam por aqui que provem, pelo menos uma vez, da cevata do ano. A maioria não fica só na primeira dose. — Ed sorriu. — Mas você já provou mais cevata nesse mundo do que um minotauro é capaz de consumir, não é? — brincou, massageando a pança do ladrão.

Simas não gostou do excesso de intimidade, mas nada disse. Já estava começando a gostar da presença do rapaz. Era uma pessoa carismática, feliz e de boa vontade. Não era como Marino Will, seu amigo morto por duendes com veneno de escorpionte, mas algo nele também fazia lembrar o ladino de cabelos longos e mente afiada. Talvez fosse pelo sentimento de confiança e companhia que ambos transmitiam de maneira mais concreta. Talvez, mas não soube especificar.

— Tá, tá, sem cevata então — bufou. — Mas e um casaco de peles, será que mereço? Não vai demorar pra eu virar um boneco de neve por aqui...

— Ah, sim! Vou providenciar um pra você agora mesmo! — Ed correu para dentro da estalagem com uma disposição sincera.

Simas finalmente ficou sóbrio.

E estava, acima de tudo, feliz.

20
MENSAGENS

Quando ela acordou, esperava não o encontrar mais. Mas ali estava ele.

O homem era uma visão quase hipnotizante. Os ombros largos estavam relaxados sobre o colchão de plumas, os braços fortes estirados para cima da cabeça, atrás do travesseiro. Seu corpo esbelto era definido do peito às coxas, mas não em tumultos de músculos como alguns de seus colegas mercenários. Tudo nele parecia harmonioso, no lugar certo, quase simétrico. Quase perfeito.

Hobart Flyrt, o Galante, dormia o sonho dos bons; suas expressões não escondiam isso. Parecia em paz e mais feliz do que nunca. Se bem que, mesmo com o machado sobre a nuca um dia antes, ele ainda exibia aquele sorriso satisfeito de canto sob a barba farta loura e bem cuidada. Era como uma característica inerente do sujeito. Não uma, mas várias: o sorriso, a alegria, o magnetismo.

Ele conseguia ser mais branquelo do que ela, mas quase rosado, como se seu sangue fervilhante transbordasse pelos poros, contornando o corpo encantador que deixava as bochechas dela ruborizadas, quase atingindo o tom da pele dele. Seus cabelos eram quase dourados e se espalhavam em várias direções pelo travesseiro; o rosto quadrado, bem desenhado, estava voltado um pouco para o lado. A boca vagamente aberta, sibilando baixinho. Jamais roncava, outro atributo positivo.

Ela já havia se deitado com dezenas de homens e mulheres de belezas muito distintas, alguns mais simpáticos do que outros, é bem verdade, mas nenhum que tivesse mexido de fato com ela. Apesar de boas companhias, eram somente isso: instrumentos de prazer. Karolina Kirsanoff nunca se interessou por relacionamentos amorosos, fosse pela falta de tempo por conta da profissão, fosse pela própria profissão que não dava brechas para romances, fosse porque ela nunca tivesse se apaixonado por alguém verdadeiramente. Portanto, seguia sua solteirice muito bem resolvida sobrevida afora.

Levantou-se a caminho do banheiro, planejando outro banho antes de iniciar a manhã, mas, ao voltar-se para o homem, sentiu um desejo forte, que começou a puxá-la outra vez para o colchão. Esse magnetismo que ele exercia sobre ela lhe era inédito. Era mais do que atração física, do que sexo voraz e prazeroso — que a levou a revirar os olhos e a berrar mais de uma dúzia de vezes na noite anterior, Nyx por testemunha. Era algo mais, algo novo para ela, algo que ela não sabia ainda nominar.

Deteve-se a caminho da cama, mas continuou a contemplá-lo dali, com Solux acendendo na manhã e lambendo seu corpo viril e atraente com feixes de calor. A Estação Álgida estava mesmo chegando ao fim. *E eu preciso deter o Valente Vermelho antes da última neve cair,* Karolina se lembrou.

Sem a aia naquele momento, ela mesma se pôs a encher a banheira, até que um pássaro preto chegou voando pela janela do banheiro e pousou, a encarando. Um corvo. Um *ekos*. Ela recebeu a mensagem com certa aflição e ansiedade. Não esperou a banheira ficar cheia por completo e logo dispensou a ave com sua resposta, então afundou a cabeça na água para espantar qualquer preocupação. Ser mercenário envolvia resolver problemas demais. Problemas dos outros. E eles não paravam de chegar.

Karolina Kirsanoff era meio-ninfa e não tinha nada de sereia, portanto, passado mais do que um minuto submersa, ela colocou a cabeça para fora para tomar novo fôlego. Nisso, o viu ali, parado e sorridente, a contemplando com alegria. Por vezes, parecia quase como se ele brilhasse e não era pela luz de Solux.

— Se cobre aí, você tá me distraindo!

Hobart riu alto e se envolveu em um roupão pendurado à porta, depois sentou-se na beirada da banheira. Acariciou o rosto dela e se aproximou. Ela recuou, mas depois desistiu e deixou que ele a envolvesse em um beijo cálido, que a revirava por dentro de um jeito novo. De um jeito bom. *Droga.*

— Eu realmente preciso tomar um banho. E realmente preciso voltar ao trabalho. Então não entre aqui — disse Karolina, o empurrando para o lado. Afastava-o, mas queria puxá-lo de novo. Continha-se o máximo que podia, mas o desejo que vinha ora do peito, ora de entre as pernas era muito forte e quase a vencia. Ela resistia. Sofrendo, mas resistia.

— Bom Solux pra você, linda. — O Galante se levantou e encarou o dia lá fora, o que parecia deixá-lo feliz. Mas o que não o deixava? — Preciso partir.

— Precisa mesmo.

— Mas eu posso voltar se você quiser, sempre que puder.

— Eu não mando em você. É um homem livre.

— Sou um fugitivo, Karol. — Sorriu, para variar.

Karol.

— Por isso não devia ficar de bobeira saltando de quarto em quarto, de hora em hora, de moça em moça, aqui por Breufreixo. Uma hora pegam você. E vão te matar.

— Acho que minhas aventuras românticas morreram ontem naquele estrado. Sou um novo homem agora. — Gargalhou. Pareceu brilhar, mas devia ser algum tipo de vertigem. — Depois de conhecer uma nobre dama, considerei uma sobrevida mais monogâmica, sabe?

— Não sei a qual nobre dama se refere, mas a mercenária aqui não pode se envolver. E não vai.

— Que pena. — Ele fez um bico caricato, depois voltou a mostrar os belos dentes naquele sorriso resplandecente. — Se mudar de ideia, me avise.

— Eu não.

E afundou novamente o rosto na água. Não ficou nem dez segundos e logo emergiu. Ele não estava mais lá. No lugar do homem, havia partículas no ar. Cintilavam sob o feixe de Solux, mas não pertenciam a Solux. *O que diabos é você, homem?*

Depois de um banho demorado, ela encontrou Joshua e Noah já arrumados em seus trajes de mercenários à porta da mansão de Gerald Bauer. Pareciam ansiosos.

— Falem — ordenou Karolina, com as mãos na cintura, Eos presa às costas. Ela toda trajada de escarlate, um pouco de preto aqui e ali.

— Fegredo Zart enviou um comunicado — respondeu Joshua. — Alguns de seus batedores reconheceram os Corações Insólitos batendo em retirada. Eles estão atravessando Necrópolis em direção ao centro.

— Como conseguiram passar pelo Arvoredo Lycan?

— Não conseguiram. — Era Noah. — Cortaram pelo mar, entre as ilhas de Feral e em algumas viragens devem chegar ao seu destino. O alvo principal do ataque.

— Ah, não me digam. — E, dada a ordem, seus dois assistentes *literalmente* não lhe disseram mesmo. Ela revirou os olhos. — Foi brincadeira, rapazes. Eu imagino o que possa ser, mas não gostaria que fosse... Porém, por favor, me digam sim.

Joshua e Noah se entreolharam, como se, através de seus óculos escuros, decidissem em silêncio quem lhe daria a resposta. Depois de um breve momento, Noah tomou a frente:

— A Base dos Mercenários.

Porcaria.

— Duncan? Emmeric? — ela perguntou enquanto tomava fôlego.

— Partiram em seus gorgoilez assim que Solux abriu os olhos. Zart também. E já enviaram um ekos para a base. Os outros precisam se preparar por lá.

— Precisam mesmo. Afinal, o ataque virá pelo mar, pelo nosso lado menos guarnecido.

Karolina maquinou um plano. Não encontrou boas soluções, mas algumas coincidências poderiam contribuir naquele momento.

— Pois bem, precisaremos fazer uma parada antes, depois uma viagem rápida e então tentar voltar a tempo para ajudar nossos coleguinhas. — Suspirou longamente. Mal havia amanhecido e ela já se sentia exausta. — Dada a tortura que é atravessar a costa de Necrópolis pelo Oceano Tártaro, acredito e torço para que esses malucos mestiços ainda demorem até chegarem lá. De qualquer maneira, o lugar para onde vamos agora fica bem próximo da Base dos Mercenários. Isso deve economizar o nosso tempo.

— Sim, senhorita! — responderam seus assistentes em uníssono, de maneira altiva e obediente, como somente aquela dupla conseguia ser.

— Mas... que lugar seria esse? — Dessa vez foi apenas um deles a perguntar: Joshua, no caso.

— Vamos voar, rapazes! Eu conto tudo pra vocês no caminho.

21
AMANTES ETERNOS

O mundo era líquido.

Ele flutuava no vazio em um instante, em outro estava diante da videira-lilás.

Não havia nada ao redor, apenas o vazio ora branco, ora lilás, ora dourado.

— Estou enxergando — Verne concluiu.

— Com o olho esquerdo, sim — confirmou uma voz que parecia vir de qualquer lugar.

— Meu athame se desfez, meu vulpo virou arbusto e eu fiquei cego. Foi tudo uma ilusão?

— Depende do que você entende por ilusão. — A voz era fria e familiar. — Moldar a realidade através da *magia da vontade* é uma forma de iludir. Mas a ilusão não se dá diante da percepção ou da compreensão. É a ilusão da matéria, que é a mesma coisa que a transformação. O que é real?

— Essas uvas — Verne respondeu, estendendo a mão para um cacho. A videira logo assumiu a forma de uma mulher alta e deslumbrante. A feiticeira Ceres, é claro.

— Mesmo?

— Vossa Majestade. — Ele estava sentado no vácuo, mas,

logo que compreendeu estar em um ambiente físico, curvou-se diante da rainha, sem encará-la. — O que houve comigo?

— Um teatro. Uma encenação. Um ataque de fúria. Ou como queira.

— Não... compreendo.

— Não me importa — Ceres disse com uma ira nascente. — Você fez o que não devia diante dos meus súditos e eu precisei reagir. — O rapaz sentia o peso do olhar dela sobre ele. — Jamais volte a manifestar seus poderes diante da corte, entendeu?

— Sim, Vossa Majestade.

— Jamais volte a especular sobre o que sua rainha seria ou não capaz de fazer, entendeu?

— Sim, Vossa Majestade — respondeu Verne, mesmo não a considerando "sua rainha" e mesmo sabendo que estava certo quanto à sua especulação. Ela estava disposta a ajudá-lo.

— Levante-se.

Ele se colocou de pé e viu duas fileiras simétricas de arbustos com gavinhas repletas de cachos dourados e brancos, como eram comuns em Necrópolis. A videira-lilás, maior e mais robusta, estava no centro entre as duas fileiras e parecia iluminada de dentro para fora, como se uma fogueira arroxeada cintilasse do núcleo do arbusto.

— O que eu fiz para merecer a uva-lilás, Vossa Majestade?

— Nada. Isso é uma barganha. Você afirmou ser capaz de algo e eu espero que seja, realmente, para o seu próprio bem. Afinal, nenhum homem ou criatura, deste ou de outro mundo, jamais pisou no Pátio Celestial, onde mantenho minha plantação particular de memórias preservadas. Estas, que não consigo esquecer.

— É uma honra, Vossa Mejaestade. — Verne ainda não tinha visto Magma, mas encontrou o athame na cintura, o retirou e começou a desenhar no vácuo uma porta alta o suficiente para ser atravessado por até duas pessoas lado a lado. — Nenhum homem jamais pisou neste lugar. Hoje, não só um pisou, como outro pisará.

A fenda vermelha cortou o espaço quando ele terminou e do outro lado havia um saguão escuro repleto de pilastras grossas contornando o corredor central, iluminado apenas por tochas verdes dispostas no entorno. Uma outra luz verde, muito maior, surgiu num rompante e bruxuleou diante da abertura, assumindo a forma de um homem altíssimo, de ombros largos cobertos por metal fosco, onde pendia uma capa preta das costas. O rosto era alongado e a pele alva, com orelhas pontudas despontando por trás de cabelos escuros, longos e oleosos. Ele deu um sorriso vermelho com dois caninos saindo sob o lábio superior.

— Minha rainha — sussurrou o Conde Dantalion.

— Meu senhor. — Alegrou-se a feiticeira Ceres.

— O Conde Vampiro é o meu presente para Vossa Majestade — disse Verne, ignorado por ambos. — E também a maneira que encontrei de fazer a barganha.

— Sim, vá, vá. Pegue a sua uva — ordenou a rainha com um aceno esnobe.

O rapaz deixou-se respirar aliviado por um instante e então caminhou na direção da videira-lilás. Conforme se aproximava, ela parecia aumentar mais e mais, até que ficou do tamanho de um castelo, imponente e pulsante, com ondas de choque lilases percorrendo os cachos, que não mudaram de forma, apenas proliferaram pelo arbusto. Verne não precisou se preocupar por muito mais tempo, pois um dos cachos caiu do alto até suas mãos.

— Este é Morfeu e agora é teu — confirmou o Conde Dantalion em sua mente.

Ele notou que uma única uva-lilás cintilava mais do que as outras no cacho, a retirou e a colocou com extremo cuidado no bolso interno da bata de linho azul. *Morfeu no bolso,* pensou com algum humor. Experimentou duas ou três das demais uvas do cacho e elas tinham o mesmo sabor das uvas da Terra. Tudo não passava de excentricidade, afinal.

— Você me ajudou muito no passado, quando fui convidado em seu castelo. Considere isso um pagamento de dívida, conde — mentalizou o Caolho para Dantalion.

— Considerarei uma dádiva, Verne.

Quando o rapaz regressou e passou ao lado do Conde Vampiro e da feiticeira Ceres, os viu de mãos dadas, se olhando com a felicidade que qualquer casal recém-apaixonado demonstraria. A rainha estava nitidamente entorpecida, com o amor que ela nutria pelo conde sendo corroborado através da magia, com alterações entre dourado e branco nas cores do Pátio Celestial, até mesmo com fogos de artifício explodindo no céu de vácuo em mil tons diferentes, destes e de outros mundos. Dantalion, contudo, era mais discreto: o sorriso impresso em seus lábios era mais do que o vampiro alguma vez já demonstrara, pelo menos para Verne. Aquele certamente, e acima de tudo, era um sinal sincero do sentimento forte que ambos nutriam um pelo outro. Um casal imortal, alimentando um amor que jamais seria capaz de morrer.

— Finalmente e novamente nos encontramos, meu amor. — A rainha cortou o diálogo dos dois sem notar. Seus olhos cintilavam ao encarar o outro.

— Tu me isolaste por tempo demais, amada.

— O fiz para protegê-lo. Sua raça foi extinta, logo você seria o próximo.

O aprisionei para preservá-lo e perdi metade dos meus poderes no processo. Mas o fiz por amor.

Eles pareciam ignorar Verne ou não se importar de serem ouvidos por ele.

— Não duvido. Contudo, passei tantas eras aprisionado em meu próprio alcácer que quase me esqueci de como era amá-la. Meu coração congelava de dentro para fora.

— O tempo não é nada para os imortais. Agora você está aqui e seu amor por mim parece não ter diminuído um minuto sequer.

— Amá-la-ei enquanto continuar respirando. Amá-la-ei para sempre. E não permitirei que me aprisiones outra vez.

— Jamais. Eu o quero ao meu lado, para governar este reino, para me amar quando amanhecer...

— Eu pertenço a Iblis. Tu, a Regnon Ravita. Somos de castelos vizinhos e podemos manter nossos reinos unidos, assim como o nosso amor. Não prometo as manhãs, mas te darei todas as noites, minha rainha.

— Eu te amo, Dantalion — disse a feiticeira Ceres.

— Amo-te, Ceres — disse o Conde Dantalion.

E então se beijaram.

Verne ficou ali, parado a poucos metros do casal, meio constrangido, meio feliz, sem saber o que fazer naquele instante, por isso não fez nada. Enquanto durou aquele beijo, eterno como a sobrevida dos dois, ele refletiu sobre outros pedidos que poderia ter feito para a rainha. O rapaz teria desejado seu olho azul direito de volta, ou então pediria pela cabeça de Astaroth num prato. Poderia ter pedido para que voltasse para a Terra, sem memórias de tudo o que viveu em Necrópolis. Ou Victor. Principalmente Victor. Que ela lhe mostrasse o destino do irmão, ou melhor, que o trouxesse de volta. Mas ele sabia que Ceres não seria capaz para tanto. Ou seria?

— Faça bom uso dessa rara uva-lilás — ela disse de súbito.

— Obrigado, Vossa Majestade — ele respondeu sem hesitar. — Farei.

— Eu não tenho mais responsabilidades para com este oneiro. — A rainha ainda estava de mãos dadas com o conde e olhava para Verne de maneira séria e penetrante. — Agora, você terá de tratar com outro tipo de gente para conseguir o que quer.

— Sim, o necromante — Verne disse com um gelo no estômago.

— E suas cocatrizes — ela completou com desdém.

— Parta, Verne. — Era o Conde Dantalion, sereno como sempre. — A magia do Palácio Shariot o manteve saudável durante o tempo que passaste aqui, mas é chegada a hora de seguires a jornada até teu destino inevitável. Ver-nos-emos novamente, estou certo disto.

— Você teve uma bela ideia e derrubou o muro que separava meu amor do dele, rapaz — concluiu a rainha. — Mesmo que em troca de algo especial para mim, nada é, foi ou será mais especial do que Dantalion. Sou grata a você por isso. — Ela lhe deu seu sorriso frio. — Adeus.

Verne fez um aceno respeitoso com a cabeça e se despediu, esperando voltar à sala do trono do Palácio Shariot, mas não foi isso o que aconteceu. A branquidão do Pátio Celestial desmoronou em seguida, ruindo no alto, ao redor e sob seus pés. O Conde Dantalion e a feiticeira Ceres se desfizeram diante dos seus olhos. Ele não teve tempo de entrar em pânico, pois, assim que o jardim de videiras-lilás desabou, ele notou as silhuetas de madeiras velhas e podres e malcheirosas de um terreno arruinado e abandonado repleto de casebres e choupanas vulgares. O rapaz se lembrou, já tinha visto aquele lugar antes, através das páginas encantadas do *Compêndio das* Questões Ocultas. Ele estava a milhas de distância de Regnon Ravita. A rainha lhe fora realmente grata ao transportá-lo para o Abrigo, a morada dos magos.

Sentiu uma lambida na mão esquerda. A alegria e o alívio o tomaram por um momento. Magma pelo menos estava junto dele outra vez. O vulpo ganiu.

22
CARCOMA

— Strigoi já foi um jovem bom. Ele costumava visitar Os Três Martelos quando esta estalagem só tinha duas pilastras, três mesas e eu não possuía mais do que algumas penugens abaixo do queixo. — Mestre Lehrer gargalhou e perdigotos de cevata tentadora voaram sobre o rosto de Simas. — Agora, aquele velho serve como sacerdote de Lilith, regendo Elohim, a Cidade Caída. *O Escuro,* o chamam. Veja se pode! Onde é que as pessoas vão parar nessa sobrevida, não?

— Você não foi parar em lugar nenhum.

O anão gargalhou novamente. Parecia fazer isso com muita facilidade.

— Verdade. Tô quase um século por aqui, se não me falha a memória.

Simas já estava cansado de ouvir as infinitas histórias do Cevateiro, mas ele não tinha muitas opções enquanto passava os dias na estalagem e era melhor escutar as aventuras de um anão do que passar o tempo sozinho naquele quarto escuro. Elói parecia mais recluso do que o normal, mas em outros momentos parecia simplesmente não estar n'Os Três Martelos. E Ed, sua melhor companhia, passava a maior parte do tempo indo e vindo do bosque, carregando toras, ou então arrumando alguma cadeira quebrada, ou rebocando, ou pintando. Sempre tinha algo para fazer e, quando não tinha, arranjava.

O ladrão gostava de fantasiar que, depois daquela estadia, ele e Ed poderiam sair em jornada e viver suas próprias aventuras, furtando grandes cidades, pequenas vilas, desbravando grutas e descobrindo novos túneis, encontrando tesouros. Ninguém jamais substituiria Marino, é claro, mas o outro poderia se provar um ladino valioso e uma companhia agradável. Simas concluiu que Ed em nada lembrava o amigo morto, mas sim a si próprio, uma versão muito fiel dele, só que bem mais jovem. Ele parecia olhar no espelho para o passado quando via ou conversava com o rapaz. Ed era um pouco mais simpático, isso era verdade. Também mais forte, solícito e nem um pouco dependente de cevata. E, se assim desejasse, Simas gostaria de convidá-lo para sair daquela vida de favores para uma de aventuras emocionantes. Esses pensamentos faziam o ladrão encontrar um mínimo de diversão naqueles dias que se passaram dentro a estalagem no meio da neve.

Simas foi se deparar com Ed na entrada do bosque na noite seguinte. Estava com o pescoço rasgado de orelha a orelha, o sangue manchando a neve abaixo e um vapor frio saindo do corte. Os olhos fitavam o vazio, mas parecia haver paz neles. Um sorriso desenhava os lábios. O corpo e os membros estavam estirados desajeitadamente. Algo ali sugeria assassinato, mas com qual propósito? Ele ficou catatônico diante do rapaz, sem saber se lamentava ou se se enfurecia. Uma situação repentina demais e sem sentido aparente. Passados alguns minutos, ele reagiu e recolheu o corpo do chão. A cabeça de Ed pendeu ainda mais para trás, o rasgo aumentou e mais sangue jorrou do corte, manchando os braços de Simas. Ele notou marcas saindo do peito até o pescoço do rapaz. Eram escuras e feiosas, exalando um fedor atordoante.

Elói o surpreendeu da porta da estalagem, como se esperasse por aquela cena. Estava sério, os braços cruzados ocultando as mãos sob a manga longa.

— Eu sinto muito — sussurrou o monge.

— O que houve? — Simas se atrapalhou nas palavras, deixou o corpo na beirada da porta e rearranjou as palavras. — E-eu o encontrei na e-entrada do bosque...

— Sim. Fique calmo e venha comigo.

Simas não teve tempo de raciocinar e seguiu Elói para dentro, subindo as escadas até os dormitórios. Ele queria poder enterrar o rapaz, impedir que seu corpo fosse engolido pela neve, mas ainda estava processando as informações, até perceber que não havia nada para processar. O que estava acontecendo, afinal? Elói acendeu três velas no quarto onde o ladrão havia se alojado e fechou a porta quando ele entrou.

— É tarde, os outros estão dormindo e o Cevateiro odeia ser despertado do seu sono longo, ou perder a clientela por causa de barulho. Então, vamos falar baixo.

— T-tá certo... — Simas sentou-se na cama, limpou o suor da testa. Suava mesmo no frio. — O que houve com o Ed? Será que o povo de Laverna me encontrou? Ele era muito parecido comigo. Talvez tenham confundido ele comigo. Minha nossa!

— Calma, Simas. — Elói o encarava com seriedade. Havia algo de perturbador em seu olhar. O monge foi até a cômoda e retirou um pires com vela do lugar. A luz dançou pelas paredes e bateu num canto, onde estava uma figura familiar.

Ele poderia ter usado sua supervelocidade para escapar dali ou usá-la para atacar a moça. Em vez disso, ficou paralisado — de medo, surpresa e de uma sensação terrível que não soube definir. Engoliu em seco, desejou seu odre naquele momento. Queria beber, queria correr, mas não queria estar ali.

— Oi, *ligeirinho* — disse Karolina Kirsanoff, com um sorriso nos lábios vermelhos, como tudo que havia nela, da cabeça aos pés. Ela estava encostada desleixadamente na parede, os braços cruzados na frente dos seios fartos, uma perna dobrada e a outra a sustentando em pé.

— C-caçadora... — Sua boca estava seca. Uma gota de suor parou acima de uma sobrancelha.

Elói sentou-se ao seu lado na cama, e ela se aproximou com cautela, como se não pretendesse lhe fazer nenhum mal.

— Vim em paz. — A luz da vela fazia os olhos da mercenária brilharem como duas esmeraldas no fundo de uma caverna.

— Eu a chamei — o monge revelou. — Enviei um ekos no primeiro dia que chegamos n'Os Três Martelos e pedi pela ajuda dela.

— O Elói teve sorte comigo. Não fiz uma longa viagem. Eu tava resolvendo algumas pendengas pessoais, justamente aqui em Ermo. — Ela suspirou, parecia exausta como ele jamais havia presenciado. — Ainda estou resolvendo, na verdade. Eu, meus homens e alguns outros mercenários, que deixei a alguns quilômetros daqui. Você não corre perigo, ligeirinho.

Simas Tales bateu com as mãos no próprio rosto, querendo acordar daquele pesadelo. A sensação ruim ainda não havia passado. No fundo, ele achava já saber o que tinha acontecido. "Até mesmo um homem à beira da morte, que perdeu tudo, é capaz de resistir ao frio sem reclamar e buscar trabalho em vez de cevata", lembrou-se das palavras de Elói.

— Vocês o mataram, né? Mataram o Ed — ele concluiu sombriamente.

— Sim — revelou Karolina, com as mãos na cintura, sem sua Eos, desprotegida, como se esperasse por uma reação dele. — Mas Elói não tomou parte disso. Eu sujei as mãos, como sempre. — Não havia alegria no olhar dela, nem no que ela dizia. Também não havia pesar. A mercenária estava fria como a neve lá fora.

— Eu sou rápido. Posso te estrangular antes de terminar essa frase...

— Você é. Mas não vai. Você quer entender o porquê.

Ele não a estrangulou, mas no milésimo de segundo seguinte estava diante dela, tanto quanto dois amantes poderiam ficar, rosto a rosto. Só que ele não pretendia beijá-la.

— Ed encomendou a própria morte, Simas — disse Elói, lutuoso, mostrando uma carta amarrotada sob a luz da vela. Nela, tinha qualquer coisa escrita sobre uma doença que o consumia e que a morte rápida era tudo o que ele mais desejava nessa sobrevida que não teria continuidade, ou algo assim. — Agora, fique calmo e sente-se.

— Não me toca! — O ladrão se desvencilhou do monge com um movimento brusco. Elói estava cabisbaixo e de repente começou a entoar uma oração tão baixo que era como se estivesse resmungando.

Ele voltou a mirar seu alvo.

A respiração gelada de Karolina o fazia semicerrar os olhos de tempos em tempos. Ela provavelmente estava provando seu bafo quente com cheiro de leite. Ele não pretendia sair daquela posição tão cedo.

— Sou uma mercenária. Ed encomendou e pagou pelo serviço. Eu o fiz. Não tirei nenhuma alegria disso. Foi apenas trabalho.

— Trabalho? — Simas quase gritou. Lembrou-se do silêncio que deveria manter e passou a cochichar: — Tudo pra você se resume a um simples trabalho, não é? Sem coração, sem julgamento, apenas a espada tirando sobrevidas como se isso fosse algo simples!

— Matar é simples — respondeu ela sem hesitar. — Viver com isso, não. Há muitos fantasmas na minha sombra.

O punho direito de Simas sangrava. Fechado como estava, as unhas cortavam a carne e a pressão deixava a pele vermelha e os dedos inchados. Ele sentia muita raiva naquele momento, mas no instante seguinte percebeu-se mais calmo, quase sonolento, meio desejoso em beijá-la ali, fora de contexto e de qualquer lógica. A mercenária tinha poderes de ninfa, exalava feromônios para manipular alguma situação a seu favor, ele sabia disso. Não tinha como controlar, então decidiu se deixar levar para se acalmar.

— Eu não o conhecia. Ele fez a encomenda assim que cheguei — ela continuou revelando. Suas sardas eram do tamanho de pintas daquela proximidade. O monge seguia absorto em sua oração. — Já que eu estava aqui a pedido de Elói, Ed quis aproveitar a oportunidade... por isso escreveu essa carta, pra provar pra você que foi uma encomenda dele. Todo o resto se encaixou depois.

— O quê? — Estava mais calmo, porém irredutível.

— Amanhã levarei o corpo de Ed até Alexey Krisaor, na Base dos

Mercenários. O sacerdote que representa Laverna estará por lá também, e darão você como morto. Sua cabeça não estará mais a prêmio. Você estará a salvo pra sempre e eu receberei uma grande quantia de ouroouro real pelo serviço. Pretendo dividir com vocês, apesar do monge aí insistir em abrir mão.

As peças pareciam se encaixar melhor agora, montando o mosaico de horrores em que ele havia se inserido. Ed era muito semelhante fisicamente a Simas, ainda que bem mais jovem, mas militares e sacerdotes que não o conheciam tão bem poderiam tomar o rapaz por ele sem pestanejar. A neve daria conta do restante, com o corpo jogado lá fora, desfigurando o que restou do rosto do defunto. A maneira como Karolina o matou, cortando o pescoço, seria convincente o suficiente, dado o histórico de confrontos que ambos haviam tido enquanto ele esteve com a cabeça a prêmio. Pareceria um assassinato real, de uma caçada verdadeira. Mas por que ele? Marino, então Ed. Quantos amigos mais Simas precisaria perder para salvar a própria pele?

— Ed... estava doente?

— Você não viu quando o carregou?

— Carcoma — disse Elói repentinamente, saindo do transe. Colocou-se em pé. — Ed estava infectado com a doença das chagas: carcoma.

— Eu só tinha ouvido falar... N-nunca tinha visto ninguém com essa doença... — Seu coração ficou apertado, como se o punho de algum ogro o esmagasse por dentro. Ele precisava urgentemente de uma cevata. — A-aquelas marcas no pescoço, peito...

— Isso mesmo — o monge continuou. — Carcoma é uma doença genética, não viral, então você não foi infectado por tocá-lo. Ela acomete apenas alguns necropolitanos; os índices até hoje são baixos, por sorte. Começa aparecendo uma mancha em alguma parte do corpo, parecida com o desenho de uma estrela de cinco pontas e vai se espalhando pelo corpo. Levam-se anos até que ela estrague todos os membros e órgãos internos, então chega até o coração e ao cérebro, derretendo tudo por dentro, e acaba.

Simas sentiu o estômago revirar. Novas gotas de suor brotaram de sua testa. A pele dos braços e das costas arrepiou. O odre não estava na sua cintura. Elói ainda falava:

— Ed tinha a doença das chagas há uma década e acabou se afastando de todos que conhecia. Ele já estava condenado e resolveu passar seus últimos dias aqui na estalagem. Quando descobriu que uma mercenária viria me ajudar, ele fez a encomenda. Eu tentei desencorajá-lo. Existem algumas poções que os curandeiros vendem que ajudam a retardar a carcoma, mas ele já estava decidido. E depois que ele soube que essa morte também traria benefícios para você, Ed não voltou mais atrás. Não teve muito o que pudemos fazer, apenas atender o último pedido dele. Eu sinto muito.

    O monge colocou uma mão sobre o ombro do ladrão e o deixou chorar em silêncio, e por um bom tempo ficaram daquela maneira. A vela morria no pires, a escuridão devorava o quarto pouco a pouco.

    — O Planador Escarlate tá escondido no meio do bosque e Joshua e Noah estão lá, guardando minha espada — Karolina quebrou o silêncio em algum momento. — Vamos partir pra Base dos Mercenários assim que amanhecer, mas prefiro dormir no meu gorgoilez. Sugiro que vocês não percam tempo, já que vão partir pela manhã também.

    — Vamos? — Simas teve força para perguntar.

    — Sim — Elói respondeu. — Verne ficou tempo demais sozinho e ele corre muitos riscos neste momento. Também está doente e não sei se o vulpo conseguirá protegê-lo de todos os perigos que o cercam. Amanhã pela manhã vamos viajar por Treval e encontrá-lo, seja onde ele estiver.

    Ele concordou com a cabeça, agora dolorida.

    — Não conheci o Zero muito bem, mas Duncan sempre falou mal dele. O cara tem uma péssima reputação entre os mercenários, mas também não foi o primeiro. Emmeric adorava o sujeito, foram parceiros em algumas missões. E olha, se o desgraçado do Emmeric era amigo desse aí, então o Verne realmente vai precisar de vocês.

    — Simas já está desintoxicado e eu estou pronto para partir — disse Elói. — Por favor, mercenária, me envie um ekos assim que tudo estiver resolvido entre você e Krisaor.

    — Relaxa, monge. O ligeirinho tá a salvo. Logo eu encontro com vocês. — Karolina girou num pé e seu longo rabo de cavalo ruivo bateu sobre o nariz de Simas, o despertando para a realidade. Ela usava um colete escuro forrado de lã, com mangas compridas. A calça vermelha continuava apertada nas coxas, com botas grossas esquentando os pés. Mas as mãos estavam nuas. Nenhum guerreiro usava luvas quando precisava pegar numa espada para matar. Era questão de precisão.

    Assim que a mercenária bateu a porta do quarto, Simas correu para aquele mesmo balde que o socorreu antes e vomitou toda sua angústia nele.

23

O MENINO QUE QUERIA SER DEUS

O cheiro repugnante de urina, merda e carne podre despertaram Verne do sono.

Ele andava um pouco menos sonolento depois de sua passagem por Regnon Ravita, mas já percebia os efeitos do sono voltando e temia uma piora, ainda mais naquele local. Casebres antigos e apinhados de madeira velha, palha e outros improvisos compunham grande parte do cenário local, de árvores mortas e retorcidas, com dezenas de idosos se amontoando pelas beiradas, assistindo com indiferença a passagem do forasteiro. *Magos,* se lembrou Verne.

Podiam lhes faltar a perna, o olho ou o braço, podiam estar encolhidos pelo tempo, mancando e praguejando pela idade avançada, mas eram magos e eram perigosos. O Abrigo era um recorte de terreno que os bruxos ancestrais de Necrópolis escolheram para descansar e viver seus últimos dias de sobrevida. O Abrigo estava bem escondido, é verdade. No sopé das montanhas ao sul da Cordilheira de Deimos, a morada dos magos se distanciava das Terras Mórbidas e se aproximava de Érebus, o que em qualquer circunstância representava perigo para Verne.

Ele sabia que o Conde Dantalion havia o teletransportado até aquele lugar para que encontrasse o necromante em posse da segunda iguaria, o ovo de cocatriz, onde o oneiro Ícelo estava aprisionado. O rapaz havia tentado dialogar com alguns senhores aparentemente mais inofensivos em busca do paradeiro do necromante, sem sucesso. Ou eles lhe davam as costas, ou pareciam não o ouvir. Numa das tentativas, um deles fez faiscarem os olhos na tentativa de intimidá-lo. Verne resolveu não retribuir, nem sequer mostrar sua arma ou seu ectoplasma. Tudo o que não queria naquele momento era problema.

Ele caminhava sem rumo, ainda perguntando aqui e ali pelo necromante, ficando cada vez mais exausto. Magma seguia na dianteira, farejando algo no caminho, pelo qual parecia muito ansioso, dado o tanto que abanava a cauda tripla. Uma sensação súbita fez os pelos de Verne se arrepiarem. Uma fumaça se levantou da terra batida, uma lebre feita de vapor passou saltitando e entoando *Eric Lapin Eric Lapin ele tem o que você quer, Eric Lapin Eric Lapin você possui o que ele precisa*, e sumiu no instante seguinte, entre uma fumaça e outra. Seu vulpo pareceu nem ter percebido aquele momento e gania alto, apontando para frente com empolgação.

Quando a fumaça baixou, Verne viu um casebre um pouco mais suntuoso que os outros. A estrutura alta não indicava que tivesse dois andares, apenas que era espacialmente maior. O teto tinha telhados bifurcados em vermelho e toras horizontais curtas, sem janelas, com a porta larga de madeira à frente. As paredes eram também levantadas por madeira, firmes e lustrosas, como de alguém que cuida e repara o local. Alguns tijolos de adobe complementavam a construção. Magma subiu feliz pelos degraus de pedra e entrou na casa empurrando a porta. Seu dono foi atrás.

Por dentro, aquilo que Verne considerava um templo era mais escuro, iluminado apenas por lanternas dispostas em círculo, com fogo-fátuo brilhando dentro dos frascos. As paredes estavam revestidas de uma tapeçaria multicolorida e outros tipos de tecido desciam do teto em V. O assoalho estava coberto por um longo tapete vermelho, que culminava em um homem sentado em posição de lótus. Rechonchudo e silencioso, ele pairava um palmo acima do chão, com as mãos pousadas sobre os joelhos, o sorriso tranquilo marcado no rosto redondo e os olhos fechados. Estava em paz. Emanava o ectoplasma púrpura, típico dos magos.

"Se não puder me esperar, me encontre daqui alguns dias n´O Abrigo. Minha casa lá é uma espécie de templo antigo de pedra e madeira. Não terá como se enganar, menino", ele se lembrou.

— Albie? — perguntou o rapaz.

— Menino Verne.

Magma se aproximou do velho mago e se deitou diante dele, quieto.

— Que bom reencontrá-lo, aqui! Eu realmente não esperava qu...

— Existem quatro coisas importantes que preciso lhe dizer, antes que seja tarde demais.

— É claro! Mas você está bem? — Verne caminhava até seu colega, mas deteve-se, sem razão alguma.

— Primeiro, que eu lhe desejo sorte com o necromante. Aquele não é um homem confiável. Ardil e imprevisível, pode ser tanto um aliado quanto o pior de seus inimigos. Nunca confie, mas finja que sim. Isso poderá ajudá-lo quando mais precisar.

— Pode deixar.

— Segundo, *ressonância*.

— Ressonância?

— Mesmo que doente pelo morbo-tantibus, permita que você entre em equilíbrio com seu athame e seu vulpo. Os três pertencem à mesma matéria-prima. Os três emanam o ectoplasma vermelho, aquele que vem de fora, alheio aos Círculos, mas tão inerente a todos os mundos.

Verne empunhou seu athame de maneira instintiva e deixou o único olho brilhar em vermelho por meros segundos. Albericus Eliphas Gaosche continuou:

— Esse animal sabe para onde você precisa ir e sabe do que você precisa. Essa arma já foi sua antes e voltou para você, carregando sua essência. Juntos, os três vão prosperar.

— Albie, eu...

— Terceiro, quando estiver em Kosmaro, o Reino dos Pesadelos, procure pela Viúva Branca.

— Viúva... Branca?

— Ela é a mãe de Astaroth. Foi banida para aquele submundo pelo próprio rei Asfeboth. Ela vai ajudá-lo, menino, a compreender como destruir seu filho.

— E por que ela faria isso?

— E quarto, o *Protógono*.

— Já ouvi essa palavra antes...

— Quando estivemos juntos no túnel da Catedral, eu não podia lhe falar tudo o que precisava sobre Astaroth. Aquele lugar estava repleto de olhos e ouvidos e eu não quis arriscar.

— Você me contou a história. Foi mestre do Príncipe-Serpente há muito tempo...

— O Rei Deus-Serpente Asfeboth, de Érebus, descobriu uma antiga profecia dos virleonos a respeito do Protógono. Um ritual que precisa ser realizado antes do nascimento, para que a criança seja pura e preparada para ascender a tal condição.

— O que seria um Protógo...?

— Protógono é quando um homem se converte em um deus. — Verne engoliu em seco. — Asfeboth era anti-humanista e queria o domínio sobre todos os reinos de Necrópolis. Intencionava destruir a Supremacia e então colocar os reptilianos comandando cada uma das regiões. Para tanto, ele seguiu a receita para a criação de sua arma definitiva. Aquela que daria fim a tudo e recomeçaria, então.

— Astaroth. — Verne sentiu a bile amargar quando disse o nome.

— Astaroth possui a essência dos Oito Círculos do Universo. Sua carne foi concebida em Necrópolis, que fica no círculo de Moabite. Sua alma sombria foi extraída do Sheol. Comigo, ele aprendeu Magia. Com outro mestre, passou um período de treinamento em Bestial. Depois, o bani para o círculo da Isolação, onde ele provavelmente absorveu as substâncias daquele mundo. Existem pequenas entidades que representam alguns círculos, como Ilusão e Sonhar. Astaroth deve tê-los destruído e tomado suas essências. Quanto a Criação, não sei precisar.

— Mas que mer...

— Híbridos, ou mestiços, como queira, são *especiais* pois unem as qualidades de todas as espécies que o constituem. Por isso os mestiços são tão malvistos por estas bandas, porque representam perigo aos demais, mesmo não sabendo deste potencial. Mas há aqueles que têm plena ciência de seus atributos, como o caso do Príncipe-Serpente... Meu menino...

Verne tensionou os músculos. Àquela altura, já sabia que algo ali não estava certo, só não tinha conseguido ainda identificar o quê. O mago prosseguiu:

— A verdade é que Astaroth também teve acesso à profecia dos virleonos no passado e, desde seu banimento de Necrópolis, ele vem executando seu plano de ascender ao Protógono. Isso está em seu cerne. Ele foi literalmente concebido para essa função. Acredito que agora falte pouco para que consiga atingir esse nível.

— Se tornar um deus? — Verne andava de um lado a outro, limpando o suor da testa. — Minha nossa... Isso está muito fora de qualquer... O que eu tenho a ver com isso? Me matar faz parte do plano de Astaroth em se tornar um deus?

— Eu gostaria de lhe falar mais, mas creio que meu tempo tenha se acaba...

Albericus Eliphas Gaosche não conseguiu terminar a frase. Uma lâmina curvada chegou por trás e atravessou sua garganta. Ele tombou inerte.

Verne deu um berro e saltou para frente, mas Magma mal se moveu. Como podia?

O rapaz se aproximou do corpo tombado, estendeu a mão para tocá-lo e o atravessou como se fosse nada, uma espécie de vapor.

— Menino Verne.

O mago estava novamente em sua posição de lótus, flutuando um palmo acima do chão, como se nada fosse.

Reiniciado.

Verne o circundou e notou que atrás era igual à frente, mas com sua figura espelhada. Albericus estava em apenas duas dimensões diante de seus olhos, que demoravam a se acostumar àquela condição. O mago continuava a falar, exatamente as mesmas palavras que havia dito quando o rapaz tinha chegado no templo. *Uma projeção mágica.*

O corpo, o verdadeiro corpo de Albericus Eliphas Gaosche, estava tombado logo atrás dessa projeção. O sangue ainda jorrava através do buraco aberto entre a nuca e a garganta, aumentando a poça sob o rosto em paz do defunto. *Foi recente. O assassino ainda está aqui.*

O momento entre o raciocínio de Verne e o ataque foi no pulso de um milésimo de segundo, quando então um facão passou a poucos centímetros de seu nariz e atingiu uma pilastra do outro lado. Ele levou a mão ao athame, mas não a tempo; foi golpeado no rosto com um soco metálico da luva de Zero. Verne tropeçou no corpo do mago e caiu. Viu o mercenário pegar Magma pelas caudas, girar o animal no ar e jogá-lo para fora do templo.

— Ia ser rápido, igual foi com o gordinho aí — disse Zero por dentro da máscara, de maneira abafada. — Mas acho que quero te ver sofrer um pouquinho antes, seu merda! — E lhe deu um chute no estômago, que fez o rapaz se dobrar. — Vai, pode chorar. Eu espero. Quero ver isso.

Verne abriu um talho no tornozelo do mercenário com o athame e rodou pelo chão até o outro lado.

— Depois de várias tentativas, notei que você é um tanto quanto previsível. Vai, pode espernear, eu espero. — Verne riu entredentes, recuperando o fôlego enquanto assistia ao adversário ficar de joelhos, gemendo de dor. O sangue transbordava para além da bota. Mas logo estava de pé outra vez, com uma fúria crescente, que surgia embaçada através das lentes.

— Desgraçado! — Zero retirou o lança-chamas das costas e se preparou. — Vou te fritar, zarolho! Mas vai ser devagar, um pedacinho por vez...

O sono voltava a assomar sobre ele, atordoando seus sentidos, sempre chegando convenientemente nas horas erradas. *Talvez o morbo-tantibus piore em situações de ansiedade.* Verne sabia que podia errar se mirasse no outro, por isso usou um pouco da força que lhe restava e disparou sua energia vermelha para cima. O teto explodiu e alguns pedaços de madeira caíram sobre o mercenário antes de seu ataque com o fogo, mas não o suficiente para soterrá-lo como Verne gostaria. Zero estava temporariamente impedido, praguejando como louco, e logo deveria se desvencilhar de todos aqueles obstáculos. Era o instante que o rapaz precisava para sair dali. Mesmo um tanto atordoado, conseguiu se levantar e correr para fora do templo. Através da porta, viu as chamas devorarem parte da moradia de Albericus. Zero usava o lança-chamas para queimar a madeira em seu caminho, disparando para todos os lados, até que a construção e o corpo do mago fossem devorados pelo fogo, tornando aquele lugar uma enorme pira.

Verne tremia de sono, com o athame em mãos, e o mercenário se projetava diante dele através das chamas, apenas chamuscado aqui e ali, e bastante determinado na missão que havia sido incumbido.

— Seu merdinha de uma figa...!

Mas ele foi novamente impedido de matar o rapaz, dessa vez por Magma, que saltava sobre sua garganta com uma mordida que poderia ser fatal, se não fosse toda a proteção de seu traje. Zero pegou o vulpo pela mandíbula e o jogou no chão, disparando o lança-chamas sobre o animal. Verne então perdeu a voz, o sentido e a vontade quando assistiu seu companheiro também ser assassinado. Junto do vulpo, o rapaz morreu um pouquinho ali.

— Tá vendo, zarolho? É isso o que acontece com quem se mete no meu caminho! Vira churrasquinho! — gargalhou enquanto abandonava o lança-chamas, agora sem combustível. — Não preciso mais dessa coisa pra te matar. Faço isso com minhas próprias mãos. — Zero também tirou sua máscara e se desfez de parte da vestimenta. Atravessar um casebre em chamas parecia haver cobrado seu preço e devia ter ficado um calor insuportável dentro de toda aquela roupa.

O mercenário, seminu, atravessou o campo e seguiu até Verne. Este, por sua vez, sorriu. Riu. Gargalhou. Ele parou diante do rapaz, meio incrédulo, meio achando graça também, fosse o que fosse:

— Puta merda! Ficou louco diante da morte, afinal.

— Agora eu entendi tudo — disse Verne. — Me preocupei à toa. Sofri sem motivo.

— Do que você tá falando, caralho?

— Ressonância. — Seu olho ficou vermelho, assim como o athame e algo a mais.

— Mas o quê...?

— O vulpo é uma criatura elemental, você sabia?

— Pouco me interessa o que seu bichinho era, porque agora ele não é mais nada.

— Elemental do *fogo*. Não é, Magma?

Verne notou que finalmente Zero teve a real compreensão do que havia realizado: uma aceleração evolutiva numa espécie rara de Necrópolis, que crescia e se desenvolvia através do fogo vermelho e do fogo-fátuo.

Magma agora era um animal imenso como um felino pré-histórico, tão colossal quanto um virleono adulto, de pelagem vermelha, focinho projetado para frente e as presas do tamanho de lâminas à mostra. As três caudas se tornaram seis e chicoteavam o solo com furor e ansiedade, causando um pequeno vendaval. O corpo do vulpo estava em chamas e nem mesmo o rapaz sabia se eram do lançador ou se emanados pelo próprio Magma, mas era tudo o que Magma era, uma criatura do fogo, que agora saltava sobre o inimigo e rasgava seu peito com aquelas patas imensas, de garras como facas e uma força sem igual. Zero já não tinha nenhuma chance de sobreviver, com o sangue jorrando do peito para cima como se fosse um chafariz. Mesmo assim, o animal, talvez por instinto, talvez em uma consciência selvagem, quis lhe oferecer um destino irônico e compartilhou suas chamas com o homem, que foi lenta e dolorosamente consumido pelo fogo.

Verne não tinha qualquer interesse em ver aquela cena, portanto caminhou para longe dali, aguardando seu animal retornar da refeição.

Uma grande sombra se projetou bem onde o rapaz estava e, de dentro de um buraco negro, saltaram Elói e Simas, tão pasmos quanto ele.

— Chegaram tarde.

24
SEGREDOS NAS SOMBRAS

Uma sombra pequena e ordinária se arrastava pelo corredor, gesticulando muito e resmungando em dobro.

A coroa de galhos amarrados por gavinhas encimava sua cabeça chata e emplumada, de onde despontava um bico curvo. Os olhos, brancos e inexpressivos, estavam tão para fora do crânio que poderiam saltar dali a qualquer instante. Ele carregava uma capa preta feita de penas esparsas que tanto poderia fazer parte de sua vestimenta como ser uma extensão do seu corpo; a capa, ou as asas, rastejava pelo piso, maior do que a própria figura, em seus passos curtos e desapressados até a próxima câmara.

Vogel Quail não era rei, nem poderia: não tinha direito de nascimento na sucessão do trono de ramos. *Por que usa a coroa de galhos então?* No passado, servia como Conselheiro do Reino dos Céus, mas, desde o fim da Guerra de Dahez Thamuz e do início da Era Real, ele vinha ganhando moral entre os outros corujeiros e crescendo dentro do Ninhonegro como autoridade máxima. Algo o aborrecia profundamente e ele grunhia conforme avançava para os aposentos reais, *tec-tec* aqui, *tec-tec* ali, sua bengala com crânio de ave batia forte no piso, quase uma representação dos sentimentos coléricos de seu usuário.

Um homem-pássaro imenso — de asas como lâminas amoladas diariamente e prontas para matar, com um elmo de plumas douradas e artificiais entre o braço, e uma capa branca esvoaçando de suas costas — zelava pela proteção do outro e também lhe servia de ouvinte. E ele ouvia muito bem, afinal havia perdido a visão em batalha, mas compensava tendo aguçado os outros sentidos. Ícaro sabia disso, por isso os seguia em silêncio, como um vulto qualquer. E ouvia.

— Pelos penachos de Eulle! — resmungou Vogel Quail. — As articulações de Cimerion no sul vão acabar resvalando para a Supremacia.

— Ele é pouco discreto mesmo — disse o grande corujeiro, com uma voz tranquila e baixa, quase um murmúrio.

Falco é o campeão de Aelos. O que faz ao lado do castelão? Não devia ser sua posição.

— Pois sim! Enviar tropas aliadas para o reino de Lilith e realizar esse encontro bem no meio dos Campos de Soísile é uma loucu...

— Mas tem conseguido bons resultados de aliança para o nosso lado, senhor.

— Sim. Mas se o Reino de Fênix, ou aqueles malditos lycans, captarem esse encontro, tudo o que planejamos até aqui pode vir à tona!

— Por isso eu havia sugerido os envios de ekos para os aliados.

— Tropas não se comunicam por mensagens, Falco! Os soldados e guerreiros precisam ver o poderio alheio para respeitar.

— Sim, senhor.

— O general Vassago está jogando um jogo perigoso...

— Ele está fazendo uma aposta.

— Aquele grandalhão está acreditando num folclore, isso sim!

— O retorno do Príncipe-Serpente não me parece tão folclórico assim, senhor.

Príncipe-Serpente? Astaroth.

— Eu não esperaria por esse príncipe para dar o golpe. O quanto antes movimentarmos as peças melhor. Não vai demorar para Supremacia perceber...

— Acredito que alguns deles já saibam, senhor, e também já estejam movendo suas próprias peças.

— Você acha? — O castelão parecia preocupado.

— Acredito que sim. Ainda que não imaginem as nossas intenções, como poderiam? — Falco suspirou, deixando escapar um sorriso de orgulho. — E, de qualquer maneira, o general Vassago está no comando do golpe. O Príncipe-Serpente vale por dez tropas. Me parece uma estratégia eficaz aguardarmos por seu retorno e termos ele ao nosso lado.

— Que seja!

Os dois terminaram de atravessar o passadiço e, quando fizeram a curva para o último corredor, até os aposentos reais, se depararam com quatro guardas nocauteados diante da porta. Falco não viu, mas um vulto cresceu diante dos caídos e se projetou como uma ameaça para eles. O castelão grunhiu:

— Mas quem diabos é você...?

— Ícaro Zíngaro, quem diria — afirmou o campeão de Aelos. Não precisava ver para saber. Seu olfato era singular e o odor do verdadeiro herdeiro de Nebulous era único.

— Vogel Quail, o Peçonhento. — Era assim que o castelão era chamado pelos recrutas-negros na época que Ícaro pertencia à tropa. Ele detestava essa alcunha.

— Traidor! — gritou o Peçonhento.

— Peçonhento e traidor você.

— Como entrou? — perguntou Falco com tranquilidade, mas rígido como uma rocha, tensionando os músculos da maneira mais discreta que conseguiu.

— Conheço cada canto do Ninhonegro.

— É verdade. Que ingenuidade a minha. — O campeão sorriu. Estava diante de um adversário formidável. Ambos sabiam disso. — O que tem na mão?

— Semente-do-céu. Vou levar para amigo.

— Tem algo de diferente nessa em específico, não?

— Tem Fântaso.

— Eu deixaria você levar uma semente qualquer, mas essa não pode.

— Não pedi permissão.

— Traidor! Guardas! — O castelão fez menção de se mover, mas uma pluma afiada passou rente sua cabeça e atingiu a parede atrás, onde a coroa de galhos e espinhos ficou pendurada.

— Essa coroa é minha — piou ameaçadoramente. — A semente também. Vocês são apenas traidores.

— Seu maldito! Não vai sair daqui vivo! Eu vou...

Falco levantou a mão e o Peçonhento se calou de imediato. O campeão colocou o elmo sobre a cabeça e deu um passo à frente, enquanto seu protegido se encolhia logo atrás.

— Creio que ouviu alguma coisa da nossa conversa?

— Quase tudo.

Falco suspirou longamente.

— Não somos traidores, Ícaro. Estamos apenas nos posicionando para o lado vencedor.

— Vão trair a Supremacia. Os sete reinos acreditam nos corujeiros.

Os corujeiros apunhalarem pelas costas é traição.

— A Supremacia sempre favoreceu os humanos, não percebe? O *golpe,* como chamamos, é meramente um levante de outras raças que merecem ter o domínio igualitário sobre Necrópolis.

— Traidores não querem se igualar, querem dominar.

— São palavras diferentes para a mesma coisa, Ícaro.

— É assim que os traidores falam.

Falco ficou sério de repente e deu mais alguns passos para frente. Sua paciência parecia finalmente ter acabado. Ícaro continuava sobre os corpos nocauteados, as lanças dos caídos espalhadas pelo piso. O que estava prestes a acontecer não demoraria muito mais.

— Se você deixar essa semente e partir agora, não o denunciaremos. Poderá viver sua sobrevida de pária onde quiser, menos aqui.

Vogel Quail estava ansioso e fez menção de dizer alguma coisa, mas o outro meneou a cabeça em negativa.

— Eu sei o suficiente para não sair daqui vivo. — Ícaro parecia tão tranquilo quanto, mas sabia que o corujeiro em sua frente conseguia ler as batidas intensas de seu coração temeroso. — Mesmo que eu deixe a semente, serei morto.

— Se não a deixar, com certeza o será.

— Prefiro arriscar então.

O castelão saltou para trás no mesmo instante que Falco saltou para frente, colidindo suas asas imensas com as de Ícaro. Eram como duas lâminas atracadas, roçando o corte uma contra a outra, deixando filetes de sangue escorrerem pelo chão.

O campeão de Aelos não tinha esse título por acaso e o carregava havia muitas estações, sendo o principal guerreiro de seu povo depois que a família Zíngaro tombara durante o embate com o rei Asfeboth. Era um corujeiro imenso, forte como um lycan e rápido como o vento, de asas afiadíssimas e letais. Ele havia perdido a visão numa peleja passada, mas nunca a habilidade.

Ícaro, porém, ainda era um Zíngaro, banido ou não. Já enfrentara homens, lycans, reptilianos, um labirinto de espinhos e outros corujeiros da tropa. Nunca um campeão, é bem verdade, mas era um Zíngaro, um assassino não intencional e em seu sangue corria não só a herança por direito ao trono, mas principalmente a motivação da vingança. Assim como a Supremacia seria traída por Nebulous, Ícaro fora traído pelo castelão e, quem sabe, também pelo campeão. Não ia perder agora. A verdade seria evidenciada e ele, vingado, custasse o que custasse.

Dessa maneira, com a disputa de força entre ambos, corpo contra corpo, cada um pressionando de um lado, com as asas tensionadas, ambos compreenderam uma verdade objetiva e inevitável: quando um deles se soltasse primeiro, o outro morreria. Não haveria rendição, não teria uma segunda chance, apenas a morte. As vantagens estavam com Falco; não seria a primeira, nem a quinquagésima vez que ele disputava defronte a outro corujeiro, mas nunca antes um Zíngaro em busca de vingança.

Seus olhos jamais se abriam, mas ler as intenções do outro não era tão difícil assim. Portanto, o campeão de Aelos tomou a decisão, deu um passo para trás, desvencilhou-se do adversário, abriu as gigantes asas para os lados e preparou o golpe final. A cabeça, então, rolou no chão.

O corpo tombou.

O sangue se espalhou pelo piso e pelas paredes, até a porta dos aposentos reais.

Não dava para saber se os guardas ainda estavam desmaiados, mas, se não estavam, resolveram imóveis, mesmo com toda aquela seiva vermelha jorrando sobre eles.

E assim acabou.

O corujeiro estava morto.

25
A MANSÃO MORTUÁRIA

Simas apertava Verne num forte abraço, estalando suas costas.

— Há quanto tempo, meu amigo! — disse o ladrão, um tanto quanto emocionado.

— Você parece bem, Simas. Na real, mais do que bem.

— Eu tive ajuda. — Simas olhou com gratidão para o monge renegado, que retribuiu com um sorriso.

— Fico feliz em saber.

Outro abraço. Estalos. Um tapinha nas costas. Risos amarelos.

— Seu vulpo cresceu, hein?

— Na verdade, isso meio que acabou de acontecer.

Magma ganiu e abanou as seis caudas, que eram maiores do que o corpo de qualquer um deles.

Por mais que o reencontro parecesse autenticamente jubiloso para ambos, um sentimento de tristeza e luto dominava o ambiente. Quando alguém perde alguém, nota em outro o mesmo olhar vazio daquele tipo de dor. *Ele também teve sua perda.* Verne não estava disposto a falar sobre isso naquele momento, provavelmente Simas também não.

Mas Elói, como era de se esperar, gostaria de saber e compartilhar os detalhes dos últimos eventos, portanto ele próprio começou a narrar o estado em que havia avistado Simas em Laverna e o rápido contato com Karolina Kirsanoff.

Foi então a vez de Verne contar aos amigos o que descobriu através da projeção mágica de Albericus Eliphas Gaosche em relação a Astaroth, o que os deixou bastante atônitos e duplamente preocupados.

— Albie sabia que seria assassinado, por isso deixou essa mensagem para mim.

— Ascender ao Protógono. Eu já tinha ouvido falar disso nos corredores do Monte Gárgame, mas ninguém acreditava que era possível...

Elói aplicou a lágrima de dragão vermelho misturada com Soro Faustico em Verne e avisou que aquilo poderia retardar um pouco os efeitos do morbo-tantibus, mas não o curaria da doença. Também deixou com ele alguns mastigueiros. Qualquer paliativo naquele momento seria melhor do que nada.

— Muito bem — comentou o monge renegado, mudando de assunto —, agora temos de encontrar o necromante.

— Estou há quase um dia aqui e nada até agora...

— O que é... aquele coelho? — perguntou Simas.

O animal feito de vapor surgiu ao longe, mas não tanto, e saltitou na direção oposta.

— *Lebre!* — disse Verne. — Vamos! — Eles correram até a lebre mágica. O rapaz notou que o ladrão segurava a velocidade o máximo que podia, mas ainda estava uns metros à frente dele, do vulpo e do monge.

— Foi ela que me levou até o Albie.

— Então pode ser que nos leve até o necromante — Elói considerou.

— Exatamente.

A criatura entoava *Eric Lapin Eric Lapin ele tem o que você quer, Eric Lapin Eric Lapin você possui o que ele precisa.* Eles chegaram numa região atapetada de névoa, que os cegou por alguns instantes, até discernir uma majestosa silhueta. Em pouco tempo, esta se revelou uma mansão preta de três andares, sem janelas nem portas, como se fosse um grande cubo de concreto. A lebre atravessou pela parede e desapareceu.

— Ah, magos — suspirou Elói com desdém.

— O necromante certamente mora aí — disse Verne.

— E agora? — Simas tateou a parede, talvez tentando encontrar algum dispositivo de passagem secreta, sem sucesso. — Se quiserem, posso usar minha supervelocidade para vibrar minhas moléculas e atravessá-la.

O monge renegado seguiu até a mansão, parou diante dela, limpou a garganta, então bradou:

— Eric Lapin, aceitamos o convite para entrar em sua morada.

No instante seguinte, Verne viu a parede da mansão vir ao encontro deles, mas, em vez do impacto que os esmagaria, eles apenas estavam em um outro ambiente. O Abrigo desapareceu e deu lugar a uma sala de jantar bastante requintada, com uma portentosa mesa de madeira de oito lugares, cujas cadeiras de respaldo alto estavam vazias. O espaço era escuro, repleto de mobília antiga (que o lembravam muito das fotos da casa que Sophie morava na França antes de assumir o Orfanato Chantal; a lembrança o deixou triste por um momento) e iluminado apenas por pequenos globos de luz púrpura dispostos em alguns cantos das paredes. *Magia de luz.*

O rapaz tinha ficado levemente tonto com a transição, não muito diferente do que acontecia ao fazer travessias com o manto de sombras, portanto logo se recuperou. Percebeu que Magma não estava em lugar algum e não gostou nada disso. Simas, ainda atordoado, apoiava-se numa pilastra, bastante enjoado. Elói não parecia abalado, mas seu olhar indicava preocupação.

— Verne — murmurou.

— Sim? — Ele murmurou também, tentando entender o que acontecia ali.

— Cuidado com o que fala e como fala. Isso também vale para você, Simas.

— Ok — responderam em uníssono.

— Deixem que eu conduza a conversa a partir daqui. Falem o mínimo necessário e façam o que eu fizer, sem contestar.

— Já entendi.

Do outro lado da sala havia uma porta com uma cortina vermelha, por onde uma figura atravessou e caminhou até eles como uma doninha, de olhar sagaz e um sorriso cínico escapando pelo canto da boca. O homem magro e alto, coberto por uma toga cinza com arabescos em verde, tinha um jeito elegante de se mover. O cabelo preto era curto e bem penteado para trás. Ele entrelaçou os dedos das mãos diante do corpo de um jeito curioso, meio divertido, e disse:

— Sejam bem-vindos à Mansão Mortuária de Eric Lapin. Vocês aceitam um chá?

— Aceitamos, sim — respondeu Elói. — Obrigado.

— Que ótimo! — O homem olhou para trás, para algo que se escondia além da cortina vermelha. — Enri-Ke, sirva-nos e traga o outro convidado para beber conosco.

Verne ouviu um grunhido como resposta. O homem pediu que se sentassem. Assim, ele se colocou de um lado da mesa, de frente para Elói e ao lado de Simas, que se sentou numa extremidade enquanto o homem se posicionava na extremidade oposta. Logo um garoto negro — meio perdido, meio assustado — chegou à sala de jantar. De fartos cabelos crespos e um olhar curioso por trás dos óculos de aro redondo, vestia um terninho azul com gravata-borboleta vermelha, bermuda e sapatos lustrosos, além de meias que chegavam até os joelhos. Ele se sentou ao lado do homem, restando apenas uma cadeira entre ele e Verne.

— Senhores, este é Biblio, o menino-biblioteca. — O homem passou a mão nos cabelos da criança de maneira afetuosa. — Eu sei, eu sei, esse nome é meio óbvio, mas por aqui não somos conhecidos pela criatividade, mas sim pela objetividade. — Riu baixinho, um riso falso, forçado, Verne percebeu.

— Oi — disse Biblio.

— Oi, Biblio. Sou Elói Munyr e estes são Simas Tales e Verne Vipero.

— Fala, meninão!

— Oi.

— ...mas você já sabia disso, não é... Eric Lapin? — Verne não esperava esse movimento ousado de Elói tão cedo.

— Oras, me perdoem. Eric Lapin, ao seu dispor. — Ele parecia inabalável. — E fico feliz que todos nós já saibamos quem somos. Objetividade, não é? — Alargou um sorriso de um jeito semelhante a Martius Oly, mas sem a boca imensa, e ainda era duplamente mais perturbador assim. — Dessa maneira, toda essa conversa pode fluir sem mais delongas.

— Concordo.

Uma criatura que parecia mais morta do que viva, pelo seu aspecto putrefato da cabeça aos pés, atravessou a cortina vermelha com cinco xícaras sobre uma bandeja e as dispôs para seu senhor e os convidados. De perto, o mordomo era ainda mais aberrante, com a pele carcomida retesada sobre os músculos e ossos expostos, mas não fedia. Parecia imbuído de algum tipo de perfume, assim como o necromante. Verne notou que Elói bebeu sem pestanejar, enquanto Simas parecia ainda mais enjoado do que antes, incapaz de tomar um chá servido por um morto-vivo. Verne se esforçou e notou um aroma agradável vindo da bebida. *Capim-cidreira, talvez.* E sorveu, deixando o líquido quente lhe aquecer e o acalmar naquela situação de trégua.

— Obrigado, pode ir. — O necromante bateu palma e a criatura se retirou. — Enri-Ke foi um dos meus melhores empregados humanos no passado. Por isso resolvi reaproveitá-lo.

— Então você revive os mortos? — perguntou Elói.

— Isso, entre outras coisas. Os reinos me contratavam muito no passado para levantar seus soldados no campo de batalha. Nos últimos tempos tenho sido menos requisitado. Acredito estar em uma boa aposentadoria.

— Magia sombria é proibida, não?

— Oh, sim, é.

— Como você... Como chegou até esse tipo de prática?

Antes que o necromante pudesse terminar mais um sorriso e voltasse a falar, Biblio tomou a frente, oferecendo a resposta com a maior naturalidade:

— Bom, na verdade, o sr. Eric foi abandonado quando criança pela família. Os Lapin eram muito, muito pobres, sabe?, por isso deixaram o menino na porta de um forte em Carlisle. Não demorou para ele ser adotado pelo rei Asfeboth e recrutado para o reino de Érebus. Mesmo o Deus-Serpente sendo claramente anti-humanista, viu nesse humano um potencial para seus planos futuros. O sr. Eric conviveu com muitos nativos da região e aprendeu com um velho necromante reptiliano a magia sombria, e se especializou em necromancia, sabe? Inclusive, foi o próprio sr. Eric o responsável pela morte de seu antigo mestre, só para ressuscitá-lo logo em seguida. Foi seu teste final antes de ser consagrado como o novo necromante de Necrópolis.

Verne notou que Eric Lapin mantinha-se inabalável, por mais que toda aquela revelação sobre seu passado tivesse chegado sem seu consentimento. Mas também notou o olhar dele vacilar por um instante, um mísero instante em que não conseguiu disfarçar o ódio, e logo em seguida foi tomado pelo cinismo e falsa gentileza de antes. Então, o necromante falou:

— Sim, meu querido Biblio. — Passou outra vez a mão nos cabelos do garoto. — Afinal, só pode existir um necromante por vez.

— Co-como — Simas se manifestou, ignorando os avisos do monge renegado. — Como ele sabe tudo a seu respeito?

— Eu que não contei. — Eric Lapin riu forçadamente, com as mãos para cima. — Ele é o menino-biblioteca, esqueceu? Biblio sabe tudo.

Verne foi tomado por um choque súbito, uma mistura de surpresa e ansiedade, algo não muito diferente do que ocorria com seus colegas. *Ele sabe tudo. Será que sabe...*

— Cadê o Magma, garotinho? — perguntou Simas, já menos enjoado, sem o morto-vivo por perto.

— Do lado de fora da mansão. Está seguro, devorando um ninho de kokkido. Bestas-feras não têm autorização na morada do sr. Eric, por isso o vulpo não conseguiu entrar.

O ladrão o aplaudiu com certa ironia, mas não parou por aí.

— Onde foi que você achou essa coisinha fofa, hein?

— Essa é uma ótima pergunta, Simas Tales — começou o necromante, mas foi interrompido pelo próprio Biblio, que revelou:

— Eu sou uma parte da Centelha dos Oito. Sou uma entidade do Sonhar, que detém conhecimento infinito, sabe? — A ansiedade de Verne só aumentou. — Muito tempo atrás, eu presenteei o Reino de Fênix com o Compêndio das Questões Ocultas, que representa um terço do meu conhecimento. Quando caí do Sonhar em Necrópolis em um acidente com a Teia, logo fui acolhido por aquele povo e seu rei. Achei que presenteá-los com um pouco de conhecimento era o mínimo que eu poderia fazer, sabe?

— E como foi que você veio parar aqui?

— Na verdade, o sr. Eric me...

O necromante colocou o indicador sobre a boca do garoto, da maneira mais gentil e delicada que conseguiu, e meneou negativamente a cabeça.

— Deixa essa comigo, Biblio. — E voltou-se para Simas, que parecia cada vez mais insatisfeito com toda aquela situação. — Veja bem, ele não estava sendo bem cuidado naquele reino e vinha passando por dificuldades. Certo dia, durante uma viagem, nós o encontramos e o recolhemos para melhores cuidados. Afinal, mesmo sendo uma entidade, ele ainda é uma criança.

— Ah, claro! — O chá do ladrão esfriava enquanto ele falava. — Então, isso em nada tem a ver com o fato desse menino ter conhecimento infinito?

— Ora, não sabíamos disso na época. Acolhi Biblio da mesma maneira que fui acolhido quando criança. — A xícara parou diante dos olhos do necromante, que se estreitaram. — Por quê? Está insinuando algo?

Elói assumiu a conversa antes que Simas colocasse tudo a perder:

— Não, ele não quis insinuar nada. — O monge encarou o ladrão com repreensão. — E não estamos aqui para ofender nosso anfitrião, não é?

— É — respondeu Simas de má vontade, cruzando os braços.

— Creio que Biblio já tenha lhe revelado os motivos de o procurarmos antes mesmo de chegarmos aqui.

— Mais ou menos isso. — Eric Lapin voltou com seu sorriso de canto. — Um ovo de cocatriz, aquele com o oneiro Ícelo, correto?

— Sim — respondeu Verne. — Preciso das três iguarias, senão posso morrer.

— E ninguém quer isso, não é mesmo? — O necromante terminou seu chá sem pressa, se levantou e acenou para o rapaz. — Vamos, Verne Vipero. Enquanto seus amigos terminam o chá, vou levá-lo até o cocatriceiro, o poleiro das cocatrizes. Lhe darei o ovo de bom grado.

No fundo, Verne sabia que ali estava guardada alguma armadilha. O necromante servia a Érebus e fora criado pelo pai de Astaroth, além de manter uma entidade cativa. Uma entidade importante, que sabia demais. Ele encarou Simas e Elói, dizendo com os olhos que estava tudo bem, se levantou e então seguiu com o outro além da cortina vermelha.

26
A COROA DE GALHOS E ESPINHOS

As órbitas cegas de Falco encaravam o vazio. As pupilas que antes confrontavam a escuridão em um mundo vivo imergiram de vez numa escuridão sem fim.
— Droga! — resmungou Vogel Quail ao presenciar o campeão de Aelos perder a cabeça para o corujeiro pária, que sequer estava ofegante: ainda poderia matar mais um. — Outro de sua espécie que você assassinou. Mais um crime que o desonra, traidor!
— Essa foi uma batalha justa. Lutamos pelas nossas sobrevidas.

Ícaro Zíngaro passou pelo corpo tombado, atravessou o castelão e pegou a coroa de galhos e espinhos que estava pendurada na parede logo atrás, colocando-a sobre a cabeça em seguida.
— Essa coroa não te pertence!
— Sou herdeiro do trono de ramos.
— Você é um traidor! Guardas!

Mas nenhum guarda se moveu. Continuavam desacordados.

O corujeiro acertou um chute na boca do castelão, que rodou pelo piso até bater na cabeça de Falco e fazê-la rolar para o lado. O bico de Vogel rachou e sangrou.

— Desgraçado!

— O Rei Zuriel ainda está vivo, não está? — piou, apontando os aposentos para onde o castelão e o campeão se dirigiam antes de encontrá-lo. — Deve estar velhinho e fraco e você contamina sua mente com mentiras. Você é um desgraçado. Peçonhento. Traidor.

— Você não sabe de nada! Nós estamos cuidando dele em seus dias finais! E Sua Majestade me colocou como castelão e principal responsável pelo regimento do Ninhonegro e toda Nebulous!

— Sei que você mente. — Ícaro pegou o castelão pelas plumas e o levantou. — Por que trair a Supremacia?

— Não te devo satisfações!

O corujeiro usou a asa para abrir um corte profundo na barriga de Vogel, que finalmente entendeu do que ele era capaz. E que não tinha nada a perder.

— Na próxima, abro sua garganta.

— N-não, não me mate! — Ícaro aproximou seu bico do dele. — Eu falo! Eu falo!

— Comece.

— V-ve-veja, traid... digo... Veja, Ícaro, desde que Sua Majestade adoeceu nos últimos anos e fui colocado no posto de castelão que... Sim, sim, eu o orientei. Instiguei Sua Majestade a me conceder esse cargo. Desde então, com nosso reino cada vez mais isolado do continente, no início da Era Real, fomos procurados por regentes do sul em busca de filiação. U-uma aliança.

— Peçonhento, você mente. Você envenenou Rei Zuriel. — Ícaro mantinha Vogel suspenso durante o interrogatório. — Ele não estava doente quando eu ainda morava aqui.

— Talvez... talvez eu tenha errado em algumas fórmulas e isso tenha levado Sua Majestade a adoecer. Mas ele já não estava bem desde a morte do seu avô, do seu pai e dos seus tios... Você sabe como ele é sensível a tragédias!

Era óbvio para Ícaro que Vogel Quail vinha envenenando as refeições de Zuriel nas últimas viragens, mas também era verdade que o atual rei havia se isolado bastante em seus aposentos desde o falecimento de Ishtar, o grande amor de sua sobrevida. Ele aparecia cada vez menos em público e realizava todos os tratados através do Peçonhento, que sempre fora seu braço direito, o que justificaria também a escolha óbvia e natural de o alçar como castelão posteriormente. Mesmo Ícaro sendo um príncipe, ele próprio não conseguia ter acesso ao rei, que tinha pouquíssimo contato com outros palacianos nesse longo período de luto. E sua depressão se agravou quando Igor, pai de Ícaro, além dos tios Ivan e

Ismae, tombaram na Batalha de Dahes Thamuz.

— C-certo... Veja bem, Ícaro, firmamos essa aliança com Érebus e os demais reinos sulistas, e alguns ao norte, porque pretendemos obter mais direitos para o nosso povo. A Supremacia deve cair!

— A Supremacia foi um acordo dos reinos após prosperarem. Vivemos reinados de paz.

— *Eles* vivem um reinado de paz! Os sete principais reinos, dos quais Nebulous não faz parte.

Ícaro foi pego de surpresa. Sabia que o Reino dos Céus não pertencia à Supremacia, que era composta pelo Reino de Fênix, conduzido pelo rei Ronaldus Priamos I, direto do seu Palácio Real Branco no centro do mundo; o reino de Balor, comandado com força pelo rei Taranis Thunderion, o Martelo da Justiça, no Forte do Trovão; o reino de Ausar, do misterioso Pharaonis Anpu Nathifa IV, o Deus-Solux, no Castelo Piramidal; O reino subterrâneo de Thorin, regido pelo ancestral rei Tondro Tresferros; o reino mágico, Regnon Ravita, da feiticeira Ceresfeiticeira Ceres; o Reino do Dragão, do famoso e benquisto lorde Arthuro Gladius, a Espada de Fogo e grande líder da aliança, sediado em sua Fortaleza Sagrada; e o reino gêmeo de Xogum, do Templo de Dois Rios, que abarca as cidadelas de Raitaro, do príncipe Yoshinaka, e Kintaro, do príncipe Yoritomo, os Príncipes Gêmeos.

Na Era Arcaica, Érebus também pertencera aos sete principais reinos, mas, após o rei Asfeboth investir contra seus aliados e então ser derrotado, o principal reino do sul foi isolado de Necrópolis, o que gerou a formação da Supremacia, com um acordo feito por sangue entre seus reis e regentes em um documento sagrado. Para substituir Érebus, Xogum foi elevado como sétimo reino que tinha voz no Conselho Supremo nas decisões em nome de toda Necrópolis. Xogum, não Nebulous. Talvez partisse daí a frustração dos corujeiros.

— Você não entende, Ícaro? — continuou o castelão. — Lutamos e sangramos por esse reino. Não foram só seu pai e seus tios, mas centenas de outros corujeiros tombaram naquela guerra. E qual foi nossa recompensa? — Vogel deixou a pergunta no ar por um instante, para que Ícaro a absorvesse. — Nenhuma! Continuamos no mesmo lugar, flutuando como uma nuvem sobre esse mundo. Não temos voz, não podemos tomar decisões e não somos bem-vistos em algumas partes de Necrópolis, mesmo com vários heróis entre nós.

Ícaro o soltou. O castelão caiu sentado, mas, dada a postura ainda ameaçadora do outro, permaneceu como estava.

— Por isso — Vogel arriscou — vamos atacar por trás. Érebus se uniu ao Reino de Lilith, ao Reino das Neves, o Reino das Águas e o Reino de

Grendel em uma nova aliança, que vai investir contra a Supremacia assim que o Príncipe-Serpente retornar. E ele está retornando.

— Astaroth...

— Esse aí mesmo! E, ainda que não pertença à Supremacia, Nebulous é considerado aliado dos sete reinos principais. Essa será nossa vantagem, porque eles não vão contar com nossa traição. Vamos pegá-los por trás. Venceremos essa última batalha e poderemos descer até Necrópolis sem burocracias, barreiras e preconceito. Poderemos voar livres por aí!

— Diálogo.

— O quê?

— Nós deveríamos dialogar com a Supremacia, não os trair.

— Se diálogo resolvesse alguma coisa, não teríamos guerras.

— Alguém já tentou?

— Isso não é negociável, Ícaro. Por isso eu o tirei da jogada.

Foi então que Ícaro Zíngaro compreendeu a última peça do quebra-cabeça.

— Você trouxe a serpente para Ninhonegro.

— Bom, sim — respondeu Vogel, com certo receio e as mãos para o alto, mostrando o quão inofensivo era naquele instante. — Nossa aliança com Érebus começou quando você ainda era um recruta-negro. E você seria nosso futuro rei assim que Sua Majestade falecesse. Mas o conheço desde filhote, Ícaro, e sabia que a moral que sua mãe lhe impôs ia atrapalhar tudo. Desde aquela época você já apresentava princípios que iam contra nossos planos de retomada mundial. — O castelão limpou a garganta e, cautelosamente, se colocou de pé. Baixote como era, não fez tanta diferença diante do outro, pois ainda continuava longe da sua vista, metros abaixo. — Por isso, bem... por isso a serpente. O general Vassago sabia que o Príncipe-Serpente podia comandar qualquer uma daquelas criaturinhas rastejantes e me conseguiu uma para infiltrar em nosso reino.

— Peçonhento! — Ícaro agarrou Vogel Quail pela garganta e o pressionou contra uma pilastra. — Você me arruinou!

— F-fo-foi para um bem maior, Ícaro! O bem do Reino dos Céus. — O castelão estava mudando de cor, sufocando aos poucos e o corujeiro não fazia menção de diminuir seu estrangulamento. Mesmo assim, ele conseguiu continuar a falar: — Eu não fazia ideia de que... que o Príncipe-Serpente ia fazer toda aquela artimanha. Achei que a serpente fosse te matar, não te dominar. Eu nunca q-quis que você matasse outros dos nossos. Nunca! Eu o queria morto para não atrapalhar os planos do-do reino, só isso! — Ele estava quase desmaiando, mas ainda lhe restavam forças para mais uma: — Edel! Porra! Edel era minha sobrinha. Vo-você acredita mesmo que eu esperaria que você a matasse? Não!

Ícaro, no entanto, não conseguia parar e suas mãos se fecharam ainda mais em volta do pescoço do castelão Vogel Quail. Estava dominado pelo ódio e pelas revelações.

O corujeiro ia matar o traidor, não fosse por uma luz que ofuscou sua visão por um momento e logo reconfortou seu coração. A criatura diminuta tomou forma na silhueta de sua fada.

— Yuka!

— Meu amor! Não faça isso. Você já tem tudo o que precisa. Vamos embora.

— Yuka, eu...

A fada voou até sua mão e a baixou, fazendo com que ele soltasse o outro, que caiu de joelhos, tentando retomar o ar.

— Vamos partir. Sua missão já foi cumprida.

— Mas Peçonhento...

— Não há nada que possa ser feito quanto a isso. — Sua vozinha ainda era agradável e reconfortante, o aquecia por dentro. — O que ele fez com você já foi, não tem volta. E o que ele fará com o mundo, você sozinho não poderá impedir. Todo o Reino dos Céus está com ele. Agora é tarde demais. Vamos partir, por favor.

— Yuka...

— A coroa é sua. Assuma seu lugar.

Ele se lembrou daquelas palavras. Já as tinha ouvido antes. "Assuma seu lugar" tinha menos a ver com Ícaro retomando o trono de ramos e mais com ele reconquistando sua honra. E disse:

— Ela é feita de galhos e espinhos. A coroa sangrará sobre minha cabeça. — E coroou a si mesmo, sentindo-se digno daquela honra e daquele ornamento. Nunca foi um assassino, mas uma marionete a serviço do mal.

Ícaro retirou do bolso da bermuda surrada a semente-do-céu com Fântaso, que ele havia colhido no jardim do palácio depois de intimidar um guarda que detinha o conhecimento de sua localização e apagá-lo em seguida. Lembrou-se de Verne, do favor que estava fazendo para o seu amigo, a pessoa que acreditou nele quando ninguém mais o fez. Lembrou-se também dos outros aliados que conquistou pelo caminho: Elói Munyr, Karolina Kirsanoff, Simas Tales.

— Ei, Ícaro — disse Vogel Quail, a uns metros seguros de distância. — Eu ainda quero você morto, pelas mesmas razões de antes.

— Oras, cale a boca, seu verme — grunhiu Yuka.

Foi então que a fada e o corujeiro perceberam que os guardas, antes desacordados aos pés da porta do aposento real, estavam em pé, com lanças em punho e apontadas para os dois.

— Quatro — contou Ícaro. — Quando os derrubei, eram cinc...

Uma haste atravessou seu peito e ele cuspiu muito sangue, que pintou Yuka de vermelho.

— Ícaro!

Ele girou rapidamente no próprio eixo e cortou a garganta do guarda que o havia empalado por trás. Retirar aquela lança só pioraria sua situação, portanto ela continuou onde estava. Os outros avançaram conforme o castelão gritava ordens para matá-lo.

— Yuka, leve a semente para Verne.

— *Nós* a levaremos!

— Vai na frente. — Ele sorriu um sorriso triste. — Vou segurar eles aqui.

— Ícaro, não...

— Eu já fiz tudo o que tinha para fazer. E eu vi você no final. Meu amor.

Um dos guardas conseguiu fincar uma espada em sua pata, enquanto outro abriu um corte profundo na asa direita. O terceiro já estava chegando com uma adaga direcionada para o seu coração.

Yuka não teve forças para dizer mais nada — gritava e chorava, de maneira quase inaudível para os demais. Ela ainda conseguiu beijar o bico de seu amado, um beijo pequeno, minúsculo, mas verdadeiro, então partiu sem olhar para trás.

Voou e voou para muito além do Ninhonegro, e ainda mais além entre as nuvens depois da ilha flutuante de Nebulous. Flechas voaram em sua direção, mas se tinha algo que os patrulheiros-negros não compreendiam era que havia poucas coisas tão difíceis quanto acertar algo tão minúsculo quanto uma fada. Mesmo assim, uma seta atravessou uma de suas asas cintilantes e ela vacilou pelo ar. Desesperava-se e caía quando foi recolhida por Ícaro.

Uma alegria incomensurável tomou conta dela: seu amor havia sobrevivido aos guardas. Mas essa alegria não durou muito, pois logo notou que Ícaro estava mais para um defunto do que para o grande corujeiro que fora pouco antes. Atravessado por lanças em várias partes do corpo — incluindo o coração —, ele sangrava por todos os poros e não tinha mais forças para falar. Mesmo assim, usava suas últimas forças para voar.

E sorrir para sua fada.

Yuka conseguiu recuperar o fôlego e tomar os ares, para planar até o continente e levar a semente-do-céu para quem mais precisava.

Com a coroa de galhos e espinhos ainda sobre a cabeça, ela viu Ícaro Zíngaro parar de voar e cair, desaparecendo entre as nuvens. De Nebulous para Necrópolis, e de lá para nunca mais.

27
RINHA

Existiam muitas coisas ali, mas a principal era o ringue. Octogonal, de madeira escura e enorme, manchado por sangue, plumas e viscosidades. O lugar cheirava a alpiste, e criaturas semelhantes a galinhas cocoricavam com raiva embrenhadas nas sombras. O ambiente era mais escuro do que Verne gostaria e a luz mágica rareava por ali.

— E então? — ele perguntou ao necromante.

— O quê?

— Você disse que me daria o ovo de cocatriz com Ícelo de bom grado.

— Sim, mais ou menos isso, Verne Vipero.

— Como assim "mais ou menos"?

— Uma rinha antes, que tal?

— Rinha?

— Rinha de cocatrizes. — Eric Lapin levou a mão à boca de maneira forçadamente afetada. — Oh! Me desculpe! Esqueci que você não pertence a este mundo.

— Temos rinhas no meu também. São ilegais.

— Pois aqui, não. Inclusive, muitos líderes de aldeias caem e ascendem assim. Sei porque cresci em uma aldeia.

— Sei.

— E aprendi com aqueles que me criaram que precisamos conquistar as coisas em vez de ganhá-las. Tudo tem mais valor assim. — O necromante colocou a mão sobre o peito do rapaz. — Mas, claro, eu ainda posso lhe *dar* o ovo, sem qualquer rinha. A proposta aqui é apenas isso: uma *proposta*. A escolha é sua. E então?

Verne não conhecia Eric Lapin o suficiente para qualquer julgamento, mas os receios apresentados por Elói e o fato de o homem ter sido acolhido por Asfeboth — além de manter uma criança cativa, ressuscitar os mortos sem lhes perguntar se queriam ser ressuscitados, e organizar rinhas dentro da própria casa — eram motivos de sobra para deixá-lo desconfiado. Portanto, supunha que, se pedisse o ovo de cocatriz sem aceitar aquela proposta, ele poderia vir junto de alguma surpresa desagradável. Não poderia arriscar, não com o sono lhe pesando as pálpebras: o morbo-tantibus voltando aos poucos, mas com força.

— Vamos de rinha, por que não?

— Gosto de homens ousados como você, Verne Vipero. Gosto bastante, aliás. — O necromante lhe atirou um sorriso desejoso.

— Muito bem, por onde começamos?

Eric levou Verne até duas gaiolas, onde poderiam muito bem caber homens. As criaturas grunhiam com fúria, bicando as grades de ferro e deixando marcas nelas.

— Nintu e Tindareu. Deixo você escolher. São os dois melhores cocatrizes do meu poleiro.

Verne não estava muito confortável em encará-los, por isso apontou aleatoriamente para o da esquerda.

— Tindareu, ótima escolha, Verne Vipero. Vou com Nintu então.

Um rapaz, tão morto-vivo quanto o mordomo que lhe serviu chá anteriormente, surgiu dos fundos do cocatriceiro. Era o juiz da rinha e levava as criaturas para o ringue. Eram como galos monstruosos, quase do tamanho atual de Magma, com escamas pontudas no lugar das cristas, plumas esparsas cobrindo parte do corpo de lagarto e uma longa cauda espinhosa. As patas de ave tinham esporas terríveis e a cabeça era como de um galináceo, porém os bicos terminavam em presas medonhas. As asas draconianas pareciam perigosas e a língua de cobra gotejava uma viscosidade ácida. Tão terrível quanto seu aspecto natural era que seus os olhos estavam perfurados.

— Tenho de cegá-los, senão todos estaríamos transformados em pedras agora. — Eric deu de ombros. — Pois bem, a rinha não é muito diferente de qualquer briga entre duas pessoas.

— Sei mais ou menos como funciona. Me desculpe, mas tenho pressa em ganhar.

— É assim que se fala!

O necromante acenou para o juiz morto-vivo, que soltou os cocatrizes das correntes. Sedentos por sangue, um avançou rapidamente contra o outro. Tindareu bicou com ódio, mas seu adversário se protegeu com as asas, que foram perfuradas. Nintu virou a cauda e acertou em cheio a cabeça do primeiro, levando-o ao chão. O cocatriz de Eric saltou sobre o caído, raspando as esporas e rasgando o corpo, mas foi atingido pelo ácido cuspido do bico inimigo. Nintu cambaleou, atordoado pelas plumas derretendo na viscosidade, e mesmo assim encontrou forças para a próxima investida, saltando mais uma vez contra o adversário, planando com a pujança das asas e chicoteando o outro com a cauda. Porém, Tindareu resistia; usou uma asa para cortar a ponta da cauda do inimigo e, com o bico, puxou Nintu para baixo, depois subiu sobre ele, colocou as esporas sobre o peito e vomitou ácido em sua cara, até que não sobrasse bico algum ali. Tindareu cacarejou sua raiva bem alto em vitória.

— Hum — disse Eric Lapin, pensativo. — Geralmente eles não lutam até a morte. Por aqui, optamos pelo nocaute. Mas sem problemas, Verne Vipero. Posso ressuscitá-lo depois.

Enquanto o juiz morto-vivo deixava Nintu estirado no ringue e recolhia Tindareu de volta à gaiola, o necromante buscava por algo em suas mangas bufantes. Enfim encontrou o objeto tão cobiçado por Verne: o ovo de cocatriz onde Ícelo estava confinado.

— Aqui está seu prêmio, meu homem, conquistado de forma justa.

— Obrigado — disse Verne com alívio.

No caminho de volta à primeira sala de chá, o rapaz teve uma súbita lembrança que o assombrou. Enquanto a rinha se desenrolava, ele havia concentrado seus pensamentos em Nintu, não em Tindareu, desejando que aquele morresse. Podia ser mera coincidência — afinal, Tindareu era uma cocatriz feroz no ringue —, mas e se não fosse? Ele não notara antes, porém acabara de perceber que seu único olho bom ficara vermelho naquele instante. E seu desejo se realizara.

28
O JANTAR

Um silêncio súbito tomou a sala de jantar quando eles voltaram. Elói tentava esconder a tensão. Simas agora estava sentado ao lado de Biblio. O olhar de Eric Lapin se direcionou para estes dois. Verne, com um sorriso amarelo, levantou o ovo de cocatriz.

— Consegui.

O monge devolveu o sorriso com uma ponta de alívio e faz menção de levantar-se da mesa, no que o necromante acenou com a mão, indicando que ele não o fizesse.

— Sei que vocês têm pressa dada a condição de Verne Vipero, mas também precisam comer, não é? Independentemente de nossas diferentes ideologias, eu sempre fui um bom anfitrião. E lhes prometo que a refeição não é envenenada. Posso ser o primeiro a provar, se preferirem.

— Não será necessário. Agradecemos pelo jantar — disse Elói da maneira mais cortês que conseguiu, voltando a sentar-se. Verne fez o mesmo.

Eric bateu palmas e Enri-Ke chegou à sala de jantar com um carrinho de metal repleto de comes e bebes, apresentando as refeições com seu sotaque quebradiço de morto-vivo. Por baixo das tampas, havia filé de kokkido, trutas-rubentes do Mar Tártaro cozidas e cobertas com um molho amarelo semelhante à mostarda, algas negras do Rio Salguod, frutas frescas de Gaia, grãos de ração colhidos nas Ilhas Woden, pedacinhos de pão com casca esverdeada e uma cocatriz assada (provavelmente não era Nintu), tudo isso acompanhado de suco de lascivus, água e hidromel.

Mesmo receosos, aqueles homens estavam famintos depois de tantas aventuras por Necrópolis. Simas Tales foi o primeiro a perder qualquer hesitação em se servir de tudo o que as bandejas dispunham, enchendo o copo de lascivus de tempos em tempos. Elói agradeceu em silêncio por não ter cevata a tentar o ladrão e experimentou um pouco da truta-rubente e das algas (frutos do mar sempre foram sua paixão secreta), acompanhado de um bom hidromel. Biblio pegou apenas pão e água, como se fosse o que estava acostumado a comer, aprisionado ou não naquela Mansão Mortuária. Verne não sabia bem o que comer, portanto comeu apenas as frutas e bebeu da água. Eric deu uma garfada no kokkido, depois outra na cocatriz enquanto observava seus visitantes com atenção e um sorriso que jamais lhe escapava do rosto.

O necromante começou a dizer alguma coisa, mas Verne teve seus pensamentos nublados, o sono se assomando sobre ele com força de repente. O morbo-tantibus não freava, mesmo com a vítima de barriga cheia. No sonho que se seguiu, ele viu Ícaro Zíngaro caindo. Depenado. Morto. Uma luz vinha em sua direção, triste e desesperada, trazendo algo nas pequenas mãos. Ele despertou — não soube quanto tempo depois, já que dentro da Mansão Mortuária não dava para saber como estava o clima do lado de fora, pois não havia janelas nem portas. Ninguém havia notado seu apagão, mas os ânimos pareciam exaltados entre Elói e Eric.

— ...sim, claro — dizia Eric Lapin. — Mas por que, meu bom homem, você acredita que nós deveríamos nos curvar à Supremacia?

— Nós os colocamos lá — respondeu Elói. — Os sete reinos principais servem aos necropolitanos. Servem aos desejos dos povos.

— *Nós* quem? Érebus, Grendel e os povos das Geleiras Inábeis são alguns dos reinos que não fizeram essa escolha.

— Todos sabemos que Érebus pertenceu à Supremacia no passado. Eram oito reinos, até que seu antigo rei ameaçou um golpe.

— Não era ameaça de golpe. O rei Asfeboth pretendia colocar um antigo sonho em prática. Um sonho dos povos esquecidos e rejeitados pela Supremacia. *Igualdade,* Elói Munyr.

— O que vocês chamam de igualdade, nós chamamos de ditadura. Toda a liderança de Necrópolis nas mãos de uma única figura; no caso, a figura do rei Asfeboth, *Deus-Serpente,* ele se intitulava. Decerto pretendia ser imperador do mundo, com autoridade sobre tudo e todos.

— Para unificar os povos e não os dividir.

— Você realmente acredita nisso, Eric? — Elói fixou o olhar sobre o outro, a voz agora elevada.

Verne ainda estava atordoado, mas conseguia compreender que os rumos daquela conversa não terminariam bem. Se Simas compreendeu o mesmo, não demonstrou, pois continuava a comer. Biblio parecia ansioso em trazer novas informações, mas não encontrou espaço para falar o que quer que fosse.

— Claro que sim, meu bom homem. Tanto que ainda sirvo a Érebus e aos seus princípios. Estou com meu reino até o fim.

— Eu só lamento.

— Você fala em ditadura, mas é isso que significa "supremacia".

— Nosso sistema não é perfeito, confesso, menos ainda o nome escolhido para englobar a união dos reinos. Mas ao menos foi uma forma de distribuir o poder entre diferentes reinados e povos sem que rachasse Necrópolis ao meio. Essa é uma forma de chegar à tal igualdade. Com essa coalizão de poderes.

— Uma coalizão que une uns e exclui outros? Um sistema separatista, isso sim. — O semblante de Eric Lapin já estava longe do falso simpático de antes e não parecia existir qualquer forma dele retomar o sorriso, por mais forçado que fosse. Mesmo assim, ele esboçou um novo sorriso. Aquilo não podia ser bom, Verne considerou.

— A Supremacia não é separatista. Os monges não concordariam se assim fosse.

— Porém concordaram no final das contas. São capachos dos sete reinos principais, abaixaram a cabeça e lamberam as botas dos reis acima deles. Mas você não. Certo, Elói Munyr. Você se *renegou*.

— Não pelo sistema político. Minhas motivações são particulares.

— Na verdade, ele perdeu a... — começou Biblio, rapidamente interrompido por Elói.

— Quieto, garoto! — Levantou-se, aborrecido, terminando seu último gole de hidromel. — Agradeço a estadia, Eric, mas temos de ir agora. — Olhou para Simas e Verne, não dando brechas para negociação e instou: — Vamos, rapazes.

Simas Tales ainda estava envolvido com uma coxa do que restou da cocatriz assada e pareceu chateado em partir tão cedo, mas Verne não hesitou. Com o sono cada vez mais pesado, resolveu aproveitar a oportunidade antes que tudo aquilo terminasse e perguntou a Biblio o que queria ter perguntado desde que o conheceu:

— Ei, o que aconteceu com meu irmão Victor, após os eventos na Fronteira das Almas?

O menino-biblioteca arregalou os olhos, com a resposta mais importante da vida de Verne na ponta da língua, mas foi novamente interrompido, dessa vez por Eric Lapin:

— Tudo bem, homens, consegui segurá-los o tempo suficiente para o que o general Vassago me designou: a captura de Verne Vipero. Mas acredito que a cabeça de Elói Munyr e Simas Tales devam servir para alguma coisa também.

— Uma armadilha, sério? — disse Elói, sem qualquer surpresa. — Eu mentiria se dissesse que esperava mais de você, Eric, mas eu não esperava não. Imaginei, desde o momento em que pisei nesta sala, que você tinha alguma artimanha planejada.

Foi então que Simas se deu conta do que estava acontecendo, engoliu inteiro o que quer que fosse que estava devorando naquele instante e vociferou, sem qualquer cordialidade:

— Você pode ser um necromante, maldito, mas não pode com nós três. Acha que seus mortos-vivos dão conta?

— Você tem completa razão, meu caro — falou Eric. — Eu e meus ressurrectos não temos capacidades físicas de combate contra um monge em pleno domínio de seu ectoplasma, um grande velocista como você e uma figura curiosa como Verne Vipero, que detém uma habilidade sem igual com o misterioso ectoplasma vermelho, mesmo doente no momento. Não temos mesmo. Mas, como disse, eu estava apenas ganhando tempo.

— Para o quê? — perguntou Verne.

— Para nósss — respondeu a Capitã Cerastes, saindo de uma porta que se abriu por magia logo atrás da mesa de jantar, acompanhada de outros reptilianos armados com lanças, espadas, arcos e flechas, e alguns duendes empunhando facas ou carregando frascos de poções explosivas. — Você vem comigo para Érebusss, Verne. Sserá o sssacrifício de nossso príncipe. — Ela mostrou a língua bifurcada, acompanhada de um sibilo. Seu olhar era impassível.

Não tinham saída.

Ou eles lutavam ou seriam capturados.

Ou...

— Ninguém vai levar o Verne pra lugar nenhum, não! — gritou Simas. — E você vem com a gente, meninão!

Simas abraçou Biblio pelo pescoço e num piscar de olhos estava do outro lado da mesa, entre Elói e Verne, para quem sorriu:

— Meus amigos, segurem em mim, isso não vai ser agradável.

— Simas? — perguntou Elói.

— Sabem aquela ideia de antes? Então. Vou tentar atravessar essas paredes mágicas com a supervelocidade.

— Peguem elesss! Agora! — ordenou a Capitã Cerastes.

Os reptilianos e duendes avançaram, mas o ladrão começou a mover seus pés e um pequeno vendaval se iniciou na sala de jantar. Eric Lapin deu alguns passos para trás, forçando afetação e um sorriso irônico voltou às suas feições:

— Creio que seja tarde demais, minha querida capitã. Veja aquilo.

— Você já fez isso antes, Simas? — perguntou Verne, desnorteado.

— Não, mas sei que vai dar certo. É só eu correr mais do que o normal que ninguém ficará preso entre as paredes.

— Espero que não.

— Puxa — disse Biblio, mas Verne não entendeu se o menino estava feliz ou preocupado.

O que era vendaval logo se tornou um pequeno furacão, levantando mesa, cadeiras, bandejas e comidas para todos os lados, alguns copos foram atirados contra as paredes, alguns reptilianos flutuaram, enquanto Enri-Ke e os duendes foram destroçados pela força do vento. A Capitã Cerastes e o necromante se mantiveram a uma distância segura, quase sem ar, assistindo a mais um fracasso correndo bem diante de seus olhos.

Num instante, Verne, Elói, Simas e Biblio estavam ali; no outro, não estavam mais.

29
BIBLIO RESPONDE

Atravessar as sombras com Treval não se comparava em nada ao que era estar no meio de um furacão. Seu manto era um passeio pelo parque diante de uma viagem de segundos entre O Abrigo e... o Vilarejo Sul, a grande comunidade de ladrões de Necrópolis. Eles haviam viajado uma grande distância, literalmente em um ou dois piscares de olhos.

Quando tudo terminou, estavam todos caídos e atordoados, mas a situação de Simas e Verne era pior. O ladrão revirava os olhos e espumava pela boca, acolhido rapidamente por Biblio, que parecia pouco afetado durante a fuga. Verne estava desacordado, provavelmente impactado pelo morbo-tantibus mais uma vez. Magma lambia sua face, dando focinhadas em seu rosto. *Como ele chegou aqui?*, Elói pensou por um instante, mas logo considerou que o vulpo devia ter sido levado para dentro do furacão assim que saíram da Mansão Mortuária.

O monge renegado estava enjoado e tonto, mas conseguiu se colocar em pé. Talvez Treval tenha o protegido durante o percurso. Eles não tinham mais tempo a perder: a vida de Verne estava por um fio. Elói investiu mais uma vez na mistura de lágrima de dragão vermelho com Soro Faustico tanto no rapaz quanto no ladrão, nem que fosse para uma recuperação mínima. Simas Tales foi o primeiro a despertar, vomitando toda a janta nas dunas azuis das Terras Mórbidas. Limpou a boca, abraçou Biblio e sorriu de maneira desavergonhada.

— Obrigado! Obrigado! Chegamos?

— Chegamos — respondeu Elói, mostrando que estavam diante da entrada do Vilarejo Sul. O grande portão feito de lenhostrals era arriado pouco a pouco.

— Que bom, que bom! Vou ficar bem! — disse o ladrão, mas mal conseguia se sentar.

— O que foi aquilo, Simas?

— Uma loucura, mas era nossa única chance.

— Quando visitei suas memórias da outra vez, vi algo parecido. Ken... Kendal...

— Kendal Tales, o Esguio, meu pai, um dos membros d'Os Cinco. Morreu assim, dando um passo a mais no uso da supervelocidade. Ele vibrou suas moléculas, sendo capaz de atravessar paredes e qualquer superfície, mas atravessou todos os limites possíveis. E foi o que tentei fazer hoje, atravessar paredes, ultrapassando meus limites. Eu... eu era criança e ele morreu bem diante dos meus olhos. Demorei para perceber, porque o que eu via era apenas ele correndo e correndo, porque já havia perdido o controle havia muito. Mas não era mais ele. Aquilo era apenas seu reflexo, pois ele mesmo já tinha morrido bem antes. Tudo foi bastante assustador. É a maldição da minha família de ladrões, por terem assaltado Astaroth no passado...

— Sinto muito, Simas — disse Elói, lhe dando um breve abraço e depois seguindo até Verne, a quem tomou nos braços. — Tudo começa e termina com Astaroth. Precisamos dar um fim a isso.

— Precisamos.

Verne despertou, com poucas forças para abrir o olho, as mãos tremendo. Depois de algum tempo, começou a balbuciar:

— Eu... eu sonhei... sonhei com...

— Não fale, Verne. — Era Elói, preocupado. — Você está fraco, mas agora só falta um item para irmos atrás de sua cura. — Pegou em sua mão. Magma deitou-se ao lado, regougando.

Um homem de ombros largos, cabelos castanhos caindo um pouco além da nuca e vestindo roupas de couro limpas com filigranas dourados se aproximou do grupo jogado nas dunas, acompanhado de outros homens — que Elói sabia se tratar de Matyas, Rafos e Kal — armados com tacapes e facões, mas com as armas abaixadas. O homem não parecia satisfeito.

— O que é que está acontecendo por aqui, hein? Onde você esteve todo esse tempo, Simas? — perguntou o Líder dos Ladrões e tio de Simas, Pavino Tales.

— Senhor, eu sou Biblio, o menino-biblioteca, uma entidade que detém todo o conhecimento do mundo — começou Biblio de pronto, pegando a todos de surpresa. — Seu sobrinho foi alcoolizado por pessoas em Laverna e aprisionado por lá, onde passou muito tempo e seria executado, se não fosse salvo por Elói Munyr, de quem ficou amigo na estação anterior. O monge, aliás, conhece todas as histórias de vocês, ladrões, e hoje é o novo usuário de Treval, que pertenceu a Lobbus Wolfron, o Feroz, seu parceiro d'Os Cinco, e que antes pertencera à Fortaleza Damballa, do Príncipe-Serpente Astaroth. Já eu, fui prisioneiro por muito tempo do necromante Eric Lapin, mas seu sobrinho me salvou e me tirou de lá. Ele correu um septilhão de vezes por segundo, arriscando a própria sobrevida, e nos trouxe do Abrigo para cá. Seu sobrinho também salvou Elói Munyr e Verne Vipero, que sofre com o morbo-tantibus, a doença do pesadelo, e precisa de ajuda imediata.

— Mas... O quê? — Era Pavino, tão atônito quanto os demais.

— Eu acho que o meninão aí já resumiu bem, tio — disse Simas, tomando forças para se levantar, apoiado no ombro do menino-biblioteca. — Aliás, oi!

— O-oi.

— Espero que possam me aceitar em seu lar, senhor Pavino Tales, o Astuto. — A antiga alcunha do Líder dos Ladrões fez com que ele balançasse. — Temporariamente, é claro. Somente enquanto não consigo retornar para meu Círculo, o Sonhar.

— Hã... Sim, é claro... Você pode ficar o tempo que for necessário. — Pavino se voltou para o sobrinho. — Simas, você assume a responsabilidade pelo... menino?

— Claro, tio! — Simas passou a mão pelos cabelos de Biblio. Sorriram.

Elói se preocupava com a estadia de Biblio entre os ladrões e de quão oportunistas eles poderiam ser com o uso de informações diversas sobre qualquer assunto. Ter todas as respostas não era natural e, claro, não era bom para ninguém. Mas seria bom para Biblio ter um abrigo seguro. Os ladrões formavam uma comunidade bastante unida e sabiam se esconder ou fugir, se assim fosse necessário.

— Muito bem! Rafos, Matyas, carreguem Verne para dentro e... seu bicho de estimação também. Deem a todos o que comer. Banho e tudo o mais. Eles precisam descansar.

Podia ser só o vento que bateu naquele exato instante e fez com que a capa do manto de sombras se voltasse mais para a entrada do Vilarejo Leste. Ou era Treval, com a memória do passado de seu antigo usuário, com saudades de casa.

30
AQUI NOS SEPARAMOS

Verne ainda ardia em febre e mal conseguia se levantar, mas ao menos era capaz de falar. Estavam em um dos vários casebres de madeira enegrecida, aquecidos sobre camas dentro da Vila dos Ladrões. Todos de estômago cheio e banhados. Biblio dormia em um canto, enquanto Simas e Verne conversavam, dentro do possível, aguardando o retorno de Elói, que estava tendo uma longa conversa (para não dizer "sendo interrogado") com Pavino Tales ao redor de uma fogueira do lado de fora, a respeito do que ele sabia ou não sobre os antigos segredos dos ladrões, desde que fez o ritual com Simas na estação anterior.

— Obrigado de novo, meu amigo — disse Verne com dificuldade, entre devaneios e a realidade.

— É A lei da Areia, meu caro — Simas sorriu, já consideravelmente recuperado após sua última investida suicida. Ele bebia leite de equinotrota, nada de cevata. — Todo homem deve auxiliar seu igual quando se perde nas dunas. Você salvou minha sobrevida contra os duendes aquela vez, eu só retribuí a ajuda. Estava te devendo uma. — Gargalhou.

— Você começou a me ajudar naquele dia e desde então nunca mais parou de me ajudar. — Seu sorriso era cansado.

— Pois é, meu amiguinho caolho. Eu nunca imaginei que pudesse fazer amigos fora dessa vila. Mas eu fiz. Como é que vocês falam lá na Terra?
— Uma mão... lava a outra.
— Adoro essa frase.

Uma rajada de luz entrou pela janela do casebre, estourando parte da vidraça e se arrebentando contra o piso de terra batida. A luz, diminuta, parecia se apagar aos poucos. Trazia uma semente-do-céu envolta em seus bracinhos.

— Yuka! — Verne estava espantado.

Simas a colheu rapidamente entre as mãos e a levou para perto do amigo. Alguma coisa lhe dizia que ela não trazia boas notícias.

— Eu... viajei bastante... Estava o... procurando, Verne...
— Descanse, Yuka. Agora você me encontrou.
— É a fadinha do Ícaro, não é? — perguntou Simas.
— Sim.
— Ícaro... morreu — ela revelou.

Verne se fechou. A Simas, pareceu que, em seu íntimo, seu amigo já sabia daquilo e então a notícia se revelava como verdadeira. O rapaz deixou escapar uma lágrima. Existia tristeza e ódio em seu olhar, que brilhou em vermelho por um instante.

O ladrão ficou com o coração apertado enquanto Yuka narrava os eventos que levaram à morte de Ícaro Zíngaro e as artimanhas que ele descobriu a respeito do castelão Vogel Quail e de toda Nebulous contra a Supremacia. Traição. Um golpe.

— É culpa minha — disse Verne, desolado. — Eu o levei à morte.
— Não se culpe. — Yuka acariciava seu rosto. — Ícaro teria voltado para Nebulous de qualquer maneira, uma hora ou outra. Ele só precisava de uma desculpa.
— Eu não devia ter pedido a semente-do-céu a ele... Eu não devia!
— Calma aí, meu caro...
— Ícaro morreu no dia em que foi manipulado e levado a assassinar seus amigos, essa é a verdade — disse Yuka. — Como eu falei, para voltar a Nebulous ou para morrer de vez, ele só precisava de uma desculpa.
— Yuka, eu... sinto muito, muito mesmo. — O rapaz parecia cada vez mais fraco e, depois daquela notícia, pior ainda.
— A... semente-do-céu... Ele pegou para você... como o prometido.

Verne se permitiu chorar um pouco mais.

Simas tomou a semente-do-céu nas mãos, já que o outro não tinha forças para tal. Quando notou, Elói estava diante da porta, em silêncio e com a cabeça abaixada, respeitando o momento. *Há quanto tempo ele está ali?*, perguntou-se o ladrão.

— Yuka... — Era Verne. — Vocês foram incríveis. Você e Ícaro, uma dupla... uma dupla perfeita. Eu agradeço muito... Eu...

— Ícaro... meu amor. — Yuka sorriu pela última vez, então sua luz se apagou e ela virou poeira cintilante, se desfazendo nas mãos de Simas.

O monge se aproximou e o abraçou. Era tudo o que o ladrão precisava naquele momento, de um abraço. Ícaro tinha sido assassinado, Yuka desfez-se diante dele. Verne estava morrendo. O mundo estava à beira de um colapso, graças ao golpe que Érebus, Nebulous e outros reinos estavam armando. Ao longe e em um rápido devaneio, Simas ouviu o lamento de Marino Will. Tantas perdas, tantas ruínas. O que estava acontecendo?

— Agora possuímos as três iguarias — disse Elói, com uma frieza forçada. — Com elas, eu poderei encontrar a cura para Verne.

— Sanitatum-somnium, a cura do sonho — falou Biblio de súbito, sentado sobre a cama e limpando as ramelas, despertado pelos últimos movimentos no casebre. — Procure por Baba Yaga. A bruxa é a única capaz de produzir o antídoto com essas iguarias. A Kazanapata está neste momento caminhando pelo reino de Balor, mas o seu tempo é curto.

— Obrigado, menino.

— E saiba: ela vai querer barganhar.

Os dois se encararam por um curto espaço de tempo e Elói pareceu compreender o que o menino-biblioteca queria dizer, mas Simas não entendeu nada e por isso se preocupou.

Em um lapso de consciência, Verne sentiu-se aliviado por Biblio. Albericus Eliphas Gaosche comentara que Astaroth provavelmente vinha absorvendo criaturas de outros círculos em sua jornada rumo à ascensão ao protógono. Por sorte, não do Sonhar. O menino-biblioteca era um sobrevivente.

— Simas... — murmurou Verne, ainda mais quente do antes e mais fraco do que nunca.

— Diga, meu amigo?

— Assim que... tudo isso passar... peça ao seu protegido que... me dê a resposta à pergunta que fiz a ele horas atrás. Eu quero saber.... Eu *preciso* saber antes do fim...

— Mas do que você tá falan...

Verne revirou o olho, seu peito subiu e desceu com força por três vezes e ele começou a soltar espuma pela boca.

— Droga! Ele está convulsionando! — exasperou-se Elói, envolvendo Verne nos braços e o levando até o lado de fora, onde o colocou sobre Magma.

— Para onde vai levá-lo? — perguntou Simas, agoniado.

— Até a bruxa — respondeu o monge, deixando Treval fazer o resto.

— Obrigado novamente, Simas. Espero que possa encontrar Verne outra vez. Cuide bem do menino.

— Cuidarei. E você, cuide bem do meu amigo, hein? — O ladrão sentiu uma tristeza repentina. — A... até logo, Elói.

— Adeus.

Treval envolveu Elói, Verne e Magma em um abraço de sombras e no instante seguinte haviam desaparecido, deixando um rastro de preocupação e desesperança para trás.

Terceira Parte
VERMELHO

*Sonhos não morrem,
apenas adormecem
na alma da gente.*
Chico Xavier

31
A FOGUEIRA DAS VERDADES

Noah e Joshua sempre foram inexpressivos, mas a tensão era evidente naquela cabine. Karolina Kirsanoff estava no controle das esferas de seu gorgoilez, voando com seus auxiliares em direção à Base dos Mercenários. Aos pés, uma grande quantia de ouroouro real transbordava dos sacos, pela captura e assassinato do falso Simas Tales, vulgo Ed, o corpo entregue ao Quartel Militar da Esquadra de Lítio, com quem ela gostaria muito de poder contar agora, mas sabia que os militares não podiam se envolver nos assuntos dos mercenários — uma força independente de caçadores e guerreiros de elite, da qual ela era a líder desde a adolescência, por mérito próprio ou quase isso.

Ser Líder Mercenário, por outro lado, não tinha o mesmo glamour de outros tipos de liderança. Os problemas ocorriam em toda viragem e, quando um assunto se resolvia, outro nascia no mesmo lugar. Os mercenários eram pagos para cumprir contratos, fosse na captura ou no assassinato de alguém, humano, lycan, reptiliano ou anão, homem ou mulher, de Érebus aos Campos de Soísile. Mercenários não tinham posicionamento político, nem poderiam julgar, apenas cumprir com o contrato. O contrato era o verdadeiro líder. E Karolina Kirsanoff era apenas uma escrava do contrato. Nenhum outro mercenário almejava derrubá-la da posição, nem mesmo os veteranos, confortáveis em suas posições em campo. Além disso, ela liderava apenas os mercenários que residiam na Base e não tinha qualquer autoridade sobre outros mercenários espalhados pelo mundo. Ser líder não era diferente de ser um mercenário comum, principalmente no que tangia às ações de rotina. Sua única vantagem era poder contar com um gorgoilez portentoso, muito maior do que qualquer outro, e um quarto um tanto mais confortável na Base, onde mal ficava, já que rodava Necrópolis cumprindo novas e novas missões. O contrato dava as ordens e Karolina cumpria, seguindo-o como uma bússola.

O Planador Escarlate pousou horas depois, com Solux apagando, permitindo a Nyx ganhar o domínio do firmamento. Assim que ela pisou na Base dos Mercenários, o novato Fritz lhe trouxe más notícias através de um corvo nas mãos, com um ekos de Simas, lhe contando sobre o assassinato de Ícaro, os planos de golpe de Nebulous e que Elói havia partido com Verne para o reino de Balor em busca de sua cura. *Droga*.

Apesar do clima amistoso entre seus colegas, que havia muito não via, a tensão era a verdadeira atmosfera que se assomava naquele ambiente também. A postos e sem dormir, os mercenários faziam longos turnos, preparados para a invasão dos mestiços conduzidos pelo Valente Vermelho, guardando toda a amurada circular da Base, os portões leste e oeste, as jaulas dos gorgoilez em formação e a entrada principal.

— Novidades dos batedores? — ela perguntou sem cerimônia.

— Sim, senhorita — respondeu Fritz. — Quatro batedores foram enviados, só um retornou. Ele disse que diversas canoas aportaram na Baía de Laverna e que provavelmente, quem quer que tenha vindo por elas, se embrenhou pela mata.

— Sim, esses malditos não viriam pela trilha comum.

Karolina sentia-se minimamente aliviada por ter chegado com a Base ainda inteira, mas a preocupação não diminuiu, porque ela e o Valente Vermelho chegaram ao mesmo tempo. Seu verdadeiro plano era que os mercenários realizassem uma invasão surpresa no bosque onde os Corações Insólitos se abrigavam, e não o contrário. Ela detestava essa inversão de situação, detestava demais.

— Todos os mercenários estão a postos, senhorita.

— Ótimo, Fritz. Tome sua posição.

Ela começou a disparar ordens, quando quatro figuras vieram ao seu encontro.

— Ei, Rubra.

— Duncan.

Deixando as troças de sempre de lado, os dois veteranos trocaram olhares respeitosos. Agora enfrentariam um inimigo em comum e

Duncan Übell tinha sangue nos olhos (além de uma cimitarra muito maior do que ele em mãos sendo arrastada pelo chão; mas ela sabia: apesar de seu porte carcomido de idoso, o Virleono Bípede não ganhara esse apelido só pela aparência; era literalmente uma fera em combate). Emmeric Krieger se munia de uma terminata em cada mão, além de uma terceira lâmina reserva presa às costas; amaldiçoava o vento a torto e a direito, mas não ousava distrair ninguém destilando mais ódio do que aquele que chegava do horizonte. Mikke Mandell exibia seu machado gigantesco, que ele carregava sem qualquer dificuldade; seus olhos, porém, expunham o medo de um bebê em corpo de gigante. A auxiliar Gerdine Hexe, a Feia, escondia-se atrás do Grande Zart, empunhando um simples punhal, enquanto seu senhor trazia um sabre lustroso, como se nunca tivesse estado em combate antes.

— Senhores, precisamos conversar — instou Karolina para Duncan e Fegredo Zart. — Tem uma fogueira nos esperando logo ali. — E se dirigiu até as proximidades do portão principal, seguida pelos dois, que deixaram seus auxiliares assumirem seus outros postos, mas não sem desconfiança no olhar.

— Acha uma boa deixar essa fogueira brilhando nessa situação, Rubra?

— Com certeza — ela respondeu enquanto mordia a salsicha de porcellu no graveto, um pouco além do ponto. — Os Corações Insólitos sabem que a maioria dos mercenários se concentra aqui, então tanto faz. E é bom também que eles achem que estamos vulneráveis, festejando ao redor de uma fogueira, que seja. Precisamos de um elemento surpresa. Precisamos de qualquer coisa a nosso favor.

O velho escarrou.

— Eu sei por que você nos chamou aqui — disse o Grande Zart, sorumbático.

— Sabe, é?

— Você desconfia de mim.

— O quê?! — Duncan Übell parecia honestamente surpreso. — Isso é verdade?

— Olha, não é nada pessoal, Zart, mas você é um mestiço e conhece todos os propósitos dos nossos inimigos. Isso o torna automaticamente um suspeito.

— Você não me conhece, mulher — ele rosnou, passando um casco pela terra. — Eu já servia como mercenário quando você ainda mamava na velha equinotrota que mantínhamos bem ali, naquele cercado, junto daquele seu irmãozinho traidor. — A menção a Klint Kirsanoff a deixou desconfortável de imediato.

— Eu trabalho com esse bode velho há anos, Rubra. Sempre foi fiel! — Duncan era o único aflito ali. Mas era tarde demais, os ânimos já estavam exaltados.

— Eu desconfio de você, sim, Zart, desde a primeira vez que te vi. Você não me inspira confiança. E você é um mestiço. Os Corações Insólitos são mestiços. Mestiços que resolveram matar mercenários. Essa é a verdade.

— Sabe quem mais é mestiço? — Ele balançou suas orelhas felpudas.

— Não me ameace. — Ela lhe deu as costas e pegou mais um espeto. — Portanto, quero que deixe a Base esta noite e não participe da batal...

— *Você* é uma mestiça, Karolina Kirsanoff. Uma porra de uma mestiça, que foi deixada na porta desta Base, junto da porcaria do seu irm...

Karolina desferiu um soco no focinho do Grande Zart, que caiu sentado e cuspiu uma presa. Ele se colocou de pé rapidamente, espumando de raiva e lambendo o sangue que escorria do focinho-nariz, raspando os cascos no chão, apontando o sabre contra o peito da mercenária.

— Nunca mais fale do meu irmão, seu desgraçado.

— Ei, ei, vocês dois, que porra é essa? — Duncan se colocou entre eles, que não fizeram mais menção alguma de se atacarem. Alguns outros mercenários assistiam ao espetáculo, provavelmente sem entender nada. — Não é hora de nos desentendermos! — O Virleono Bípede fitou Karolina: — Se esse velho aqui nos trair, eu mesmo o mato, certo? Mas vamos deixá-lo em campo. Precisamos de todas as espadas e terminatas que pudermos, não sabemos em quantos eles estão!

Um mercenário tombou do alto da amurada com uma flecha cravada no meio da testa. Depois outro e então mais um.

— Os Corações Insólitos — gritou alguém ao longe. — Estão atacando! Protejam-se! Defendam a Base!

Mas que porcaria!

32

TURVAMENTO

O período que se seguiu àquela noite foi, para Verne, tempo que na verdade não existiu absolutamente como tempo. Ele só se lembrava de uma série de imagens, momentos e conversas fora de contexto. O tempo foi destruído para o rapaz. Não havia tempo no pesadelo e ele estava em seu inferno particular: no inferno da febre e da infecção dos sonhos, à beira da morte.

turvamento

Há uma escuridão onde é possível apenas ver Elói, que está suando bastante. Parece preocupado. Uma onda, ou seria um tufão? Um tufão de sombras e escuridão pura, mas visível, se move em meio ao nada. Seu corpo flutua, é levado pela onda. A onda de sombras leva seu corpo flutuante para algum lugar. Elói conduz a carruagem feita de escuridão. *Vou morrer,* agora Verne tem certeza, e estende a mão para o athame preso na cintura, porém não consegue pegá-lo. Não tem força. Sua força se esvaiu. *Ah, não, isto é o fim...*

turvamento

Antes ele estava com Simas, estava entre os ladrões. Aí veio o pesadelo. Victor aparecia no horizonte, estava ali, entre as árvores, a névoa, mas existia algo entre os dois. Uma serpente gigantesca, saltando do Abismo para devorá-lo... Antes que pudesse mordê-lo, ele caiu. Sua boca espumou.

E ele ficou quente e depois estava ardendo. O chão de areia azul se tornou turvo, tudo rodou e Verne não estava mais ali. Não estava mais em lugar nenhum. Apenas escuridão. Enquanto caía pelo buraco sem fim, viu Arabella Orr, Sophie Lacet e Chax, todos escorregando eternamente pelo mesmo precipício que ele. O Abismo. Sempre o Abismo. *Tudo o que começa um dia acaba.*

De repente não há mais queda e alguma coisa começa a cheirar

turvamento

a guisado. De peixe? De frango? Um cheiro bom. Um cheiro que se assoma sobre um lugar que toma forma. A escuridão dá lugar a terras áridas e cinzentas, com pinheirospretos ressecados pelo caminho e uma casa que anda entre eles. Uma pequena casa de madeira, tão pequena quanto poderia ser uma casa, mas que andava. Literalmente andava. "Kazanapata", ouviu do monge.

Elói cavalgava sobre Magma, agora um animal fantástico e enorme, que corria atrás da casa. A casa era veloz, mas Magma também era. Verne estava deitado sobre o dorso do animal, vendo o mundo se dobrar e desdobrar a cada instante, onde o tempo era esmigalhado. Seu inferno pessoal. O corpo ardia, os pesadelos iam e vinham. Ele já não sabia mais o que era real ou sonhado, portanto se deixou levar.

"Verne, aguente", dizia Elói, com uma voz desesperada. "Já estamos chegando!"

A casa corria e Magma corria atrás. A casa estava no alto, bem alto, passando entre os galhos secos dos pinheirospretos mortos. Do alto do telhado da casa, uma chaminé fumegava, deixando rastros de fumaça para trás. Era de lá que vinha o cheiro bom de guisado. Guisado de quê?

A casa corria com uma pata só. Uma pata de galinha colossal, maior do que qualquer árvore que ele já tinha visto. Uma pata que dava um passo por vez, quase saltando e avançando, sempre à frente, correndo. Correndo do quê, afinal? Deles ou de algo? Ou do tempo? O tempo era cruel. O tempo não esperava e devorava tudo o que ficava para trás. Verne estava ficando para trás. E estava ficando sem tempo também.

turvamento

— Morbo-tantibus — sussurra a velha. Ela não pergunta nem afirma, sua voz não parece falada, apenas compreendida, como uma ideia. Parece uma voz divertida, repleta de malícia, como de alguém debochando sem parar.

— Trouxe os três ingredientes, Baba — diz Elói. — O ovo de cocatriz, a uva-lilás e a semente-do-céu. — Verne se lembra de Ícaro e fica triste de novo. — Ícelo. Morfeu. Fântaso. Todos aqui.

— Os oneiro. — A risada da velha é como a de uma gralha. Ao mesmo tempo, a risada dela é sem igual. É estridente, apavorante, desperta novos pesadelos. — Oneiro dão bom guisado, ah, se dão!

— Tenho pressa. O sanitatum-somnium, por favor. Ele precisa da cura do sonho, está morrendo!

— Certo que vosmecê tá. — Seu sorriso se alargou. Mil rugas de um lado, mil rugas do outro e ainda outras tantas incontáveis. Pés de galinha, como o da casa, habitavam seu rosto. — O que ele é? Hum?

— Humano. Terrestre. Não... não vai resistir.

— Será se é?

Verne não entendeu o questionamento dela. Verne não entendeu o que fazia ali. Estava dentro da casa sobre o pé de galinha? A casa balançava, balançava muito e balançava porque estava correndo. Sempre à frente, sempre com pressa. Mas pressa do quê? Além do sono forte e de estar morrendo, ele começou a ficar enjoado também. Nem o barco do Barqueiro nem o Planador Escarlate de Karolina balançavam daquele modo.

— O sanitatum-somnium será feito, ah, se será! Mas tem um preço, vosmecê sabe!

— Tudo tem um preço. Qual é o desse, Baba?

— Uma coisa que vosmecê tem de muito, mas não precisa mais tanto!

turvamento

Verne achou ter ouvido uma coisa, mas seria outra? Ou era aquilo mesmo? Ele não tinha certeza, assim como não tinha certeza sobre mais nada. Suava frio. Sentia calor e frio ao mesmo tempo. Sua pele ardia em febre, o mundo girava ao redor e se distorcia sobre ele enquanto o frio lhe dava tremedeiras.

— Feito — respondeu Elói sem hesitar.

Feito o quê, afinal de contas?

Não sabia mais o que era verdade ou delírio, mas aquilo que estava diante dele não poderia ser fruto de um pesadelo, ainda que parecesse saído dos sonhos mais terríveis.

turvamento

A criatura era mais baixa que eles, com uma corcunda formando um pequeno monte sobre as costas, curvada como um aro prestes a romper, mas firme como rocha, repleta de bolhas e pus estourando além do tecido rareado, cinzento, que lhe cobria até os tornozelos. O rosto era uma ruína de rugas, verrugas e um sorriso eterno, distorcido para um único lado, sem dentes (ainda que algumas presas despontassem pelas gengivas arroxeadas). A língua era preta e lambia com constância os lábios ressequidos. O nariz adunco era gigantesco, curvado como um bico. No lugar de um olho, havia um buraco — não muito diferente dele. O outro olho, o *bom,* era meio branco, meio âmbar, arregalado, encarando a alma de Verne com interesse. Os braços e pernas eram curtos como os de um lagarto, mas aquilo claramente era uma figura humana, ainda que beirando o decrépito, que fazia Absyrto, o Curandeiro, parecer um jovem em seus anos dourados. A pele se retesava sobre os ossos em algumas partes, esticada ao limite. Em outros membros, era como se essa mesma pele tivesse derretido e repousado, sobrando pelas beiradas. A pele mesmo era cinzenta, como se nem Solux nem Nyx tivessem tido contato com aquilo por longas viragens. Os poucos cabelos brancos, quase translúcidos, desciam em uma cascata baça da cabeça deformada e meio careca, repleta de protuberâncias. As unhas podres eram imensas, guardando histórias entre as micoses que ali residiam.

turvamento

Baba Yaga havia primeiro espremido a uva-lilás sobre algo borbulhante em seu grande caldeirão (caldeirão, não; olhando melhor, parecia mais com um grande almofariz). Depois quebrado o ovo de cocatriz, derramando a gema para dentro. Então, atirado a semente-do-céu na mistura, que ela mexia e remexia com uma colher de pau do tamanho de uma vassoura e muito maior do que ela (colher de pau, não; era mais como um gigantesco moedor). Vez ou outra algo respingava em seu rosto ou olho e derretia onde tocava, como ácido. Isso explicava a falta de um olho dela.

Do almofariz, um odor. Seguido de berros. Três figuras diminutas e reluzentes como fadas, mas não eram fadas, então eram o quê?

Os oneiros. É claro, os oneiros. Desesperados, eram sacrificados pela bruxa da casa do pé de galinha. O sangue deles era usado na poção. Um sangue púrpura. Pequenos deuses servindo de banquete para uma avó macabra. Tudo em nome de um bem maior: a cura de Verne. Ele ia morrer. Não tinha como escapar da morte... ou tinha?

O fedor deu lugar a um cheiro bom. Cheiro de

turvamento

guisado. De peixe? De frango? Um cheiro bom. Um cheiro que se assoma sobre um lugar que toma forma. Um cheiro de cura do sonho. Um cheiro de salvação.

turvamento

Baba Yaga se aproxima com um pires de madeira sobre suas mãos horrendas. Ela despeja o líquido verde em um frasco que está com Elói, que o tampa logo em seguida com uma rolha.
— Menino precisa beber em Gemina Ligna!
— Entre as Árvores Gêmeas. Compreendo — confirmou o monge.
— Vai! Vai então! Até nunca mais!
Elói acolheu o rapaz nos ombros, o frasco na cintura e partiu da casa, saltando de lá até Magma, sem olhar para trás. Verne se viu envolto novamente no manto de sombras.
E apagou.

turvamento

33
ENTRE A LUZ E A ESPADA

Havia mais corpos atirados pela beirada da muralha do que Karolina gostaria. Mesmo que na expectativa de um ataque repentino, os mercenários que guardavam os baluartes da Base não contavam com uma inusitada habilidade de camuflagem de alguns dos mestiços que compunham os Corações Insólitos. O Valente Vermelho era muito mais perspicaz do que ela julgava.

Praticamente todos os mercenários da guarita estavam mortos, com flechas atravessadas no pescoço, crânio e olhos. O inimigo atirava para matar e não usava terminata. Eram mais primitivos em combate. Ela visualizou uma vantagem aí.

— Fizeram um cerco, senhorita! — revelou Fritz, chegando exasperado e coberto de sangue, mas alheio a isso.

— Enviem ekos. Vamos chamar reforços com mercenários de outr...

— Nosso ninho foi extinto. Todos os corvos estão mortos.

— Como isso é possível?

— Eu... eu não sei, senhorita.

— Algum deles conseguiu entrar?

— Ainda não. Mas estão tentando. Estamos conseguindo abater antes deles chegarem ao topo... por enquanto.

— Então como é que...? — Karolina buscou respostas no parceiro mais velho, que suava como um porcellu. De olhar tenso, ele não conseguia mais esconder a tensão.

— Temos um infiltrado, Rubra — cravou Duncan. — Só pode!

— Eu te falei! Eu te falei! Mas que inferno!

Fegredo Zart não se encolheu diante da provável acusação e tomou a frente:

— Não sou eu — grunhiu. — Não sou eu. Estava com vocês no momento do ataque.

— Uma maneira interessante de despistar nossa atenção enquanto outro dos seus exterminava nossos corvos.

— Sua vadia!

— Rubra! Não foi ele!

Karolina Kirsanoff já não sabia mais no que acreditar. Uma parte estava ciente que o Grande Zart não tinha nada a ver com aquilo, porém seu outro lado insistia nas obviedades aparentes. Independentemente da participação daquele mestiço de fauno em tudo aquilo, uma coisa era certa: existia um infiltrado. Não, pior. Existia um traidor entre eles. Mas quem?

No outro extremo da Base, ao longe, a mercenária avistou a silhueta de Emmeric Krieger e Mikke Mandell reforçando a entrada oeste. Seus assistentes, Joshua e Noah, estavam no Planador Escarlate, metralhando do lado leste.

Seus pensamentos continuavam um turbilhão quando ela viu dois dos seus homens caírem da amurada, um deles com uma espada cravada no peito. Cinco Corações Insólitos haviam alcançado o topo e saltavam obstinadamente para dentro da Base com armas brancas em punho. Meio-anfíbios, meio-lagartos, meio-felinos avançando com ódio sobre ela.

Karolina não hesitou, pois nunca hesitava. Desembainhou Eos das costas num silvo curto, empunhando com as duas mãos sua espada de lâmina espessa, pesada e sólida, gerando esgar de assombro nos inimigos que chegavam. Então ela começou a *dançar*.

Deslizando de joelhos e antecipando o ataque, Karolina surpreendeu o primeiro que se aproximou. Cortando na transversal de baixo para cima, ela deixou o gume enterrar fundo no peito do infeliz, separando o busto da cintura. Os outros quatro tremeram diante dela, mas não iam parar agora. Flanqueada, Karolina não se mostrou intimidada. Não era uma guerreira defensiva; mesmo sob desvantagens intransponíveis, ela sempre levava a guerra até o inimigo. Espadas zuniam perigosamente à sua volta, porém a morte a errava por uma pequena margem. A mercenária se movia em uma velocidade estonteante, como um grande felino entre primatas, enquanto saltava, esquivava e girava, desarmando um e estocando outro, fazendo com que recuassem por instante, mas não mais do que um instante. No momento seguinte, os mestiços a atacaram todos ao mesmo tempo, despejando golpes às cegas, tolhidos por sua própria aglomeração; logo depois, no entanto, afastaram-se subitamente — dois cadáveres no chão (um sem a cabeça, o outro com metade dela pendurada ao pescoço) ofereciam um testemunho mudo da fúria da mercenária, embora ela própria estivesse sangrando de ferimentos no braço e pescoço.

Um patife pequeno e pegajoso como um molusco se abaixou para escapar de um golpe e mergulhou nos tornozelos dela e, após lutar brevemente contra o que parecia ser uma belíssima estátua carmesim de ferro sólida, olhou para cima a tempo de ver a espada descer, mas não a tempo de evitá-la. Nesse ínterim, uma meio-crustácea ergueu um grande machado com ambas as mãos e talhou através da ombreira, ferindo o ombro sob ela. Foi seu erro: devia ter matado a mercenária ali. Eos perfurou a lombar da mestiça, furando carapaça e a atravessando até os ossos, e um sangue nauseabundo esguichou. Karolina tinha um pedaço de carne espetado na ponta da espada.

— Ataquem — gritou Karolina para seus homens. — Ataquem! Matem todos os Corações Insólitos! Matem!

Dominada pelo ódio e pela ansiedade, ela notou que suas ordens reverberaram com a força que somente seu *charme* de ninfa era capaz de exercer sobre os outros: gerando não uma obediência, mas algo mais próximo de uma devoção. Os mercenários assumiram a tão esperada bravura, que estava prestes a morrer, avançando com mais ferocidade e ímpeto, com uma coragem apaixonada, trucidando os mestiços que alcançavam o topo da muralha. Suas terminatas executavam o serviço mais rapidamente do que as flechas inimigas. Mesmo em número menor, os mercenários empreendiam ali uma reviravolta.

Karolina começou a concentrar seus esforços no elo que tinha com o gorgoilez. A ligação era demorada naquele contexto conturbado, mas, se tudo saísse como ela havia planejado, o Planador Escarlate poderia dar fim àquela batalha. Ela torcia para que sim.

Em um momento rápido para tomar um fôlego em meio àquele pandemônio, sua mente relaxou por um átimo e a levou para o passado, quando Adil Bravos, o antigo Líder Mercenário, havia a guiado para a jaula onde ela criaria sua conexão com um dos raros gorgoilez, criaturas disformes que necessitavam do metal e de um usuário-mestre para sobreviver em simbiose e que, ao evoluir, serviriam como máquinas de combate. Karolina foi escolhida por um deles, estabelecendo uma conexão ainda jovem, quando dois se tornam um. Uma membrana da criatura realizou o elo se acoplando em sua nuca. Ela ainda se lembrava da sensação daquela primeira vez, de ver o mundo através de outros olhos, de se sentir imponente por assumir o controle de uma bionave imensa, que se tornaria a maior de Necrópolis. As palavras de Adil, na jaula, naquele momento, ainda ressoavam em sua memória:

— Essa membrana lhe uniu ao gorgoilez. Mas a sua consciência será apenas uma gota em um oceano de circuitos, de órgãos e de aço. Quando você ficar brava, a bionave será imbatível. Se o planador sofrer um ataque, você sangrará. Esse é o nível de conexão entre vocês. Então não tente mover o oceano, ruiva. Concentre-se no que precisa ser feito e o oceano se moverá por você.

Karolina nunca se esqueceu daquelas palavras e, muito após a evolução da sua criatura e dos implementos mecânicos que o gorgoilez sofreu, ela e o Planador Escarlate empreenderam inúmeras missões pelo mundo, sendo uma força sem igual. Não era como uma mãe e seu filho; era mais como irmãos parasitários se comportavam. Um não podia viver sem o outro e nem queriam.

Mas esses devaneios duraram apenas uma fração de segundo.

Um arpão atravessou seu ombro e depois a puxou como uma boneca velha pelo solo, a arrastando pelo chão de um lado ao outro, até ela bater de costas contra a amurada. Suas coxas estavam raladas, as nádegas arruinadas. Eos tinha caído e ficado para trás. A mercenária usou de facas para cortar o cordão e fez do arpão sua nova arma, mas não tinha inimigo ali: a arma tinha sido disparada do lado de fora, do bosque. Mesmo assim, ela foi atacada mais uma vez e compreendeu que a Base já tinha sido invadida por completo, de um instante a outro, pois os mestiços irrompiam por todos os lados.

Um homenzarrão com chifres de minotauro lhe deu uma cabeçada, que a tonteou o suficiente a ponto de lhe tirar o equilíbrio. Em seguida, ele aproveitou dessa vulnerabilidade para pegá-la pelo pescoço e dar outra cabeçada. Os chifres eram fortes, e a testa de Karolina fez um *CRAC*, o sangue desceu pelos olhos em filetes, ela viu o mundo girar. O arpão caiu de sua mão. O outro mestiço, uma criatura gorda e baixote, chegava com garras enormes como as de um beoso, pronto para fatiá-la, porém não teve a oportunidade, pois um sabre atravessou seu coração por trás e ele tombou na hora. O chifrudo a deixou ali e se voltou para o novo adversário: o Grande Zart, que em um salto estocou três vezes — duas no peito, uma na virilha — e o homenzarrão já despejava um rio de sangue pelos poros, morrendo aos poucos, enquanto o mercenário mestiço acolhia sua parceira, que buscava recuperar as forças, com uma insuportável dor de cabeça.

— Não fui eu. Entendeu?

— Já sei disso... Obrigada.

Uma luz brilhou sobre a escuridão de Nyx na Base dos Mercenários, iluminando o ambiente de repente. Uma luz mágica, dourada e reconfortante. Uma luz que não aconteceu por acaso, mas sim uma luz que escolheu chegar ali naquele exato instante. O Grande Zart se afastou, e o pó cintilante caía sobre a mercenária e ela se recuperava muito mais rápido do que jamais conseguiria sem ajuda médica, até estar disposta outra vez.

— Mas que diabos...? — disse ela quando a luz deu forma a Hobart Flyrt, o Galante, com seu sorriso encantador, acolhedor e apaixonante. — O que você está fazendo a...?

— Você não consegue completar nenhuma frase, né, linda?

Já completa e rapidamente recuperada, Karolina precisava pensar com agilidade. Viu que o Grande Zart assistia a tudo aquilo com uma grande pergunta no olhar, como se dissesse "você está mancomunada com o fugitivo?", no entanto ela não tinha tempo para isso naquele momento e se voltou para o outro:

— Como? Você não deveria...

— Desculpe, eu a segui desde Breufreixo. Usei minha outra forma para me esconder em sua cabine. Sabia que podia estar com problemas, então...

— Você é meio-fada, caralho?

— Sou. Eu consigo encolher como uma fada e tal. Eu sei que isso é louco e é uma longa história e...

— Não tenho tempo pra histórias. Por que está aqui?

— Para te ajudar, lin...

— Linda o escambau! — Ela deu um tapa na mão dele, que se aproximava de seu rosto. — Você é o infiltrado?

— Sou. Mas no lado oposto. — Ele brilhava em dourado, cintilando, belíssimo, tão atraente quanto ela própria poderia ser para outros. Nesse sentido, ninfas e fadas tinham uma relação muito aproximada. — Eu já fiz parte dos Corações Insólitos, mas isso ficou no passado. Eu era um homem livre, até ser pego por vocês no norte. Foi quando ouvi os rumores sobre os ataques do Valente Vermelho. Vim aqui para ajudá-la, porque estou apaixonado por você. — *Apaixonado*. Aquilo foi inesperado para a mercenária. — Eu não me arriscaria tanto assim se não fosse por você. E você sabe disso, linda. Você sabe!

Ela sabia. Ele dizia a verdade, não dizia? Ela não sabia. Não sabia de mais nada. De um lado, um homem apaixonante, do outro, o caos. Mercenários e mestiços lutando uma batalha sem sentido. O sangue, que era da mesma cor de ambos os lados, escoava por todo o pavimento, sem distinção, se misturando pelo chão. Quando morriam, um mercenário e um mestiço eram da mesma cor.

Em nenhum lugar parecia ter um líder conduzindo aquela chacina. Onde estava o Valente Vermelho, afinal?

O Grande Zart encostou o sabre nas costas do Galante, que de imediato levantou as mãos.

— Estou aqui para ajudar — insistiu o meio-homem, meio-fada. — Por favor, acreditem em mim.

Karolina encarou Fegredo, que não fez menção de matá-lo, mas também não baixaria a guarda tão cedo.

— Muito bem, Hobart Flyrt, você é nosso prisioneiro — instou Karolina. — Tenho certeza de que pode nos ajudar a esclarecer o que tá acontecendo por aqui.

— Karol, eu...

— Cala a boca. O interrogatório ou a forca?

— O interrogatório — respondeu ele, com tristeza.

— Leve-o daqui.

A contragosto por receber a ordem de alguém que não tinha autoridade sobre ele, o Grande Zart, acompanhado de Gerdine Hexe, que chegou acuada e tremendo, levou o Galante para longe do tumulto, enquanto Duncan vinha pedir satisfações.

— Que merda é essa, Rubra?

— Alguém que talvez possa nos ajudar.

— Isso fede.

— Você fede.

— Eu já matei dez hoje. Eu cheiro à morte.

— Parabéns, velho.

— Eles não param de chegar. — Duncan limpou a testa suada. — Emmeric gritou do outro lado que tem mais vindo da amurada oeste. Não vamos dar conta, Rubra.

— Eu sei. Por isso vou dar um fim nisso *agora*.

— Ah, vai?

— Vou.

Uma grande sombra se formou sobre a Base dos Mercenários, com o maior de todos os gorgoilez sobrevoando o local, pausando a batalha por um segundo quando mercenários e mestiços olharam para o alto, para o imponente Planador Escarlate, pilotado por ninguém, que não pelo domínio de Karolina Kirsanoff, que controlava sua criatura à distância, dado seu elo de infância. Já recuperada pela magia feérica de Hobart Flyrt, ela conseguira um manuseio absoluto sobre a bionave, sobre seus mecanismos, sobre suas armas, que miravam no inimigo com precisão. E sem hesitar, pois ela nunca hesitava, disparou, chacinando os mestiços, de cinco a dez, a vinte por segundo, enquanto poupava seus homens de mais esforço. O reforço veio das terminatas de Joshua e Noah, que chegavam do portão leste e disparando também, não dando chance nem para aqueles que começavam a fugir de volta para a muralha.

Em poucos instantes, Karolina e seu Planador Escarlate haviam dado fim àquela batalha.

Seus homens, os sobreviventes, ajudavam os feridos, se reposicionavam e recolhiam os corpos dos inimigos. Ela não havia feito prisioneiros. Todos os mestiços que tinham invadido o local estavam mortos. A mercenária não perdoou nenhum.

Se o traidor não era o Galante, então era alguém. Quem era? Ela não sabia, não fazia ideia. Mas aquela batalha tinha terminado.

O Planador Escarlate pousou bem no centro da Base e Karolina precisou do apoio de Duncan para caminhar até ele, pois a conexão com a nave lhe deixava fraca, ainda mais depois de um com tantas operações simultâneas. A mercenária passou a mão sobre o metal e a carne do gorgoilez, que emitiu um zunido de carinho, aquele que só ela reconhecia desde pequena.

— Agora me levem até... o prisioneiro — disse Karolina, que almejava um pouco mais da luz feérica para recuperar o restante da energia.

Noah a tomou nos ombros e a moveu até as celas da Base, onde estava Hobart Flyrt, mas os dois foram atirados ainda mais para a frente quando aconteceu a explosão. Joshua foi tomado pelas chamas, enquanto Duncan foi jogado para longe, assim como alguns homens ao redor. Ela sentiu um choque percorrer seu corpo, da espinha até a nuca e de lá até a alma. Sua cabeça doía de um jeito aberrante, seu estômago revirava e sua conexão arrefecia. O espírito em cinzas. Parte dela se foi quando destruíram o Planador Escarlate.

34
O REINO DOS PESADELOS

Não havia nada de especial em Gemina Ligna. As árvores gêmeas eram apenas isso, árvores gêmeas. Semelhantes às macieiras da Terra e idênticas entre si, uma ao lado da outra, diante de um precipício no alto de um morro a leste de Ermo, que dava vista para a baía e de lá para o Oceano Tártaro, sem nenhum reino ou vilarejo próximo. Mas era ali, entre aquelas duas árvores idênticas, que havia uma falha na Teia e, portanto, a abertura para um submundo. Um reino que servia de ponte entre o sétimo círculo de Moabite, onde se situava Necrópolis, e o quarto círculo, o Sonhar.

Treval os levou até aquele exato local, como Elói ordenara em um controle melhorado do manto de sombras. Verne desmaiado, à beira da morte, sobre o dorso do gigantesco Magma, e o monge com o antídoto em mãos. Mas havia mais alguém ali.

Mr. Neagu estava encostado sobre o tronco de uma das gêmeas, dormindo um sono profundo. Elói reconheceu o homem do seu tempo em Paradizo e sabia de sua responsabilidade no ato contra Sophie Lacet. Tentou acordá-lo, sem sucesso. Sabia que quem morria nos planos dos sonhos não sobreviveria em vida. De qualquer maneira, não tinha tempo para aquilo.

Ele deitou Verne exatamente entre as duas árvores, como fora orientado a fazer. O rapaz ardia em febre, suava muito e espumava pela boca. Sem perder mais nenhum segundo, o monge o fez tomar do líquido verde do sanitatum-somnium, lhe dando a tão esperada cura do sonho. Despejou quase por inteiro, mas não tudo. Baba Yaga havia lhe dito para deixar um restinho para que ele próprio bebesse, se quisesse partir com Verne para o subplano de Kosmaro, o Reino dos Pesadelos. Assim fez Elói e deitou-se ao lado do pupilo.

— Ei, garotão — disse para Magma, que se aproximou regougando, cada passo um tremor sob a terra. — Cuide da gente, dos nossos corpos, enquanto estivermos dormindo, está bem? — Ele passou a mão sobre a cabeçorra do vulpo, que pousou sobre os quartos traseiros próximo aos dois. — Voltamos logo. Adeus.

O efeito do sanitatum-somnium não demorou a chegar. As pálpebras de Elói pesaram e ele logo as fechou, sendo tomado por um sono incontrolável. Deixou-se levar. Em um instante estava entre as árvores gêmeas; no outro, em um vórtice de escuridão plena. Não a escuridão da viagem pelo manto de sombras, mas uma escuridão diferente. Não uma escuridão concreta, das sombras que dão forma ao mundo. Mas uma escuridão abstrata, uma *ideia* de escuridão. Um devaneio sombrio. Um pesadelo.

Elói abriu os olhos e se viu dentro de uma espécie de caverna, porém, em vez de paredes rochosas, elas eram como se feitas de madeira escura, como se estivesse no coração de Gemina Ligna. *Uma caverna dentro das árvores?*

Viu Verne em pé, parado ali, como se fizesse as mesmas perguntas que ele. Ambos estavam usando as roupas de antes. A projeção em Kosmaro replicava a realidade.

— Verne! — disse, empolgado, com uma ponta de felicidade apenas em ver seu pupilo bem.

— Nós estamos mortos? — ele perguntou, a pele pálida, o olhar perdido, ainda tentando entender tudo aquilo.

— Consegui aplicar em você a cura do sonho. Estamos no Reino dos Pesadelos.

— Finalmente... — O rapaz divagava, olhando ao redor, mesmo não tendo nada o que ver por ali além do caminho adiante, por dentro da escuridão da caverna em vórtice.

— Você está bem?

— Acho... que sim... — Verne tocou a si mesmo, como se para comprovar que ainda tinha todas as partes do corpo. — Não sinto mais dores e parece que a febre se foi... Acho que... — Ele encontrou o athame na cintura e o retirou de lá. Seu único olho brilhou em vermelho, assim como a arma.

Ficou um tempo daquele jeito, talvez colocando a cabeça no lugar. Fechou o olho, respirou profundamente e tornou a abri-lo. — Obrigado, mestre.

— Vamos lá. — Elói lhe devolveu o sorriso, uma mão no ombro. — Mas tome cuidado, Verne, aqui nem tudo é o que parece. Não confie na sua mente. Você verá coisas desagradáveis pelo caminho. Os tardos são pesadelos vivos. Os pesadelos habitam esse lugar e vão nos atacar com visões do passado ou de assuntos mal resolvidos. Porém são apenas visões. Não desperdice seu ectoplasma com isso, apenas se mantenha atento para qualquer ataque fantasioso.

— Farei isso.

Juntos, mestre e pupilo avançaram pela caverna. O monge não via os próprios pés, cobertos por uma massa densa de névoa. Do vórtice para onde seguiam, vinha uma corrente de ar gelada que empurrava Treval com força para trás e, por vezes, fazia com que ele fosse arrastado um pouco junto do manto, o que dificultava a velocidade em seguir naquele ambiente. Mesmo assim, prosseguiram, sem qualquer noção de tempo. A caverna de madeira, ou do que parecia com madeira, era sempre a mesma, sem qualquer diferença pelo cenário. Estariam eles andando em círculos?

Não demorou muito para que Elói notasse Verne sofrendo os primeiros ataques. O rapaz ajoelhou, com as mãos acima dos joelhos, como se estivesse acolhendo um corpo invisível entre eles. Verne chorava sobre a imaginação do que deveria ser Sophie Lacet, pedindo desculpas para ela, falando alguma coisa sobre chá, sobre a facada na cozinha desferida por Mr. Neagu, sobre o tempo que se esvaia. De repente, seu pupilo se levantou e saiu correndo caverna adentro, gritando o nome de Victor, como se o tivesse encontrado do outro lado. Elói imaginou que nem mesmo Verne seria capaz de resistir aos ataques dos pesadelos e foi atrás do outro.

Correndo pela escuridão, onde tudo era nada e nada era o que parecia, o monge não encontrou o rapaz, mas de repente aquela caverna se abriu para o topo de um pico altíssimo que encostava nas nuvens de Necrópolis e de onde podia-se ver todo os reinos, com o mundo aos seus pés. Ao redor, tendas se espalhavam na área rochosa e plana, circundando a grande estátua do Monge Peregrino, o primeiro deles a atingir a iluminação, ainda na Era Arcaica. Não muito longe dali, uma antiga e enorme torre de tijolos servia como templo para os monges sagrados do Conselho de Oais. Gravuras sacras cobriam toda a arquitetura, que era rodeada de quatro outros torreões menores, circundados por balaustradas de pedra e arenito nos quatro lados. Elói estava de volta ao seu antigo lar, de onde foi expulso para sempre: o Monte Gárgame, a montanha mais alta do mundo.

A saudade o envolveu em uma mistura de dor, melancolia e alegria.

A brisa suave que chegava ao topo, enquanto Solux aquecia seu corpo, com o silêncio implacável dos monges em retiro, ou dos murmúrios meditativos do grupo que treinava o controle do ectoplasma no Pátio Luzente, lhe trouxeram lembranças ora aflitivas, ora afetivas. Sem saber quanto tempo aquilo poderia durar, Elói foi muito além das tendas e do pátio, até a área da lavoura, encontrando com alguns outros dos seus ordenhando equinotrotas e oxieres, parando apenas ao se deparar com ela ali, estendendo roupas em um varal. A mesma brisa parecia envolvê-la e somente a ela, batendo em seus cachos revoltos. Ela pareceu notá-lo e se virou, com um sorriso furtivo. Uma alegria proibida, que dois monges jamais poderiam ter ou nutrir.

Amor.

— Eva... — disse ele, os olhos lutando para segurar as lágrimas sem sucesso.

— Elói...

Descumprindo todos os tabus de Oais outra vez, Elói foi até ela e a abraçou, a beijou, deixando a saudade o levar até onde podia. Ciente da ilusão na qual estava envolvido, o monge renegado sabia o que viria em seguida, mas nunca estaria preparado para aquilo. Não esteve antes, quando de fato aconteceu e continuaria não estando agora.

Evangeline Ezra foi retirada dos braços de seu amor pelos monges anciãos e enforcada diante dele, enquanto o próprio era açoitado durante sete dias de Solux e sete noites de Nyx. Negligente por assumir um romance proibido pela ordem, ele fora responsabilizado pela morte da monja, depois expulso do templo para sempre e condenado a viver cem anos a mais, para que sua longevidade lhe desse sabedoria e compreensão pelos erros passados. Suas boas memórias se tornaram um pesadelo, mas não fictício. Um pesadelo real, que ele revivia ali, novamente e então de novo. Açoite num dia e depois no outro, e então outra vez, vendo e revendo Evangeline com o pescoço quebrado por várias viragens, sendo devorada aos poucos pelos corvos, insetos, tempo. Os olhos dela, que já não captavam mais nada, miravam o vazio.

Elói sabia que se tratava de uma ilusão, mas se alimentou dela até onde conseguiu, pois precisava rever seu amor pelo menos uma última vez. Mas bastava. Sua jornada precisava seguir. Desfazendo-se dos anciãos e do Conselho de Oais, o monge explodiu seu ectoplasma púrpura ao redor, destruindo todo o Monte Gárgame imaginário que, ao ruir, voltou a ser a caverna de madeira em vórtice. Ele limpou as lágrimas e se recobrou, encontrando Verne em posição fetal, chamando por Victor Vipero. Despertou seu pupilo, que parecia estar de fato retornando de um terrível pesadelo.

— Elói... — disse o rapaz em soluços. — Parecia tão... tão real...

— Parece mesmo. Mas agora acabou, Verne. *Acabou.*

— Acabou.

Foi então que o Rei Íncubo e a rainha Súcubo se manifestaram para os dois através da névoa, surgindo nus sentados em seus tronos ao fim da caverna do pesadelo. Ao redor, diversos tardos abatidos pela explosão de ectoplasma púrpura do monge. Eram criaturas de Kosmaro, pequenos e com asas de morcego, que infectavam todos aqueles que entravam no subplano com ilusões terríveis enquanto se alimentavam de seus prazeres.

— Ajoelhe-se — instou Elói e se colocou sobre um joelho. Verne repetiu o gesto.

— Eu já vi esses dois antes — murmurou seu pupilo.

— Como é que é?

— Em... em sonho. Alguns meses atrás. Eu os vi.

— SILÊNCIO — ordenou o Rei Íncubo, um homem cinzento e belíssimo, rosto lânguido, magriço e de membros ossudos, altíssimo, com os cabelos brancos caindo lisos até a cintura. O olhar era cruel. Lábios e unhas compridas pintados de roxo. Sua voz era ríspida e monótona.

— *INVASORES?* — perguntou a rainha Súcubo, que guardava traços semelhantes aos do marido, mas com os lábios, unhas e mamilos pintados em dourado. Ao contrário dele, ela trazia um sorriso ladino e repleto de travessura. Sua voz era maliciosa e ansiosa.

— De maneira alguma, Vossa Majestade — disse Elói, sem encará-los. — Somos visitantes.

— VISITANTES QUE MATAM MEUS TARDOS — concluiu o rei.

— Acidentes de percurso, Vossa Majestade. Viemos em paz. E viemos apenas em busca de ajuda.

— *O SEU AMIGO PARECE UM POUCO ABATIDO, HEIN?* — A rainha sorriu.

— Ele sofreu por muito tempo com o morbo-tantibus. Por isso viemos.

— ESTE HOMEM ME PARECE CURADO.

— Sim, ele tomou o sanitatum-somnium. Mas sabemos que a cura do sonho serve para nos trazer até Kosmaro e que depende de Vossas Majestades que a maldição do pesadelo seja retirada em definitivo de seu corpo.

— *ESSA É UMA VERDADE. MAS O QUE RECEBEMOS EM TROCA?*

Verne o encarou por um instante, preocupado. Elói o tranquilizou rapidamente.

— Eu assassinei os oneiros para Vossas Majestades. Fiz isso em troca da cura de meu amigo.

— Então nossos inimigos do sonhar, Morfeu, Ícelo e Fântaso, foram exterminados. De fato, não sinto mais suas presenças.

— *Vocês são uma dupla interessante, não são?* — A rainha passou a língua, também dourada, pelos lábios, de maneira um pouco perversa, um pouco tentadora.

— Por favor, Vossas Majestades, eu imploro, retirem a maldição do pesadelo de meu amigo.

O casal se entreolhou, depois voltou seus olhares para Verne, então seus olhos, depois mãos e então os corpos nus, brilharam em púrpura e dourado simultaneamente. O rapaz parecia convulsionar como antes, até que vomitou. No vômito, Elói viu uma espécie de feto de tardo, que logo se desfez em vapor, se misturando à névoa ao redor. Verne recuperava a cor que perdera havia muito.

— Está feito. Agora partam.

Elói assentiu e se levantou, quando...

— Mais uma coisa, Vossa Majestade! — disse Verne, em pé e tomado pela ansiedade.

— *Mais uma coisa?*

— Preciso ver a Viúva Branca. Por favor!

— Ela é uma refugiada que acolhemos. Pediu para jamais ser perturbada.

— *Mas ela não é uma prisioneira, não é?*

— A Viúva pediu para não ser perturbada. — O rei foi enfático, como sempre era, mas agora mais do que antes.

— Não vou me demorar, Vossa Majestade. E talvez eu possa ajudá-la, salvá-la de um mal que está prestes a chegar e que pode destruir tudo, inclusive o Reino dos Pesadelos.

— Nada pode nos destruir. Até o Sonhar tentou e não conseguiu.

— Astaroth — disse Elói e esse nome surtiu efeito de imediato. O casal se entreolhou outra vez.

— *O Príncipe-Serpente?*

— Impossível.

— Não é não, Vossa Majestade — continuou Verne. — Ele está chegando de algum outro círculo e vai passar por aqui. Destruirá tudo o que estiver em seu caminho. Preciso me encontrar com a Viúva Branca e descobrir como posso impedi-lo.

— Verne é o único capaz de deter Astaroth — disse Elói, sem nenhuma certeza disso, mas não tinham mais tempo.

— Para atravessar até o Jardim de Estátuas, existem regras, vocês sabem quais são?

— Quais, Vossa Majestade?

— Para atravessar o espelho até o jardim, deve-se abandonar todas as memórias dolorosas. Elas ficarão com nossos tardos e serão usadas como matéria-prima para a criação de novos pesadelos.

— De acordo, Vossa Majestade — respondeu Elói, que por um instante gostaria de deixar suas tristes lembranças de Evangeline para trás, mesmo que fossem justamente essas dores que o tornaram o homem que era. De qualquer maneira, era Verne quem deveria conversar com a genetriz daquele que era seu pior inimigo.

— E, claro, só um de vocês pode atravessar o espelho e depois retornar. Essa autorização ocorre uma vez por era, entenderam?

— Entendemos. Somos gratos, Excelentíssimos.

— Está feito.

Mais uma vez o ritual de antes, com o casal se encarando e brilhando o ectoplasma em púrpura e dourado. Desapareceram no instante seguinte e a névoa que cobria aquele lugar abriu-se um pouco, revelando sobre a câmara fria um espelho comum, bastante antigo e sujo, grande o suficiente para um rapaz como Verne atravessar.

— Tome cuidado lá, Verne. A Viúva Branca pode ter deixado Érebus para trás, mas ainda é a mãe de Astaroth.

— Eu conheci uma pessoa que já trabalhou para Érebus e foi uma pessoa incrível.

— E agora essa pessoa está morta.

Verne suspirou longamente e bateu com o athame no vidro. Não parecia querer mais largar sua arma tão cedo. Virou-se de novo para o monge e perguntou:

— Elói... Lá em Kazanapata...

— O quê? — ele disse, sabendo o que viria em seguida.

— Eu estava passando mal, mas consegui ouvir uma coisa ou outra. Qual foi o acordo que você fez com a bruxa para que ela preparasse o antídoto?

— Verne.

— Por favor.

— Pois bem. Doei trinta e cinco anos da minha sobrevida em troca.

Verne ficou atordoado e foi para cima dele, agarrando seus ombros.

— Elói, você não...

— Não tem volta, Verne. — Elói lhe devolveu um sorriso sincero, ainda que exausto. — No passado, os monges anciãos me amaldiçoaram com 100 anos a mais de sobrevida, que eu deveria passar exilado na Terra. Eu já vivi demais, não sinta por mim.

— Quantos anos lhe restavam antes de fazer esse acordo com a bruxa?

— 36.

— Então você só tem mais um ano de...

— Você é bom de matemática, afinal. Quem diria? — O monge riu, abraçando seu pupilo, mas não soube contar por quanto tempo. — Escute aqui, Verne. Eu vivi muito, tanto em Necrópolis quanto na Terra, e estou de volta ao meu mundo, graças a você, Karolina e Simas. Um ano ainda é muito tempo para quem viveu mais de cem. E, enquanto eu viver, estarei com você, entendeu?

— E-entendi — respondeu o rapaz, a voz embargada.

— Agora deixe por aqui suas lembranças tristes. A morte de Ícaro, de Yuka, de Rui Sanchez. E a de Victor. Vá para frente e não olhe para trás. Então, retorne para mim.

— Sim. — Ele fechou o olho e se concentrou, como havia aprendido com Elói antes. — Farei como pede, mestre. Até.

Verne ficou parado diante do espelho por um momento, a cabeça abaixada, depois a levantou, deixando um pouco do seu ectoplasma vermelho brilhar. Através do reflexo, o monge notou que ele havia aberto o único olho bom. Coruscante e decidido. Estava deixando suas memórias mais terríveis ali, na câmara fria. Um pequeno tordo chegou voando, depois outro e então diversos, como corvos ao redor da carniça. Elói não conseguia ver, mas sabia que as criaturas estavam capturando as lembranças tristes jogadas naquele lugar. Agora não tinha mais volta.

Isso feito, Verne atravessou.

INTERLÚDIO:

O INFILTRADO

O infiltrado estava entre eles e assistia a tudo com prazer.

No mesmo aposento estavam Duncan Übell, Emmeric Krieger, Mikke Mandell, Gerdine Hexe, Fregredo Zart, Noah e Hobart Flyrt — este acorrentado a uma cadeira. Sobre um colchão de plumas, estava estirada Karolina Kirsanoff, pálida como um defunto.

— Ela não vai sobreviver — disse seu assistente, tentando manter a voz impassível, mas cedendo cada vez mais às emoções. — Está em coma.

— Porcaria! — rugiu o Virleono Bípede. — Como é que isso foi acontecer?

— Essa aí tem uma ligação com o gorgoilez, num é? — perguntou Emmeric.

— Isso mesmo — respondeu Noah. — É como se eles fossem um só.

— Quando explodiram o Planador Escarlate, ela também sofreu as consequências — disse o Grande Zart.

— Exatamente. E o traidor sabia disso.

— É, ruiva, retiraram seu cordão umbilical cedo demais...

— Cala a boca, Emmeric! — instou Duncan. — O que podemos fazer?

O caos seguia do lado de fora. Enquanto alguns homens cuidavam de seus feridos ou recolhiam os corpos dos mortos, fossem mestiços ou mercenários, outros procuravam apagar o fogo da bionave destruída bem no meio da Base. Além das diversas baixas entre os seus, os mercenários também não tinham mais como enviar ekos, nem fazer uso do maior gorgoilez, nem da autoridade de sua líder. Mesmo que também com baixas, o Valente Vermelho tinha conseguido em grande parte atingir seus objetivos, ainda que o plano estivesse só no início. O infiltrado tinha uma ponta de orgulho nisso tudo, pois fora o responsável tanto pela matança dos corvos na jaula quanto da biobomba caseira aplicada no planador, no exato instante em que Karolina era levada por Noah até aquele cômodo. Foi um movimento rápido das mãos, o de acoplar a biobomba na carenagem.

— Eu posso curá-la. — Hobart Flyrt quebrou o silêncio. — Me soltem e eu posso curá-la!

— Não vem com essa conversinha não, seu traidor! — Emmeric deu um tapa na nuca do prisioneiro.

— Eu a amo. — O Galante chorava, não parecia estar fingindo. — E sou o único aqui que realmente pode curá-la. Mas não temos muito tempo!

— Ei, Mikke, corta a cabeça desse aqui!

— Cala a boca, Emmeric — instou Duncan. — Soltem esse merda. Se ele encolher pra virar fadinha ou tentar fugir, podem matar. — Às suas ordens, Mikke levantou o machado, Gerdine o punhal e Emmeric apontou a terminata para o prisioneiro, que foi solto pelo Grande Zart, mantendo o sabre encostado em suas costas, para qualquer movimento suspeito.

Hobart Flyrt ajoelhou-se diante de Karolina, colocou as mãos sobre ela e se concentrou. Logo estava brilhando em dourado, cintilante, iluminando a câmara com sua luz mágica, cegando a todos por um instante — um instante que parecia não ter fim. Mas um instante que, inevitavelmente, dado seu poder feérico, afetava inclusive as sensações do infiltrado, que se sentia de repente completamente atraído por Hobart Flyrt.

O infiltrado se preocupou com aquilo, não com a atração, mas com a cura. Porém, caso se manifestasse contra o processo de cura do Líder Mercenário, levantaria suspeita contra si de imediato e não poderia correr esse risco. Tinha sido contatado pelo Valente Vermelho havia muito tempo para se infiltrar e atuar entre os mercenários, justamente para que as ações dos Corações Insólitos tivessem sucesso. Por meses, o infiltrado havia captado mensagens trocadas entre os mercenários, informações e segredos, sem jamais levantar suspeitas, mesmo no meio de algumas obviedades.

Após as manifestações ectoplasmáticas do Galante terem terminado, todos voltaram ao silêncio, esperando por alguma reação que nunca chegava.

Até que Karolina Kirsanoff abriu os olhos, tossiu uma tosse seca e se colocou sentada sobre o colchão, como se nada tivesse acontecido. Ela encarou a todos tentando entender o que estava acontecendo, talvez rememorando os eventos recentes. Eos repousava ao seu lado, Noah do outro e o homem meio-fada diante dela, que continuava chorando, mas agora provavelmente de emoção.

— Você voltou. — Ele sorriu, tentando abraçá-la, mas o Grande Zart o relembrou de sua condição, cutucando-lhe as costas com o sabre.

— Eu morri, né?

— Mais ou menos, senhorita. — Noah pegou em sua mão. — Bom tê-la de volta.

— Destruíram meu... planador...

— Destruíram, senhorita.

— E Joshua?

Noah fez uma negativa com a cabeça.

— Está por toda a parte, ruiva — respondeu Emmeric. — Estão pegando os pedacinhos dele agora.

— Cala a boca, idiota! — rugiu o Virleono Bípede.

O infiltrado notou que Karolina desmoronava pouco a pouco. Segurava o choro para não demonstrar fragilidade diante dos seus. Um orgulho besta, sim, mas típico dela, como o Valente Vermelho já havia lhe adiantado. Mesmo com o espírito em frangalhos, Karolina se permitiu abraçar Noah e depois Hobart Flyrt. O Grande Zart e os outros não fizeram qualquer menção de impedir aquilo.

— Obrigada — ela disse para o Galante. — Você salvou minha sobrevida. Devo uma a você.

— Seu amor me basta. — Ele sorriu, mas não recebeu um sorriso de volta.

A mercenária empunhou Eos e fez menção de se levantar. Não conseguiu.

— Não sinto os meus pés.

A expressão pálida de Noah já parecia dizer aquilo que todos temiam.

— Porra, Rubra — Duncan cuspiu um tanto do seu mastigueiro.

— Paraplégica? — perguntou Gerdine por baixo da máscara.

— É o que parece. Foi o preço por ter perdido o elo que tive por toda uma sobrevida.

Ela não parecia triste. Ser mercenário era enfrentar adversidades e tinham coisas piores a preocupando naquele momento, ao que parecia.

— Sinto muito, linda. Fiz o que pude. Mas não tiremos conclusões precipitadas, pois você pode voltar a andar daqui algumas viragens. Ainda está em estado de recupera...

Karolina levantou a mão e ele se calou. A mercenária realmente não estava preocupada com esse assunto agora.

— Libertem Hobart. — Aquilo foi uma ordem e mesmo Fegredo e Duncan, que não recebiam ordens dela, cederam à decisão. Era óbvio que Hobart Flyrt não era um traidor ou então não teria insistido na cura do Líder Mercenário. O infiltrado também sabia disso. — O que o Valente Vermelho quer com a gente?

— Na verdade, no pouco tempo que passei naquele bando, eu nunca vi o rosto dele — começou o Galante, se forçando a desfazer sua inquietação pela saúde da amada. — Mas sei que ele foi muito prejudicado por mercenários no passado, que fizeram da sobrevida dele um inferno. Com o passar das viragens, ele identificou outros mestiços que também haviam passado maus bocados nas mãos dos mercenários ou que tiveram perda de familiares pelas mãos de vocês.

— Vingança, então? — perguntou Duncan.

— É o que parece. Que simplista — ela bufou.

— Dessa maneira, todos se uniram pela mesma causa — Hobart continuou. — Interesses em comum: punir a comunidade mercenária por ter feito da sobrevida deles uma grande merda.

— Mas calma aí um pouquinho. — Era Emmeric. — Nós fazemos da sobrevida de *todo mundo* uma merda, não só dos mestiços! Se todos os afetados por mercenários quisessem se vingar da gente, seria Necrópolis contra nós!

— Essa é uma verdade.

— E estaríamos fodidos pra caralho!

— Pois sim.

— O que começou como uma intenção de vingança entre alguns afetados por ações mercenárias, logo se tornou algo maior. Mais parecido com uma seita mesmo — disse Hobart. — É só uma impressão minha, claro, mas tudo isso cresceu além do controle do Valente Vermelho. Os Corações Insólitos foram formados por mestiços, que, mesmo parecendo um grande volume, ainda é a espécie menos numerosa de Necrópolis. Afinal, nós não temos uma nação para chamar de nossa. Não temos um grupo ao qual pertencer, pois somos todos misturados e oriundos de outras raças.

— Eu mesmo vi um cara no meio da batalha que era uma mistura de lagarto com corujeiro. Bizarro demais! — Emmeric começou a rir, não conseguia se conter.

— Dá pra supor então que os mestiços, com essa eterna sensação de exílio e deslocamento, viram na figura do Valente Vermelho uma espécie de messias que os ajudaria a dar significado para suas existências?

— Creio que sim, linda. Eu posso falar por mim. Nunca fui diretamente afetado por vocês, até dias atrás lá no norte. E ali eu já tinha me desgarrado dos Corações Insólitos. Mas, quando me juntei a eles no passado, foi em busca de participar de uma comunidade.

— Sem contar que o tal Valente Vermelho também os alimenta e lhes dá abrigo, né? — perguntou Duncan.

— Sim, de certa forma, sim. Mas éramos de fato uma comunidade. Um ajudava o outro. E, quando precisávamos comer, roubávamos. A gente não matava. Essa coisa de assassinar mercenários começou há pouco tempo e foi ali que eu decidi sair do bando. — Hobart encarou

Karolina. — Certa vez, num roubo, o Valente Vermelho acabou matando um mercenário. Foi no calor da batalha, um contra um, nada premeditado. Ele fez aquilo para se salvar e conseguir fugir. Mas depois notei ele tomando gosto naquilo. Em matar mercenários. É como se tivesse reavivado alguma memória dele. E foi ali que tudo começou.

— Uau.

— Que se foda o Valente Vermelho. Ele matou Joshua e diversos dos nossos homens. Ele destruiu parte de mim. — Karolina recuou, soltou um soluço. Foi quando o infiltrado achou que ela fosse finalmente chorar, mas não chorou. O orgulho ainda era muito forte nela. — O Planador Escarlate, agora minhas pernas... Eu... eu vou destruir Os Corações Insólitos. Isso é um *juramento*.

Tonteada, ela se recostou sobre o colchão, acolhida por Noah e Hobart. Ninguém mais falou a respeito do possível traidor, o que fez com que ele respirasse aliviado.

— Agora me deixem a sós. — Todos começaram a se retirar dos aposentos. — Noah, fique por favor.

— Posso ficar também, linda?

— Que seja.

Os demais se espalharam pela Base, indo ao auxílio de seus homens com os diversos corpos e destroços pelo local. Mas não o infiltrado, que se escanteou para o lado de fora do cômodo, próximo a uma pequena janela, onde ouviu o que ela pretendia segregar para aqueles dois homens:

— O que vou dizer aqui deve ficar só entre nós, entenderam? — ela murmurou. Ambos fizeram que sim. — Mas tudo me leva a crer que o Valente Vermelho é na verdade Klint.

— Klint? — perguntou Hobart.

— O irmão gêmeo dela — respondeu Noah. — Klint Kirsanoff.

— Caramba...

Porcaria, pensou o infiltrado.

— Faz todo sentido, vejam só! Klint assassinou Adil Bravos quando éramos crianças. O antigo Líder Mercenário queria me punir por ter ido melhor no treinamento mercenário, superando a filha dele, Isadora, quem ele pretendia que fosse sua sucessora. Então Klint o matou antes que ele me matasse. Depois disso, meu irmão fugiu da Base. Será que desde então ele passou a ser perseguido por muitos mercenários, em especial os da velha guarda, mais fiéis a Adil?

— Pode ser, linda. Pode ser.

— Eu nunca mais consegui contato com Klint. Não sei por tudo o que ele passou. Não faço ideia. Só estou supondo, é claro, mas faz todo sentido agora pra mim...

— Se o Valente Vermelho for mesmo seu irmão, senhorita, então é uma vingança mais do que óbvia.

— Vingança que vou retribuir. — Ela levantou sua lâmina. — Essa espada já foi chamada de Platinada quando pertenceu a Adil. Em minhas mãos, se transformou em Eos. Klint me tirou meus homens, me tirou Joshua, me tirou o Planador, me tirou as pernas...

Mais uma vez o infiltrado acreditou que ela se derramaria em lágrimas, o que não aconteceu. Porém quase.

— Linda... Você nunca contou a verdade para os mercenários?

— Verdade?

— Que o antigo líder queria matá-la, por isso seu irmão o matou?

— Na hora... na hora eu não consegui. — Ela vacilou por um instante. E, até onde se sabia, Karolina Kirsanoff jamais hesitava. — Eu... era muito nova quando isso aconteceu. Adil tentando me matar, Adil assassinado, Klint fugindo logo em seguida... Fiquei em choque. Então fui consagrada líder. Foi tudo muito rápido, Hobart. Eu não tive tempo... eu...

— Isso talvez explique muita coisa, então — concluiu o Galante.

Eles continuaram gaguejando e falando de perdas e toda uma bobagem sentimentalista, deixando o "assunto Klint" cada vez mais para trás, então o infiltrado se aproveitou desse momento para correr até seu bando.

Mikke Mandell saltou pela amurada sul e disparou bosque adentro; tinha pressa e suava muito.

— O que você faz aqui?

— Eu vim... cagar. Desculpe. Não gosto de usar a mesma latrina que os outros na Base.

— Que nojo.

— Mas e você... O... o que está fazendo aqui?

— O mesmo que você?

— Não me parece... verdade.

— Ah, poxa. — O infiltrado retirou a adaga que escondia entre as mangas bufantes e, mais rápido do que o outro conseguiu ver, estacou a lâmina por baixo de seu queixo, o matando na hora. — Ninguém deveria morrer cagando, né? Perdão.

Quando alcançou o bando, os Corações Insólitos restantes estavam se reagrupando na baía apressadamente. O líder, que gritava ordens para todos os lados, o avistou e veio ao seu encontro.

— Então? — disse o Valente Vermelho, com seu jeito desalinhado, por debaixo do cachecol vermelho que cobria seu nariz e boca. — Qual o relatório?

— Sua irmã descobriu sua identidade.

Ele ficou vermelho de súbito, fazendo jus ao codinome.

— Como isso aconteceu?

— Hobart. E algumas suposições.

— Mas só podia, né? — Klint, ou o Valente Vermelho, sentou-se sobre a areia da baía, retirou o chapéu, pousou sua espada, Suno, entre as dunas e pareceu relaxar por um momento, jogando a cabeça para trás. — Tudo bem, uma hora ou outra isso ia acontecer mesmo. Que mais?

O infiltrado relatou a situação em que se encontrava a Base, o estado de espírito de alguns mercenários e o número que eles tinham no momento, além das intenções de Karolina para com o bando.

— Que ela venha com tudo, então! — Klint recolocou o chapéu, se levantou e gritou mais uma ordem para a última canoa que o aguardava. — Vamos nos reorganizar, para um contra-ataque mais efetivo. E *definitivo*.

— Sim, senhor.

— E minha querida irmã adivinhou nossas intenções?

— Ela supôs algumas, mas parece não compreender suas reais motivações.

— Tá certo, era de se esperar que a Karol não sacasse o que estamos fazendo aqui. — Klint colocou a mão em seu ombro, confiante. — Você, volte pra Base e siga *atuando*. Seja uma mercenária e faça tudo o que um mercenário faz, coisa e tal.

— Pode deixar. — O infiltrado levantou os braços e fez o sinal com as mãos, o indicador e o médio para cima e o outro punho fechado abaixo, e entoou: — *Várias raças, uma só nação*.

— Várias raças, uma só nação — ele repetiu com o mesmo gesto. Em seguida, partiu mar adentro.

Ela ficou ali por mais algum tempo, até que seu líder sumisse no horizonte. Depois, se retirou para um canto do bosque, baixou o capuz de sua burca grená, retirou a máscara e vomitou em um canto, sujando o bico que tinha herdado como meio-corujeira. Ter assassinado o gentil Mikke Mandell não foi uma tarefa fácil. Mas ao menos fora misericordiosa. Assim acreditava Gerdine Hexe.

35
A VIÚVA BRANCA

Homens, mulheres e crianças, anões e gigantes, centauros e lycans, todos observavam inertes a chegada de Verne ao jardim nomeado por suas inexistências. O Jardim de Estátuas.

    Era um lugar escuro, imenso e opressivo, sob um céu sem estrelas e silencioso como o coração de um defunto. Centenas de criaturas de olhares perturbados e sorumbáticos, apanhados de surpresa por algo que os levou até aquela condição. Árvores mortas, de galhos secos e compridos, estavam por ali havia muito tempo, crescendo ao redor e sobre os corpos inanimados, com ervas daninhas subindo por pernas de pedra.

    Verne ainda suava frio, recuperando-se de sua longa, mas agora findada doença. Tinha emagrecido um bocado. O outro lado do espelho ficava para trás, e ele segurava o athame com aferro, o único olho observando o cenário escuro e sem vida, onde nada se movia, a não ser ele.

    Até que uma estátua se deslocou um passo para o lado.

— Alto lá! — ele ordenou.

— Perdão — disse a voz, quase um sussurro. Não era uma estátua. — A Viúva não quis assustá-lo.

— Viúva Branca?

— Pode me chamar assim, se quiser.

O rapaz se aproximou, encarando o chão, pois muito antes de ser um aventureiro por Necrópolis, ele fora um rato de biblioteca em Paradizo. E conhecia histórias fantásticas e mitologia o suficiente para saber que não podia encarar algumas criaturas nos olhos ou se transformaria em pedra. Os heróis gregos que o dissessem. Era só uma intuição, claro, mas mesmo assim não arriscou. Além do mais, ele não trazia um escudo como Perseu, mas, por outro lado, carregava uma arma capaz de decapitá-la diante de qualquer ameaça. Ele esperava não chegar a vias de fato.

— Vim apenas conversar.

— Viúva tem tempo de sobra. Mas Viúva se isolou porque não tem mais nada a dizer. Viúva busca redenção.

— Por ter dado a vida a um monstro?

— Viúva não compreende.

Ela se deslocou um pouco mais entre uma estátua e outra e se revelou. Vestia uma toga branca que lhe cobria da cabeça aos pés. Verne se despreocupou quando notou que havia um véu sobre os olhos dela, como se para impedir os intrusos de se vitimarem com seu olhar. Por baixo do capuz, seus cabelos caíam como serpentes vivas. A pele verde e escamosa de lagarto entregava sua origem reptiliana. De fato uma górgona.

— Fui informado de que você é a mãe de Astaroth.

— Viúva não é mãe de menino-príncipe, não é mãe de nada. — Sua voz carregava lamento. — Viúva não foi capaz de dar cria ao seu rei.

Ela foi madrasta, Verne concluiu.

— Por que foi banida para cá?

— Viúva foi banida de Érebus pelo seu rei assim que o menino-príncipe foi aprisionado em Isolação pelo mago supremo da corte. Rei ficou furioso, então Viúva se recolheu neste jardim para expiar seus pecados pelo tempo que lhe sobra.

— Isolação. Sim, Albie havia me falado.

— Sim. O quarto círculo é o único capaz de conter a força prodigiosa do menino-príncipe. *Isolação.*

— Você... se sente triste com o isolamento de seu fil... de Astaroth?

— A princípio Viúva ficou desolada, mas depois compreendeu que o menino-serpente nunca foi alguém. Era *algo,* não alguém.

— Uma arma.

— Sim. O rei construiu o menino-serpente para se tornar uma ferramenta para a dominação de Érebus sobre Necrópolis. Ele é o Escolhido. O Messias dos reptilianos, o ser Altíssimo das criaturas inumanas e de outros povos do sul.

— *Messias?* — A mão de Verne se fechou com mais força na empunhadura do athame. — Só pode ser brincadeira. — Mas novamente ele se lembrou do que Albericus Eliphas Gaoshe havia lhe contado n´O Abrigo sobre a essência de todos os círculos que Astaroth carregava ou absorvera para ascender então ao Protógono.

— Agora Viúva compreende tudo.

— Compreende o quê?

— Depois de muito tempo da morte do rei, o necromante passou a enviar assassinos até este jardim. Queriam silenciar Viúva, porque Viúva sabia demais. Todos que pisaram aqui hoje enfeitam o jardim, inclusive aqueles que chegaram por acidente.

— Mas você não me atacou. Por quê?

— Porque Viúva reconheceu o rapaz assim que atravessou aquele espelho e sabia que precisava contar a ele parte de sua própria história.

— Como assim?

— Você é filho da mesma mulher que deu cria ao menino-serpente.

Um galho da árvore morta e ressequida que estava atrás da górgona, como se balançado por um vento de um ambiente onde não ventava, bateu sobre a cabeça de pedra de uma estátua uma vez. *Tac*. Foi o único som emitido naquele lugar. Muito tempo se passou entre o processamento daquela revelação, o barulho do galho e o momento de Verne voltar a falar.

— O que... o que está dizendo?

— O rei seguiu a profecia dos virleonos para construção do menino-serpente, que precisava de uma essência de cada círculo.

— O círculo da Criação, é isso! A Terra faz parte do oitavo círculo... Foi o único que Albie não soube precisar de onde foi tirado para...

— Uma criatura comum não seria capaz de suportar todas essas essências. Somente um mestiço seria capaz. Mestiços são especiais.

— Um... mestiço?

— Uma criatura que pertence a dois mundos. O menino-príncipe é metade reptiliano, metade terrestre.

Meio-humano.

A revelação tornou a impactá-lo. Suas pernas estavam bambas e ele precisou se apoiar sobre um bárbaro interrompido no ataque, com o machado no ar, petrificado para sempre. Em que momento essa história chegaria à sua mãe? A górgona continuou:

— Antes de capturar a alma do Sheol, o rei precisava de um corpo para gerar o menino-príncipe. O rei então partiu para a Terra através da Catedral e se transfigurou em humano. Fingiu ser alguém que não era. O rei encontrou uma mulher. Assumiu a aparência do marido da mulher e a possuiu. A mulher engravidou do rei, que fingia ser seu marido, e deu cria ao menino-príncipe.

— Q... quem Asfeboth fingiu ser...? — Ele sabia, mas não queria acreditar.

— Gaspar Vipero.

Meu pai.

Verne caiu de joelhos diante da Viúva Branca, tão inerte quanto qualquer uma daquelas estátuas.

— O rei só permaneceu como Gaspar Vipero enquanto Gaspar Vipero estava fora, viajando. Depois o rei retornou a Necrópolis e só voltou à Terra quando Bibiana Vipero deu cria, para recolher seu menino-príncipe e trazê-lo até Necrópolis.

— Gaspar... sabia? O verdadeiro Gaspar sabia?

— Viúva não tem conhecimento. Viúva apenas soube que Gaspar Vipero estava lá quando Bibiana Vipero deu cria, mas depois jogou o menino-príncipe fora e o substituiu por você.

— Eu não sou filho deles. — Isso jamais passou pela sua cabeça, mas de repente fazia muito sentido. Dor. Tristeza. Ódio. Verne era agora um poço de sentimentos tóxicos.

— Bibiana Vipero jamais soube a verdade da troca das crianças, mas o menino-príncipe guardava traços reptilianos, talvez por isso Gaspar Vipero tenha lhe dado um fim. Ou porque o menino-príncipe não era seu filho, não poderia ser seu filho. A Viúva não sabe.

— Meu... irmão... — A palavra de repente soava estranha, já que acabara de descobrir que seu irmão, com quem compartilhava o sangue num frasco pendurado no pescoço, na verdade não era seu irmão de sangue. — Meu irmão, Victor Vipero, é filho daqueles dois?

— Sim.

— Então Victor é meio-irmão de Astaroth?

— Sim.

O mundo parou por um segundo. O jardim onde não ventava parou de ventar. As folhas das árvores secas deixaram de cair e até mesmo seu coração pausou, mas tudo por apenas um mísero segundo e apenas na sua mente. Sua percepção de tempo onde o tempo nada significava.

A ideia aberrante de que seu irmão, seu amado irmão, era na verdade irmão de sangue de um monstro assassino que queria ser um deus o deixou enjoado, portanto Verne vomitou no pé de uma estátua. Aquele mundo escuro girava ao seu redor. Nenhum pesadelo atirado pelos tardos ao longo dos meses sequer se comparava à terrível sensação que o acometia naquele instante.

— Por isso o menino-príncipe precisou matar Victor Vipero — ela continuou. — Entre os rituais apresentados na profecia dos virleonos, um deles dizia a respeito de sacrificar seu próprio sangue. Como o rei já estava morto, o menino-príncipe só tinha mais um a quem recorrer: Victor Vipero.

— Meu irmão então não foi assassinado ao mero acaso como as outras crianças naquele dia na Catedral? — Não era exatamente uma pergunta, Verne estava processando as informações e as absorvendo com dor e fúria. — Ele foi... sacrificado.

Sacrificado pelo próprio irmão. Seu meio-irmão de verdade. Tudo em prol de uma ambição ególatra.

— Sim. Viúva sente muito. Não pelo menino-príncipe, mas por Verne Vipero.

— Eu... eu não sou filho de ninguém. — Ele agora encarava a grama sem vida do Jardim de Estátuas, as mãos jogadas sobre o chão, as lágrimas escorrendo devagar. — Quem eu sou? Quem?

— Verne Vipero é a outra parte dessa equação. Verne Vipero é...

A Viúva Branca jamais terminou sua frase, pois teve a cabeça separada do corpo. Verne só notou no momento em que os olhos dela, agora sem função e encarando o vazio, passaram junto da cabeça rolando pelo chão. As serpentes do cabelo combalidas, assim como a língua, que tinha algo mais a dizer. A pele reptiliana assumiu o tom rochoso da petrificação. Ele olhou para cima e viu que o corpo dela agora era uma estátua, assim como tantas outras naquele jardim.

Verne se ergueu com dificuldade, mas sabia que sua falta de força era mais psicológica do que física, por isso obrigou-se a se recompor, ou não conseguiria enfrentar o que quer que tivesse chegado ali. Deparou-se com Mr. Neagu aos frangalhos, o olhar vazio, empunhando uma espada de lâmina fina, curva e enorme, embebida de sangue verde de górgona. Algo na expressão daquele homem era muito familiar. Um jeito parecido com o qual ele se comportou quando tentou esfaquear Verne na cozinha do orfanato. E Verne havia retornado para Necrópolis justamente atrás do homem que feriu Sophie Lacet. Muito aconteceu até aquele momento, mas aquele momento era inevitável e finalmente havia chegado.

O ectoplasma vermelho se manifestou no ímpeto da cólera, iluminando o Jardim de Estátuas. Ele levantou o athame de maneira ameaçadora e bradou:

— Finalmente.

— Finalmente — disse o outro, mas não se parecia com a voz de Neagu. O timbre era áspero, decidido e cruel.

A forma de Mr. Neagu se desfez diante de seus olhos, como se fosse uma miragem, dando lugar a um homem com quase dois metros de altura, magro, porém com os músculos definidos até onde se podia ver.

Usava apenas uma calça velha, agora manchada de sangue, e estava descalço. Unhas dos pés e das mãos pintadas de preto, assim como seus lábios. Os cabelos brancos desciam até as costas, se confundindo com sua pele pálida e fantasmagórica, que trazia escamas esverdeadas e diversas cicatrizes pelo dorso desnudo, braços e pescoço — no pescoço não parecia ser bem uma cicatriz: era mais como guelras. O rosto anguloso, de nariz longo e aquilino. Poderia definir aquele homem como alguém belíssimo, não fossem suas expressões frias, a testa levemente protuberante caindo sem sobrancelhas sobre os olhos amarelos e ofídios, repletos de intenções perversas, encarando o rapaz obstinadamente.

Sua voz não parecia falada — ainda que fosse —, era mais como uma intenção. Uma sugestão objetiva e irrefutável.

— Verne — disse ele.

Verne sabia.

— Astaroth.

36
ADONAI

A espada tinha duas vezes o tamanho daquele homem. O mesmo homem que voltou ao mundo só para matá-lo. Mas não um homem qualquer.
Astaroth.
Verne estava diante de Astaroth e ia morrer.
O Príncipe-Serpente desceu a lâmina sem cerimônia e destruiu uma estátua, que Verne havia empurrado em seu lugar, assim dando-lhe tempo de correr dali enquanto pensava no que fazer.
— Eu não sei o que Stenay lhe disse, mas pouco me importa — sussurrou Astaroth, caminhando sem pressa pelos corpos inertes do jardim. Aquele vento que não era vento e não vinha de lugar nenhum jogou seus longos cabelos para trás, deixando sua figura decadente ainda mais atroz. — Vim fazer o que tenho de fazer e nada mais.
Verne correu até onde conseguiu, mas aquela planície escura não dava para lugar nenhum e todos os cantos eram iguais. O negrume se assomava sobre o jardim e apenas a branquitude das estátuas iluminava um pouco o ambiente. Mas não era o suficiente. Era lutar ou morrer.
— Desgraçado — Verne bufou, escondido atrás de uma estátua, pensando em qualquer estratégia possível. — Matou a própria mãe!
— Stenay não era bem a minha mãe, Verne. — Ele pareceu soltar uma risada, mas o rapaz não teve certeza. — O tempo dela neste mundo já passou há muito. Sua função na existência já foi cumprida, não tinha mais nenhuma serventia.

— Então é assim que funciona para você? Se não tem mais "função", o destino é a morte?

— Ao contrário do que você possa imaginar, não se trata de crueldade. — Astaroth caminhava entre as criaturas de pedra, provavelmente procurando pelo outro. Verne capturava em alguns momentos o vulto fantasmagórico do inimigo, mas em outros ele tinha o ponto cego, sem o olho direito. — É misericórdia.

— É assassinato.

— Não me importo como você vê as coisas ou acredita. Só preciso fazer o que preciso fazer e então partir.

Verne ouviu a espada cortando novamente. Um rachar. Uma pedra caindo sobre a outra.

— O que você fez com Neagu?

— Eu o usei, é claro. Seu ancestral havia tentado exorcizar minha alma quando ela foi apartada do Sheol e isso deixou uma marca terrível em seu legado. — Seus passos sobre as pedras despedaçadas indicavam distanciamento. Verne se lembrou da história narrada por Conde Dantalion anos atrás, sobre o exorcista Dimitri Adamov. — Eu passei muito, muito tempo tentando matá-lo, Verne. Neagu foi uma ideia interessante, já que seu corpo, por causa de seu sangue amaldiçoado, permitia minha entrada, mesmo estando eu em outro círculo. Lamento muito que aquela mulher tenha arruinado tudo.

Sophie Lacet esfaqueada também era culpa de Astaroth. Tudo era culpa de Astaroth. E aquele homem ainda a culpava.

O pensamento o deixou furioso, mas ele não podia se exaltar ainda ou tudo acabaria naquele momento.

— O que você quer comigo, afinal? — O rapaz saltou das costas de uma estátua a outra, ouvindo o Príncipe-Serpente cada vez mais distante.

— Sua alma. Preciso matá-lo e absorvê-la. Você não vai sofrer, assim como nenhum outro sofreu em minhas mãos. Eu prometo.

— Faz parte do seu ritual de merda, né? — Verne ficou de cócoras e lembrou-se de tudo o que havia aprendido com Elói até aquele momento. Concentrou-se, mesmo sabendo que seu ectoplasma chamaria a atenção.

— Você sabe da profecia, então? Interessante. — Um estrondo, seguido de outro e mais um. Aos poucos, as estátuas do jardim se esfarelaram no gume da lâmina gigantesca. — Fiquei tempo demais preso onde não devia, mas agora falta pouco e tudo vai melhorar.

— Melhorar para você, suponho.

— Para o mundo, Verne. Para Necrópolis, para a Terra e muito além. Um novo deus pode mudar tudo. E eu irei.

— Ah, não vai, não!
Ressonância.

Verne atirou seu athame na direção do inimigo. Controlada por seu ectoplasma, a arma rodopiou no ar com uma velocidade extraordinária, abrindo um talho profundo no rosto de Astaroth. Por muito pouco não o cegou. A ideia era essa, igualar suas condições. O Príncipe-Serpente não reagiu, o sangue escorria de sua maçã como uma lágrima. O athame fez uma curva no ar, rasgando parte da árvore morta, até voltar para seu alvo, mirando as costas do homem, que, em um movimento espantoso, deslocou-se de lá até ficar diante de Verne num piscar de olhos, tão rápido quanto Simas — ou mais.

Astaroth afundou um soco no seu estômago, que fez o rapaz se dobrar de joelhos, sem ar, sem esperança.

— Morra — sentenciou Astaroth.

A espada desceu mais uma vez, encontrando dessa vez a lâmina do athame, que a deteve no ar. Sua arma tinha retornado no instante em que ele a desejou. Recuperando-se rapidamente, Verne colocou-se de pé, firmando na empunhadura primeiro com uma mão, depois com duas, contendo como podia a força daquela criatura aberrante, enquanto o solo cedia sob seus pés e ele sentiu alguma coisa, músculo ou tendão, estalando. Astaroth não parecia exercer qualquer esforço, usando de um braço estirado, com sua espada desproporcional, o ectoplasma escuro do Sheol envolvendo ambos, quase por devorar o vermelho do outro. Mas Verne não cederia tão facilmente e optou por aquele caminho, antes que seus braços se cansassem ou sua energia esvaísse. Dessa maneira, *empurrou* sua vontade para frente, gerando uma pequena explosão.

Seu ectoplasma rompeu com um poder imenso, atirando Astaroth muitos metros para trás, voando sem controle como um boneco e batendo em todas as estátuas pelo caminho, deixando um rastro de pedras para todos os lados, até se arrebentar contra o tronco da árvore morta. Sua espada tinha caído antes dele ser jogado, próxima ao rapaz. O inimigo cuspiu sangue, e Verne assistiu àquilo com satisfação.

Astaroth colocou-se de pé logo em seguida, sem resfolegar, enquanto ele ainda suava e tremia, o ectoplasma oscilando.

— Você é bom, Verne. — Sorriu e dessa vez era um sorriso legítimo. Perturbador, mas verdadeiro, de pura satisfação. Estendeu a mão para frente. — Mas não é o suficiente. *ADONAI!* — O Príncipe-Serpente vociferou como uma ordem. A lâmina fincada ao lado de Verne vibrou, então levitou e voou até seu senhor. Quase cento e cinquenta centímetros sibilaram em sua mão, um único glifo prateado brilhando junto ao punho. A lâmina em si era opaca, mas o gume tinha um lume frio e gelado.

Verne se lembrou de súbito. Aquela devia ser a espada que Pavino Tales, tio de Simas, tinha tentado furtar na Fortaleza Damballa muitas viragens atrás, quando então sofreu uma maldição, junto do bando d'Os Cinco.

— Adonai foi retirada de mim pelo mago mestre, mas retornou quando ele morreu e os grilhões mágicos que a confinavam caíram. Ela veio até mim, através do tempo e do espaço, rompendo a Teia até a Isolação, para minha justa libertação. Adonai, a espada forjada para um deus. *Eu*.

— Você ainda não passa de um mestiço! — Foi a vez de Verne deixar escapar um sorriso. — Você matou meu irmão e arruinou a sobrevida de outros que conheci. Vou acabar com isso agora!

— Não vai, não. — O olhar do Príncipe-Serpente era decidido. Suas expressões se fecharam num rompante. — Mas você pode tentar, Verne.

Verne tinha aprendido a usar o athame como uma extensão de seu ectoplasma, que era a quintessência de todos, inclusive a dele. Assim, mesmo metros distantes um do outro naquele jardim, o rapaz mirou o athame na testa do inimigo e disparou uma rajada de energia vermelha. Seu ataque colidiu contra o ectoplasma escuro de Astaroth, que envolvia o homem e sua espada como um escudo pujante e circular. O halo do outro dilatou-se e então um pouco mais, e depois o bastante para detonar todas as estátuas daquele lugar, evaporando pedras e árvores, atirando Verne para trás, até que ele caísse de costas, voltando a perder o ar. Seu ectoplasma se esvaiu.

— Não vê? — O Príncipe-Serpente esbravejava, nitidamente furioso. Sua energia rodopiava através do seu corpo como se fosse um pequeno furacão. A árvore morta se desprendeu do chão e voou ao seu redor. Tudo girava em torno dele, afinal. — Eu sou um deus em ascensão. Eu vou mudar o mundo. Os mundos. Todos eles aos meus pés!

— Protógono uma ova — disse Verne, sem forças, o athame inerte nas mãos, um braço e uma costela quebrada.

Em um instante Astaroth bradava de um lado, no instante seguinte estava com uma mão em seu pescoço, o levantando a muitos metros do chão. O ar começava a sumir de seus pulmões. *Talvez morrer decapitado fosse menos doloroso*, ele pensou, mas era tarde demais.

— Você *precisa* morrer para que eu possa *prosperar!*

Verne fechou os olhos, exausto, sem forças e quebrado. Pensou em Victor, que nunca fora seu irmão, como aquele que jurou proteger e não conseguiu. Um menino morto pelo mesmo homem que tirava sua vida naquele instante. Era o ciclo inevitável. Mas algo dentro dele dizia que não deveria desistir e, mesmo que desistisse, de nada adiantaria.

Você não pode morrer.

De onde veio aquela voz? Quem era?

Uma esfera de luz púrpura brilhou diante de seus olhos e atingiu em cheio as costas de Astaroth, que caiu desnorteado entre os pedregulhos, perdendo outra vez sua espada pelo caminho.

Verne caiu de joelhos, tentando recuperar o fôlego, a dor estarrecedora percorrendo todo seu corpo. Ele olhou por cima dos ombros e viu, do outro lado do espelho, Elói com as duas mãos apontadas para frente do corpo. Seu mestre havia disparado um raio de ectoplasma através dos subplanos. *Incrível*.

Uma lufada de sombra deslocou o monge renegado de Kosmaro até o Jardim de Estátuas instantaneamente. Aquilo não deveria acontecer. Não era permitido. Apenas um por vez, a cada era, podia atravessar o espelho. Mas Elói não tinha atravessado o espelho, ele havia quebrado as regras. E salvado sua vida de novo.

— Sai daqui, Verne!

— Nós dois... podemos derrotá-lo... — Doía falar.

— Ah! Você não tem mais condições de lutar. — O monge o acolheu nos braços como um pai. Gaspar jamais o amparou assim. — Mas você lutou bem. Tirou sangue desse desgraçado, jogou ele longe. Eu assisti tudo lá do outro lado. Você lutou mais do que bem. — Ele lhe entregou um sorriso que já dizia tudo o que precisava saber e o que viria a seguir.

— Elói, não fa...

Seu mestre colocou Treval ao redor do pescoço de Verne, já sem forças para impedi-lo. Não tinha como o rapaz saber, mas naquele instante ele soube que Elói Munyr já tinha dominado por completo o manto de sombras e que aquele objeto realizaria qualquer vontade de seu usuário. E assim o fez. Numa lufada de sombra, Verne foi deslocado do Jardim de Estátuas até Kosmaro, para além do espelho.

Ele se tornou, assim, um mero espectador dos acontecimentos a seguir.

O furacão ectoplasmático de Astaroth ganhou forma novamente, destruindo tudo ao redor, mas Elói resistia, pois era o que ele fazia e o que sempre fez: resistir. Lutar até o fim. Mesmo entre os estrondos, o rapaz ainda conseguiu ouvir:

— Esse aqui é todo o tempo que eu preciso — vociferou, olhando por cima dos ombros através do espelho até encontrar seu pupilo. Então emanou seu ectoplasma o máximo que conseguiu, se tornando ele próprio um homem todo púrpura, e se atirou para cima do inimigo, que naquele instante recuperava Adonai.

— Saia do meu caminho, monge! — instou o Príncipe-Serpente.

— VOCÊ NÃO VAI PASSAR!

Elói disparou uma esfera de energia e quebrou o espelho para impedir qualquer possibilidade de Verne tentar atravessá-lo outra vez. Ou de Astaroth vir de lá para cá.

O silêncio recaiu sobre a câmara fria e nada mais.

— Está feito.

A presença do Rei Íncubo e da rainha Súcubo se manifestou através das névoas.

— Não sei — disse Verne, atônito, destruído por dentro, sem forças para gritar ou se irritar. — Se Elói não conseguir, logo Astaroth pod...

— O espelho foi destruído. Ninguém nunca mais terá acesso ao Jardim de Estátuas. Ninguém pode atravessar.

— Espero que não. — Ele suspirou longamente.

— *Você não vai partir?*

Sem vontade, Verne deixou as realezas dos pesadelos sem resposta e partiu de lá com Treval de volta até Necrópolis, onde despertou num rompante ao lado dos corpos de Elói e Mr. Neagu. Ele sabia que, se a alma de alguém morre no Reino dos Pesadelos, seu corpo morre também. O manto de sombras, como o objeto senciente que era, deslocou-se sozinho dos ombros do rapaz, levitou de um usuário ao outro e voltou a envolver o corpo inanimado de Elói Munyr. Em uma lufada de sombras, desapareceram para sempre.

Magma se aproximou do amo e lambeu seu rosto, parte de um corpo que despertava sem lesões. Apenas sua alma havia sido ferida.

Verne abraçou o enorme pescoço do vulpo e enfim se permitiu chorar.

37
LÁ E DE VOLTA OUTRA VEZ

Algumas horas se passaram até que ele chegasse à Catedral. As árvores gêmeas também ficavam na região de Ermo e Magma não teve qualquer dificuldade em encontrar o caminho. Viajar no dorso daquele grande animal foi inesperadamente prazeroso. Com o dobro do tamanho de um cavalo, o vulpo era tanto montaria como cabine, onde Verne conseguia se deitar entre um turno e outro de cavalgada.

Essas horas de viagem foram suficientes para que ele pudesse processar todas as perdas que teve em sua última jornada, as revelações sobre a origem de Astaroth e tudo de ruim que ainda o aguardava. Foi então que ele tomou uma decisão.

Atravessando os túneis da Catedral — agora que ele não corria mais riscos de ser caçado por Zero —, Verne resolveu deixar Magma no lado terrestre do portal, junto dos duendes, indigentes humanos e outras criaturas que ali habitavam. Não tinha mais como disfarçar aquela besta-fera como um animal de estimação.

— Volto logo, tá? — afirmou para Magma, que regougou em protesto, pois mais uma vez era deixado para trás, mas logo o animal se distraiu com talkyes e pardais.

— Acho que voltei — disse o amigo imaginário de repente, voltando a se manifestar no ombro de seu amo.

— Chax!

— Quanto tempo, né?

Tinha algo de diferente com seu AI. Distantes por tempo demais, talvez?

Chax saltou de um ombro a outro, enrolando a cauda pontiaguda em seu pescoço. Fingia empolgação:

— E aí, como foi lá? Sarou? Me conta tudo!

Verne contou tudo e muito mais no caminho até o Orfanato Chantal. Ele precisava disso e não tinha mais ninguém ao seu alcance com quem pudesse fazer isso. Mais do que narrar momentos que viveu em Necrópolis dessa última vez, aquilo também lhe servia como forma de desabafar. O AI tirava sarro dele vez ou outra, enquanto demonstrava preocupação ou chateação com outras situações, estendendo e ampliando o que o próprio Verne sentia ao lhe contar.

O rapaz foi recepcionado por algumas freiras e crianças quando chegou à instituição — com abraços, lágrimas e um lanche da tarde portentoso —, que relataram sobre o mau estado de Sophie Lacet, internada em uma UTI improvisada na unidade de saúde de Paradizo, que não tinha hospital. Era sugerido que ela fosse levada para uma UTI de verdade, em um hospital de verdade em Potenza, mas alguns médicos temiam que, ao deslocá-la, pudessem piorar seu quadro.

O dia estava chegando ao fim quando Verne foi recebido em seu dormitório por Luigi Salvatore.

— Ei, Gufo! — disse ele com a toalha na cabeça, após um demorado banho.

— Você voltou. — O menino parecia feliz, os olhos enormes repletos de ansiedade.

— Não por muito tempo.

— O que... que quer dizer?

— Este quarto vai ficar para você, tá? Já falei com a irmã Dulce, ela vai preparar tudo.

— Para onde vai?

— Para uma longa, longa viagem.

— De novo? Eu não queria que você fosse...

— Já passei do ponto neste orfanato. A maioria é adotada na sua idade.

— Mas eu ainda estou aqui...

— Acho que não por muito tempo. — Verne sorriu, abraçando o garoto, que segurava o choro sem muito êxito, empapando a blusa do rapaz. — Você vai ficar bem, Gufo. Tudo vai ficar bem agora.

Por um instante, naquele abraço, era como se ele estivesse abraçando

Victor. Gostava de acreditar nisso.

Terminou de guardar suas caixas de lembranças na mochila — as da infância e as de Necrópolis —, junto do athame.

— Você nunca foi adotado, mas a tutora era como se fosse sua mãe, não é? — Os olhos enormes do garoto brilhavam.

— Sim.

Aquilo deu um aperto em seu coração, o que fez com que ele apressasse sua saída do Orfanato Chantal, passando pelo quarto que fora de Victor, o de Sophie, a biblioteca onde passou tanto, tanto tempo sozinho, viajando por outros mundos. Deixou uma lágrima escapar pela saudade, mas não mais do que uma lágrima. Suas lembranças tristes haviam ficado em Kosmaro, afinal.

Saindo por aquela porta do saguão pela última vez, olhou por cima do ombro, se despedindo de todos com um largo sorriso e mirando Luigi Salvatore em especial:

— Aja como Deleve, combinado?

O garoto concordou com a cabeça.

— Isso foi triste... — murmurou Chax, como se precisasse.

— Pois é. Mas vamos em frente.

— Eu sei qual decisão você tomou.

— Olha, Chax... Eu... eu pensei em tudo, principalmente em você.

— Mesmo assim, já se decidiu.

Mas seu AI não parecia nem um pouco triste e não estava fingindo. Era mais como uma aceitação do inevitável.

— Sinto muito.

— Para de ser tonto, rapaz. — Chax bateu com o rabo em sua cara e soltou sua risadinha estridente. — Você amadureceu bastante nesses últimos tempos. Não foi só você que ficou tempo demais naquele orfanato.

— Não é?

Riram. O que mais podiam fazer naquela situação?

O sol já tinha se recolhido quando Verne chegou à unidade de saúde. Ele trombou com uma moça pálida e de cabelos escuros que usava um longo vestido preto e saía da UTI improvisada com o rosto triste. Suas expressões se iluminaram quando ela o viu.

— Verne, quanto tempo.

Arabella Orr.

— Oi — o rapaz disse com pouca vontade. Chax começou a puxar sua orelha, e ele teve de dar um peteleco no AI.

Arabella mirou a mochila que ele carregava, colocou as mãos na cintura e deitou a cabeça para o lado, como se perguntasse "para onde você pensa que vai, mocinho?".

— Olha, sei que faz tempo que a gente não se fala. — Ela sugeriu dizer algo, mas ele insistiu para continuar. — Espero que você esteja bem, de verdade. Mas as coisas mudaram. Não tem a ver com você, acredite.

— Já ouvi essa antes.

— Eu também.

— Opa, climão — divertiu-se Chax.

O silêncio recaiu por um tempo entre os dois. Verne estava cansado, mas dizia a verdade. Sua vida estava arruinada, assim como a de muitos outros que tinham se aproximado dele nos últimos anos. Ele não queria que Arabella, especialmente Arabella, tivesse um fim trágico. Bastava daquilo. Distanciar-se daquela moça era salvar a vida dela.

— Eu entendi o recado da primeira vez... Desde que você não me enviou mais nenhum recado. Eu entendi, Verne, sério, mas não precisa ser ass...

— Eu te amo — ele teve coragem de dizer. Finalmente. Até Chax ficou chocado. — Eu te amo, Arabella. Sempre te amei.

— O quê? Mas o que que você está...? — Arabella tornou-se uma mistura de alegria e espanto e deixou a pergunta no ar, pois a dor já voltava a assumir suas feições. Ela parecia compreender o que viria a seguir.

— O que eu disse é a verdade. Mas tudo mudou pra mim, então a gente não tem como dar certo. Se fosse antes... Mas agora não. Me desculpa, eu...

Ele passou por ela e entrou na unidade, lhe dando as costas, sem olhar para trás.

— Ei! Espera!

Mas ele não esperou.

Chax saltava de um ombro a outro, falando repetidas vezes:

— Arabeeeellaaa. Linda Arabella! Invista, amo. Invista!

Verne Vipero deu-lhe uma leve pancada com a mão para afastá-lo. Seu AI não desistiu. Escalou suas costas, alcançou o ombro esquerdo e segurou-se em seus cabelos negros, já crescidos além da nuca depois de uma longa estadia por Necrópolis. A barba também dava sinais de crescimento, ainda que não passasse de um esboço de penugem.

— Arabella, de olhos que parecem duas jaboticabas! Seu verdadeiro amor!

— Porra, Chax, dá um tempo.

E, como era de se esperar, o diabrete não lhe deu tempo algum e continuou com a cantoria estridente. Verne permitiu, pois sabia que lhes restava pouquíssimo tempo. Na verdade, ele sentia falta de todas aquelas provocações, de toda a essência de seu amigo imaginário. Até que se deparou com outro amigo, mas este real.

Na UTI improvisada, ao lado de uma Sophie Lacet em coma — *beep-beep* — estava Ivo Perucci. Bem-vestido como sempre, mas com enormes olheiras, de quem tinha passado muito mais tempo ali. Um tempo que Verne não dedicou à mulher que foi como uma mãe para ele desde que Bibiana falecera. Um amigo que fez mais por ela nos últimos dias do que Verne imaginara em toda sua vida, mesmo que Chax dissesse para ele não ficar se punindo assim, com ideias erradas. Enquanto Verne estava caçando o assassino de sua tutora, Ivo estava ali, olhando por ela e, conhecendo suas crenças, orando também. Revezando com outras irmãs e crianças. Ivo sempre fora um cara gentil, mas tinha se tornado um grande homem. E Verne também precisava protegê-lo do mal imparável que seguia em seu encalço.

Os dois amigos se abraçaram e colocaram a conversa em dia.

— ...e descobriram que ele guardava o irmão morto dentro daquela mansão, acredita?

— Sério isso?

Beep-beep

De repente, Verne percebeu que não sentia qualquer ódio por Mr. Neagu. Afinal, não tinha sido ele o verdadeiro assassino de Sophie. O pobre fora apenas uma casca para Astaroth, que o havia possuído e tentado, mais uma vez, matar Verne em seu próprio ambiente, na Terra. O restante foi apenas uma sequência de ação, reação, infelicidade e tragédia, nada muito diferente de tudo o que Verne tinha vivido até então.

Beep-beep

Ivo ainda lhe contou que, nas investigações, a polícia de Paradizo havia encontrado essa câmara fria na mansão, onde Mr. Neagu mantinha o corpo de seu irmão falecido havia muito, como uma espécie de experimento.

— Talvez... estivesse buscando uma maneira de ressuscitá-lo.

— O quê?

Verne disse aquilo para si mesmo, não era para seu amigo ter ouvido, portanto desconversou, perguntando sobre como andava a vida do outro e quais os seus planos para o futuro. Ficou feliz em saber que Ivo tinha conseguido uma bolsa de estudos.

— Roma, é? Caramba, cara, você vai longe!

— Pois é. Mais um advogado para a família.

Riram. Chax entrou na onda: puxava sua orelha, saltava de um ombro a outro.

Beep-beep

O estado de Sophie Lacet era deplorável. Ela havia perdido mais de dez quilos nos últimos dias, desde que ele partiu para Necrópolis. Sua pele estava alaranjada de tanto remédio. Entubada, a respiração rareava. Deplorável demais.

— Essa facada fez um estrago e tanto, hein? — Verne disse, tomado pela infelicidade, porém soltou um sorriso amarelo. O que mais poderia fazer?

— Então, Verne, a facada só piorou o estado dela. — Ivo respirou fundo. — Mas Sophie tem... câncer no útero. Ela descobriu tarde demais, parece, segundo as irmãs disseram.

Beep-beep

— Quanto tempo os médicos deram a ela? — Verne não parecia surpreso. Ou, se ficou, não conseguiu mais demonstrar. Estava arruinado por dentro desde que voltou do outro mundo. E também estava menos triste do que gostaria. Tudo tinha ficado para trás.

— Semanas, meses... Mas, como eu falei, a facada piorou tudo.

Beep-beep

Toda aquela conversa que ele e ela tiveram minutos antes da invasão de Mr. Neagu no orfanato, dias atrás, era sobre aquilo. Sobre ela partir. Sobre ele crescer. No entanto, Verne tinha sido estúpido e desagradável com ela. Não teve tempo de se redimir, quando então Sophie salvou sua vida de um ataque. Era para ele ter sido esfaqueado. Ele, não ela.

Você não pode morrer.

Aquela voz de novo. Ou era uma ideia? Ou um delírio?

Beep-beep

Verne passou a mão pela testa de sua tutora, aquela que o acolheu depois que sua mãe partiu. A pessoa que esteve com ele na infância e adolescência e aceitou suas desculpas esfarrapadas quando ele começou a partir para Necrópolis, uma, duas vezes...

— Desculpa, Sophie. Desculpa.

Quase sem forças, o rapaz foi tomado em uma mão pelo amigo enquanto acariciava o rosto da mulher com a outra. A testa fria, a respiração rareada.

Rareada, não. Parada.

Finalmente.

Beeeeeeeep

Era como se Sophie, mesmo inconsciente, estivesse esperando seu retorno para então poder morrer.

Não demorou para que algumas freiras chegassem até a unidade de saúde, assim como vizinhos e amigos próximos. Ivo estava com Verne nas horas que se seguiram, madrugada adentro, acompanhando toda a burocracia sobre a internação e agendamento de velório.

— Não vou ficar para o velório, Ivo.
— Como assim, cara?
— Eu vou embora. De vez.
— O quê? Pra onde?
— Por favor, não torne tudo isso mais difícil. Preciso de um tempo. Preciso ir. Não posso mais ficar aqui. — Verne queria contar para o amigo o risco que todos ao seu redor, e mesmo todos naquela cidade, correriam se ele continuasse por lá. Mas não podia. A ideia sobre Necrópolis e Astaroth seria complexa, ou talvez inconcebível, para muitos. Não valia a pena.
— Quando... quando você volta?
Ele queria responder a verdade, "nunca mais", porém disse:
— Quem sabe? — Os dois se abraçaram. — Fica bem, meu amigo. Vou estar torcendo muito por você, mesmo de longe.
— Eu sei. Eu também. — Ivo dava-lhe soquinhos no peito, meio chorando, meio rindo, mas bastante confuso. — Vai fazer falta, cara. Mas, se você precisa ir, vai. Acho que vai te fazer bem mesmo. Deixa que eu cuido de tudo por aqui.
— Eu sei.

A madrugada ainda não dava sinais de que cederia para o amanhecer quando Verne chegou diante da Catedral, o mesmo local onde seu irmão e mais seis crianças foram atingidas por pedras tóxicas que levaram todas a óbito. Desde então, porém, não só elas.

Victor Vipero
Tarso Zanin
Alessio Felippo
Michela Aziani
Enrico Faccete
Dario Torino
Pietro Concari
Rui Sanchez
Ícaro Zíngaro
Yuka
Mr. Neagu
Elói Munyr
Sophie Lacet

Verne deixava um rastro de corpos por onde passava, de pessoas queridas sendo assassinadas direta ou indiretamente. Isso não podia continuar.

E não continuaria.

Então...

— Agora é pra valer, né?

— Você disse que eu amadureci, não disse?

— Pois é. O menino que não queria crescer virou homem!

Chax gargalhou de maneira estridente e se desfez no ar, em partículas minúsculas, mas não o suficiente para que seu amo não pudesse vê-las flutuando pelo espaço acima de sua cabeça, como se voltassem para ele. Dessa vez em definitivo. Uma espécie de ressonância: a matéria-escura que fazia parte de Verne retornava para Verne. Um terço de sua alma. *Niyan*. AIs nasciam e morriam conforme a maturidade chegava. Para Verne chegou tarde demais, porém chegou, como tudo chegava.

Era dada a hora de partir, não tinha mais nada a perder. Já havia perdido tudo e todos. E os que ficaram ao menos poderiam sobreviver. Era o suficiente. Era o certo.

Quando abriu as portas da Catedral, o rapaz foi recepcionado por Magma e pelo Porteiro dos Mundos, que trazia um corvo no braço.

O ekos era de Biblio, que conseguiu enviar aquela mensagem provavelmente com a ajuda de seu novo guardião, Simas Tales. O menino-biblioteca lhe devia uma resposta e encontrou uma maneira de enviá-la para ele antes do fim:

"Victor Vipero foi ressuscitado após a sua interferência na Fronteira das Almas. O niyan dele reencarnou e renasceu no corpo de uma criança em Necrópolis."

Necrópolis, claro. Sempre foi Necrópolis.

Ele derramou uma lágrima, mas apenas uma.

A resposta pela qual Verne sempre buscou finalmente se esclareceu. No final das contas, nem tudo estava perdido. Ao menos Victor tinha ganhado uma nova chance.

Um misto de alegria e ansiedade tomou o rapaz, que devolveu o ekos para o menino-biblioteca com agradecimentos, montando em seu vulpo na cavalgada para o outro mundo, enquanto apertava o frasco de sangue pendurado ao pescoço, onde seu sangue misturava-se ao de *seu irmão*. De certa forma, aquela resposta tinha salvado sua vida. Muitas vidas por uma, assim era a vida afinal.

Atrás dele ficava a dor, a morte e o medo; à frente, a esperança, a vingança e a busca solitária por uma última resposta: quem ele era?

Dessa maneira e sem jamais olhar para trás, Verne deu as costas a Paradizo e partiu para sempre até Necrópolis.

E Arabella Orr, que o havia seguido da unidade de saúde até a Catedral, foi logo atrás.

EPÍLOGO

O Reino de Érebus comemorava mesmo sem ter obtido sucesso no assassinato de Verne Vipero. Urago se vestia da maneira de costume: couro fervido como camisa, os braços desnudos, calça de tecido grosso cheio de penugem enfiada em coturnos pretos. A crista azul encimava a cabeça. Mas, naquela situação especial, foi obrigado a usar a capa de beoso, que descia pesada das costas e se arrastava pelo passadiço.

Todos os demais bárbaros dos outros clãs estavam trajados de maneira semelhante. O Conselheiro do Regente estava uns passos atrás da Capitã Cerastes, ao centro, e do general Vassago, à frente. As bandeiras de seus clãs e reinos foram hasteadas em ordem pelo corredor do castelo — primeiro, a serpente colossal do Reino de Érebus sobre fundo vermelho, com riscas verticais pretas e o lema "Salve o Deus-Serpente Deus dos Deuses", seguida do brasão do Reino de Grendel, com o ferrão vermelho sobre fundo azul e preto, com os dizeres "O Veneno nos Fortalece", até chegar ao do Clã das Neves, com o punho vermelho fechado sobre o fundo cinza e a máxima "Morra ou Morra".

Um jantar suntuoso esfriava nas mesas ao redor enquanto os presentes aguardavam em um silêncio opressivo. E Urago tremia. Tremia de medo, tremia de ansiedade, tremia apenas pela presença daquele que regressava.

Do cômodo escuro com os três espelhos pendentes virados para o pedestal, o espaço foi rasgado como uma ferida no ar, sangrando névoa de um outro mundo, de um outro tempo. Uma fenda aberta por uma espada longa e terrível capaz de amputar a Teia, por onde ele saiu de maneira displicente, atravessando então os véus de seda, carregando na outra mão a coroa de prata que um dia lhe pertenceu. Seus olhos passeavam com curiosidade pela audiência que lhe recebia.

A Fortaleza Damballa estava em festa e explodiu em entoações emocionadas, com os reptilianos, em especial, sibilando cânticos antigos em devoção àquele que foi e retornou vitorioso. Por sua vez, escorpiontes, bárbaros e outros guerreiros humanos se assombravam diante do ser messiânico que só conheciam através da Profecia do Escolhido.

— Vossa Majestade, muito me alegra seu retorno — disse o general Vassago, com a voz trêmula pela primeira vez. — O mundo nunca mais será o mesmo a partir de agora.

— Ajoelhem-ssse — ordenou a Capitã Cerastes. — Ajoelhem-ssse diante de Vosssa Grandeza!

— Vossa Grandeza, ó Altíssimo — entoaram os demais, ensaiados, em uníssono.

Urago foi o primeiro a se dobrar. Depois, todos os outros se colocaram de joelhos, a cabeça abaixada, sem jamais encarar o Príncipe-Serpente nos olhos.

— Sem cerimônias. Podem me chamar de Astaroth.

AGRADECIMENTOS

Sem cerimônias, como diz Astaroth, começo agradecendo ao meu grande amigo Bruno, que desde o princípio participou de todos os *brainstorms* sobre Necrópolis, principalmente deste terceiro livro, onde suas críticas, apontamentos e argumentos foram fundamentais para vários ajustes finos. Você é o cara, cara!

Felipe Castilho também esteve presente nos primórdios de *O Reino dos Pesadelos*. Lembro-me de uma madrugada que passamos juntos em casa, à base de café e Coca-Cola, discutindo pontos do prólogo e do primeiro capítulo. Agradeço também à Vanessa, que contribuiu em especial com algumas soluções envolvendo Karolina e Ícaro. Ao Mário, pela aposta inicial nessa retomada, e ao Artur, por assumir a bronca das novas versões.

Meu principal agradecimento, como era de se esperar, não passa de um clichê, mas um clichê verdadeiro até a medula: meus leitores. Vocês, que acompanham esta série há muito tempo e passaram todos os dias (todos, sem falta), nesses últimos nove anos, me cobrando: "Cadê Necrópolis 3?". Aqui está, pessoal! Aqui está o livro tão solicitado por vocês. Claro, também considerei bastante suas opiniões e longos textos em resenhas ou e-mails, que me abriram os olhos sobre algumas narrativas e personagens, aos quais eu deveria dar mais atenção. Todos foram ouvidos, na medida do possível. Espero que vocês tenham gostado da história até aqui e se preparado para o grande final. Farei o possível para não demorar com o quarto e último livro, combinado?

Obrigado mesmo, leitores. Sem vocês, sua paixão e sua perseguição (por que não?), talvez eu não tivesse concluído este terceiro volume. Vocês são demais!

Até daqui a pouco.

Douglas MCT
7 de novembro de 2021

SIGA O AUTOR E A OBRA NAS REDES SOCIAIS:
INSTAGRAM: @BYDOUGLASMCT
FACEBOOK: DOUGLAS.MCT
X: @DOUGLASMCT